C000083986

LA CARA DE UN HOMBRE

B. ROMAN

Traducido por
ANA ZAMBRANO

Derechos de autor (C) 2020 B. Roman

Diseño y Derechos de autor (C) 2020 de Next Chapter

Publicado en 2021 por Next Chapter

Editado por Santiago Machain

Diseño de portada por CoverMint

Textura de la contratapa por David M. Schrader, utilizada bajo licencia de Shutterstock.com.

Este libro es una obra de ficción. Los nombres, personajes, lugares e incidentes son producto de la imaginación del autor o se utilizan de forma ficticia. Cualquier parecido con hechos, lugares o personas reales, vivas o muertas, es pura coincidencia.

Todos los derechos reservados. Ninguna parte de este libro puede ser reproducida o transmitida en cualquier forma o por cualquier medio, electrónico o mecánico, incluyendo fotocopias, grabaciones, o por cualquier sistema de almacenamiento y recuperación de información, sin el permiso del autor.

ACKNOWLEDGMENTS

Como escritora, editora e investigadora, he hecho todo lo posible para incorporar las leyes y los procedimientos judiciales del estado de California con precisión. Si he cometido algún error o me he tomado alguna licencia, ha sido en mi intento de crear una historia convincente. Espero haberlo conseguido.

Mi más sincero agradecimiento a mi editor, Next Chapter, que ha apoyado mis proyectos escritos y los ha considerado dignos de ser añadidos a la familia de libros de Next Chapter, junto a un grupo de autores de increíble talento.

UNO

Hace quince años

ELLA SÓLO QUIERE ENCENDER UN PEQUEÑO INCENDIO PARA calmar su ansiedad. La madera de roble no tardará en encenderse y la promesa de unas persistentes cintas doradas de luz parpadeando en la oscuridad la llena de ilusión. La cueva envejecida de barriles de vino en el extremo del viñedo es su santuario, el lugar secreto al que se retira cuando se siente sola y añora a la madre que la abandonó. Un barril es todo lo que necesita esta noche. Una destrucción simbólica de la preciosa bodega de su padre.

El encendido del incendio comenzó con pequeñas cosas, como jugar con cerillas cuando era niña y ver cómo se quemaba el papel en la papelera de su habitación. Al principio era una extraña curiosidad, pero ahora, a medida que su dolor personal se intensifica, la necesidad de emociones se hace más fuerte. Su padre tiene la culpa de que su madre haya huido a su casa familiar en España y ella tiene prohibido seguirla. Es prácticamente una prisionera mientras Miguel, su hermano problemático, ocupa el tiempo y la atención de su padre, que lo rescata de un lío tras otro.

Ella rocía el combustible en el barril y lo enciende con una larga y elegante cerilla de chimenea. El barril de madera de roble no tarda en brillar con unas llamas hipnóticas que prometen una combustión larga y lenta. Inesperadamente, las ascuas del barril deciden saltar a una lata de alcohol etílico combustible abierta por descuido. Se oye un chasquido, un estallido y un silbido cuando el fuego encuentra su camino, y en unos momentos todo el cobertizo está en llamas. Las llamas son más altas de lo que ella esperaba, y el fuego abarca más de lo que había planeado. El humo negro y agrio ondea y casi la ciega, pero ella permanece en su sitio aturdida, fascinada. Respira con dificultad, pero no por el humo. Es la primera incursión de una jovencita en el placer orgánico. El espectáculo es peligroso y mágico al mismo tiempo. El alivio de su dolor es glorioso. Es su mejor incendio hasta ahora.

Anabel jadea sorprendida cuando la levantan de sus pies y la sacan al aire opresivamente caliente de la noche. Es ágil y ligera, y los fuertes brazos de Franco la alejan fácilmente del peligro.

—¿Qué has hecho, Anabel? Franco le grita a la hija de su jefe. "¿Qué has hecho esta vez?" Frenéticamente saca la manguera de su rueda y corre de nuevo hacia la estructura en llamas.

No. No puede dejarle hacerlo. No puede dejar que apague esta emoción. Cierra el grifo y la manguera deja caer un chorro de agua impotente, dejando a Franco con una expresión de confusión. Una explosión atraviesa el cobertizo haciendo que su contenido se eleve y salga en todas direcciones. Sus gritos son animales, un sonido agonizante que ningún humano podría emitir. Las llamas abrasan todo su cuerpo, pero Anabel es impermeable a su dolor. Está fuera de su propio cuerpo, transportada a un mundo dichoso.

Franco Jourdain perece, dejando a su mujer viuda y a su hijo sin padre. Al ser testigo de la furia caleidoscópica que ha creado, la adolescente Anabel Estrella Ibarra siente un éxtasis más allá de lo que jamás haya experimentado.

———

EL BORDE afilado de una botella de cerveza rota rasga la mejilla de Miguel. Grita de dolor. La sangre le cae por la barbilla. Alarga la mano para detener el chorro rojo, pero es inútil. El susto se convierte en rabia de macho y se lanza contra su agresor con ganas. Se abalanza sobre él de cabeza y lo tira al suelo. Mientras forcejean ferozmente, la mano ensangrentada de Miguel mancha la camisa del rufián. Miguel jadea con fuerza y sacude la cabeza tratando de mantenerse alerta. Es joven y fuerte, pero, al estar embriagado por el exceso de ginebra, no es rival para el hombre musculoso que ahora se levanta y amenaza con partirlo en dos.

Haciendo caso a la advertencia del encargado del bar, que empuña un bate, de "llevar la pelea fuera", Miguel sale corriendo hacia su coche, que le espera como un caballo fiel a pocos pasos. Entra en el coche y arranca el motor, sin dejar de mirar hacia atrás para ver qué ventaja tiene sobre el Bulldog que le persigue.

Miguel sale del lugar para estacionarse y choca contra una mujer que acaba de cruzarse en su camino. Ella vuela por los aires y aterriza en el parabrisas, no con la fuerza suficiente para romperlo, pero sí para cegar a Miguel. Él acelera involuntariamente y la golpea de nuevo mientras su cuerpo rueda por el capó hasta el suelo. Presa del pánico, salta del coche, con el motor aun resonando, y corre por su vida, sin saber ni importarle si la víctima está viva o muerta.

"¡Santo cielo!" Bulldog se sorprende ante el espectáculo y se olvida de quién o qué está persiguiendo. Corre hacia la mujer para ver si respira, pero tiene que darle la vuelta, manchándose las manos de sangre en un descuido. "Jesús". Sabe que está muerta y que no puede hacer nada. Toma su bolso para ver si hay dinero en efectivo en su interior, pero lo deja caer cuando oye la sirena del patrullero acercándose a la escena. Al levantarse a toda prisa, tropieza y se apoya en el capó del automóvil, que ahora luce la huella de su mano ensangrentada.

Bulldog salta al coche de Miguel y sale disparado por la carretera.

—Dios. Oh, Dios. ¿Qué demonios hago ahora? Saliendo de su niebla mental, Bulldog se da cuenta de que el coche es un deportivo muy caro y ahora una placa de laboratorio de pruebas de ADN. Se imagina que vale mucho sólo en piezas, así que se dirige al desguace de Whitey para descargarlo.

—¿Qué demonios te ha sucediendo? —pregunta Whitey, observando la ropa desaliñada de Bulldog y las manchas de sangre.

Bulldog sigue sin aliento. "Pelea de bar con un mocoso. Pero le di un golpe. Le dejé una buena cicatriz en su cara de niño bonito".

Años de tratar con escoria de baja monta como Bulldog han permitido a Whitey desarrollar una actitud de "sólo negocios". Por lo general, no le importan las circunstancias o los crímenes involucrados. Pero no esta vez, no este coche.

Whitey mira el Zonda rojo brillante de parachoques a parachoques y silba bajo en la admiración. "¿De dónde has sacado este artículo tan caliente? Y quiero decir *caliente*".

—Lo gané en la pelea, —responde Bulldog, sin decir la verdad propiamente.

—Quieres decir que es del chico al que golpeaste.

—Lo era. Ya no. ¿Qué me puedes dar? ¿Vale mucho?

Bulldog es, Whitey lo sabe, un completo idiota cuando se trata de coches y su valor. No puede pensar más allá de su próxima botella de whisky y la noche con una prostituta, por lo que es una estafa fácil.

Inspeccionando la parte delantera, Whitey se pone en guardia. "Es una belleza, pero tiene algunas abolladuras y desgarros. ¿Qué hiciste? ¿Atropellaste a un ciervo?"

—Como si hubiera ciervos por aquí. Bulldog está temblando ahora, sintiendo que la realidad se acerca a él. "Deja de fastidiar y dame un precio, maldita sea".

Whitey se mantiene frío e impasible. "Bueno, podemos llegar a un acuerdo. Pero tendré que inspeccionar el coche y ver cuántos problemas supondrá desmontarlo y descargarlo antes de poder hacerte una oferta. Ven mañana y tendré algo de dinero para ti".

—¿Mañana? Lo necesito ahora, tal vez para pasar desapercibido por un tiempo.

—Lo siento, Bulldog, me estoy preparando para cerrar. Todos los chicos se han ido, las máquinas están apagadas y mi calculadora también.

Sin poder negociar, Bulldog cede. "De acuerdo. De acuerdo. Mañana. A primera hora. Estaré aquí cuando abras".

—Estaré aquí cuando llegues. Y mejor deshazte de esa camisa antes de que vuelvas.

Whitey cierra la puerta del taller tras Bulldog y le hace al Zonda un examen exhaustivo de experto. Sólo sabe de una persona que posea este cochecito, sólo un hombre que podría permitirse comprarlo para su hijo en un trato privado que el propio Whitey hizo. Marca rápidamente un número de teléfono. "Hola, Ibarra", se dirige al hombre que responde. "Tenemos un problema…"

Minutos después, Whitey se pone unos guantes blancos de algodón, se cubre los zapatos manchados de grasa y se abrocha un guardapolvo limpio. Según lo acordado, conduce el coche unas manzanas más allá del bar, sin los faros encendidos, y lo aparca en un callejón oscuro, con las llaves aún en el contacto. No toca nada, no deja ni una huella dactilar ni un rastro de su participación. El número de identificación del vehículo y las matrículas falsas han sido eliminados, el interior ha sido limpiado. El coche es imposible de rastrear. Se quita la bata, las fundas de los zapatos y los guantes, y los mete en su bolsa de transporte, y luego regresa sigilosamente a su tienda.

Miguel atraviesa la puerta de la casa de su padre y se enfrenta al sorprendido hombre: "Papá, tienes que ayudarme". Está sin aliento por haber corrido a toda velocidad los ocho kilómetros que separan el bar de la finca, que está convenientemente apartada de un camino de tierra y alejada de los ojos de los espías.

Amador Ibarra se queda atónito al ver la herida de su hijo. "¿Qué te ha sucedido? Tu cara. ¿Quién te ha hecho esto, Miguel?"

—Un rufián en un bar. Ni siquiera recuerdo por qué fue la pelea. Me acuchilló con una botella de cerveza rota.

—¿Cómo que no te acuerdas? ¿Estabas tan ebrio? El Ibarra mayor sacude la cabeza con desdén, preparándose para rescatar a su hijo de otro estúpido error de juicio. "Voy a llamar al médico".

—No. No puedo confiar en que nadie sepa lo que ha pasado.

—Pero dijiste que era sólo una pelea de bar. No es tu primera vez.

—No fue sólo la pelea. Creo... creo que maté a alguien, a una mujer.

Una mirada aturdida congela el rostro de Ibarra. Esto lo cambia todo. "¿Qué quieres decir, Miguel? ¿Cómo has matado a alguien? Cuéntamelo todo".

El chico, que apenas tiene 18 años y sigue siendo un exaltado inmaduro, rompe a llorar y balbucea sobre el coche, la mujer, su cuerpo y cómo huyó.

—Dios mío. ¿Dejaste morir a una mujer en la calle? No sé cómo arreglar esto, Miguel. Espera, ¿dónde está tu coche? ¿Sigue ahí? No puede dejar que su hijo sepa lo que sabe hasta que escuche la historia completa.

—Yo... no lo sé. Lo dejé y corrí.

—¡Para que todo el mundo lo vea y lo identifique! Déjeme pensar. Ibarra se frota la frente, indeciso. "Sube y pon una gasa en ese corte. Yo llamaré al doctor Ruiz. Es discreto".

—Gracias, papá. Te debo una. Lo que sea. Sólo arregla esto.

———

HELENA MORALES VACILA, con el cuchillo para trinchar aún en la mano. Es una cocinera experta, heredada de su madre, que también le regaló a Helena el juego de cuchillos artesanales grabados con las iniciales HM en los mangos de marfil. Sobresaltada, se gira al oír el sonido de la puerta mosquitera abriéndose y cerrándose.

—Oh, eres tú. Deja el cuchillo, que está pegado a los sesos de ternera, y aleja con un gesto de la mano al inoportuno visitante, molesta.

—Por favor, Helena. Tengo que hablar contigo. No soporto que estés enfadada.

—No es la primera vez. No soy alguien con quien puedas jugar. Déjame en paz.

—*Cariño*, por favor, déjame explicarte. Él le agarra la mano, pero ella se aparta.

—No. No más mentiras. Estoy cansada de esto. Nunca debí involucrarme contigo después de la muerte de Franco. El recuerdo de la espeluznante muerte de su marido forma una expresión de dolor en el rostro de Helena.

Él intenta engatusarla con palabras dulces y manos que se mueven para acariciar su mejilla. Helena lo empuja con fuerza y le levanta el cuchillo. Él tropieza y su espalda golpea la encimera de la cocina. Un dolor punzante le hace reaccionar. "*¡Jesús que lástima!* ¡Perra! Te voy a enseñar lo que es lastimar".

Le da una patada en la espinilla para aturdirla y ella suelta el cuchillo. La agarra por el brazo y se lo retuerce por la espalda. Ella grita ahora: "¡Detente! Detente. Me vas a romper el brazo".

Él se detiene un poco y Helena cae de rodillas. "¡Vete! Estás loco!"

—Loco por ti. Me encanta cuando estás llena de fuego.

La sujeta por su frondoso cabello hasta la cintura e intenta montarla por detrás, pero Helena encuentra su fuerza y rueda sobre él. Los dos se abalanzan sobre el cuchillo al mismo tiempo. Se produce una feroz batalla, pero uno de los dos se impone. En un momento se acabó. La hoja de 15 centímetros desaparece en su caja torácica y Helena yace en el suelo en un charco de sangre.

Al sentir el cuerpo sin vida de Helena, Amador Ibarra se estremece. "*Dios mío. Dios mío*", grita. ¡Lo he hecho! ¿Qué he hecho?" Suelta el cuchillo para levantarse del suelo. La sangre de Helena se mezcla ahora con la que brota de un corte en la mano de Amador. La limpia en su camisa y pantalones. La ardiente ira latina ha dado paso a un tembloroso miedo.

—¿Qué hago? ¿Qué hago? Sorprendido por unos pasos

detrás de él, se gira para ver a la última persona que quiere ver entrar por la puerta.

—¡Santo cielo, papá! Miguel Ibarra se queda atónito ante la horrible escena creada por su padre. Una cocina que antes estaba llena de sonidos de placer y del aroma de la increíble cocina de Helena, ahora está impregnada de olores de sangre y muerte. Toma una toalla y envuelve la mano de su padre en ella. "Vete"", le ordena. "Vete ahora antes de que venga alguien más".

El formidable personaje de Amador Ibarra parece ahora disminuido y pequeño mientras el pavor se apodera de él. Apenas se le escapa la pregunta: "¿Qué vas a hacer?"

—No lo sé, papá, pero tienes que irte. ¿Sabía alguien que ibas a venir aquí?

—No. Tomé la vieja camioneta y no había nadie más que Helena. Pero tú... ¿por qué estás aquí? ¿Cómo...?

Su hijo evade la pregunta. "¿Tocaste algo? ¿Están tus huellas en algo?"

—Yo...no puedo recordar...no. No. Sólo el picaporte de la puerta. La puerta mosquitera. El cuchillo...

—Vete a casa. Lávate y quema esa ropa. No dejes que nadie te vea. Y lava el camión por dentro y por fuera.

Como un viejo borracho, Amador sale a trompicones por la puerta de la cocina y, en cuestión de segundos, su viejo camión está levantando un rastro de tierra mientras lo lleva a un lugar seguro.

Miguel se inclina para ver si Helena respira. No hay movimiento ni sonido. Sus ojos están abiertos en una mirada sin sentido y las náuseas se apoderan de él. Coge un paño de cocina y limpia el pomo de la puerta. Al ver el cuchillo manchado a su lado, Miguel lo envuelve en la misma toalla.

Arriba, Marcus Jourdain, de 16 años, está totalmente absorto con su nuevo modelo de avión. El elegante aparato zumba ruidosamente en un patrón de vuelo imaginario mientras Marcus manipula el mando a distancia con habilidad. A propósito, guía el avión de combate en miniatura por la ventana hasta el espacio aéreo fuera de su dormitorio en el segundo piso. El avión hace bucles, da vueltas y vuela al revés, y luego se endereza. Pero, sin previo aviso, el avión empieza a caer en picado hacia el suelo.

—¡No, no, no! Mierda. Marcus abre la puerta de su habitación y sube las escaleras de dos en dos hasta el salón. Se detiene al pie de la escalera. Unos sonidos desconocidos llaman su atención y se vuelve hacia la cocina.

—¿Mamá? —llama.

—¿Mamá? A través de la puerta abierta ve movimiento. Un hombre se arrodilla junto a su madre, que está tendida en el suelo. No reconoce al intruso, pero en ese instante se da cuenta de la cicatriz que tiene en el lado izquierdo de la cara, un feo tajo que va desde la mejilla hasta la barbilla. Rápidamente, el hombre desaparece de la vista.

———

El presente.

—¿Marc? Continúa. ¿Recuerdas algo más?

—Sabes que no. Todo se detiene ahí. El mismo sueño una y otra vez.

—¿Y no escuchaste ningún sonido antes de eso, ninguna voz?

—No. Estaba tan condenadamente absorto en mi nuevo juguetito, —reprende, —y la puerta de mi habitación estaba cerrada, así que no oí nada.

El Dr. McMillan vuelve a sugerir más hipnoterapia para ayudar a Marc a recordar, pero su paciente se resiste.

—Quiero recordar por mi cuenta. No entiendo por qué no puedo.

—El shock puede provocar amnesia disociativa, como ya he mencionado antes. Puedes recordar todo sobre ese día excepto los eventos traumáticos que rodean la muerte de tu madre. La hipnosis puede hacer maravillas para liberar esos recuerdos. Como abogado estoy seguro de que has tenido experiencia con clientes que no pueden recordar si mataron a alguien.

—Sí, convenientemente. Bueno, yo no maté a mi madre. Quiero encontrar a ese tipo, esa cara con la cicatriz que nunca olvidaré.

—¿Qué más recuerdas de su cara además de la cicatriz?

—Creo que era joven... mayor que yo, pero joven, como de 18 años o así. Cabello oscuro. Eso es todo.

—¿Y el cuchillo? ¿Se encontró alguna vez?

—No. Ese es otro misterio. En todos estos años nunca ha aparecido. No sé qué pasó con él.

—Han pasado 15 años desde que encontraste a tu madre muerta en el suelo de la cocina. Eso es un profundo shock, especialmente para un adolescente, Marc. No es raro mantener esos recuerdos reprimidos. A veces se necesitan años. Algunas personas nunca recuerdan, a menudo porque no quieren hacerlo.

Marc frunce el ceño. "Eso es precisamente. Yo sí quiero".

—Cambiar tu nombre de Marcus Jourdain a Marc Jordan también es síntoma de que reprimes recuerdos que prefieres no invocar, —sugiere el doctor McMillan. "No querer recordar cómo murió tu padre también podría estar impidiéndote recordar cómo murió tu madre".

Marc se eriza ante la acusación. Como abogado, todo lo que oye lo procesa como si fuera una acusación. Se levanta de la silla sobrecargada y coge la chaqueta de su traje.

—La muerte de mi padre fue un accidente, eso me dijeron.

No vi nada, así que lo único que quiero olvidar es la tristeza que sentí cuando supe que había muerto.

—Cambiar tu nombre es como descartar la tristeza.

—Quizá sea más sencillo que eso. Marc Jordan es más fácil de pronunciar y deletrear para la gente, eso es todo. Bueno, gracias, Doc. Tengo una cita en el juzgado del centro esta tarde. Será mejor que me vaya.

—¿A la misma hora la próxima semana?

—No lo sé. Tengo que revisar mi calendario.

—Tal vez trabaja demasiado, abogado. ¿Ha pensado en tomarse un tiempo libre, ir a algún lugar para relajarse, desestresarse? Podría ser la clave para abrir esos canales de memoria.

—Me lo sigo prometiendo y siempre surge algo.

—Dime algo, Marc. Siempre me he preguntado por qué eres abogado defensor y no fiscal. Pensaría que perseguir a los criminales sería una reacción normal a la rabia que sientes por el asesinato de tu madre.

—Me lo he planteado durante mucho tiempo, —responde Marc, invocando sus propios temas personales. "Decidí que el sistema de justicia penal está en contra de los pobres y los oprimidos. Necesitan un defensor".

—¿Esperas encontrar al asesino de tu madre defendiendo a estos clientes?

Marc se lo piensa y luego asiente ante la posibilidad. "Sigo esperando que quizá ese tipo entre en mi despacho y confiese, sin saber quién soy".

—Tal vez lo haga. Cuando menos lo esperes.

DOS

—Eres un ermitaño, Marc. ¿Cuándo fue la última vez que tuviste una cita? —pregunta Ben Parker. El mejor amigo y colega de Marc es un perro sabueso, pero sólo para ayudar a sus amigos a encontrar el romance. Está casado con una mujer estupenda a la que adora.

Marc hace una mueca. "¿Una cita? ¿Qué es eso? Sabes que odio el ambiente de los bares. Demasiado parloteo de mujeres que están borrachas por el vino, se ríen demasiado fuerte y esperan conseguir un marido".

Ben le hace un gesto. "Olvídate de los bares, del gimnasio y de todos esos lugares para ligar. Necesitas conocer a mujeres realmente elegantes y hermosas. Mujeres que sean tu igual intelectual. Y yo conozco el lugar adecuado".

Marc se ríe. "¿Igualdad intelectual? Suena muy arrogante".

—No. Sólo clase alta, donde la mujer de tus sueños podría tener un padre de puesto elevado. Ya sabes, para tu carrera.

—¿Un club de campo? ¿Quién puede pagar esas cuotas?

Ben niega con la cabeza. "Una galería de arte. Una gala de

inauguración. Les encanta esto del arte, y la mayoría de los chicos que asisten son gays. Así que tendrás el campo libre".

Las cejas de Marc se juntan. "¿De verdad, Ben?"

Ben casi da un paso rápido para seguir las largas y suaves zancadas de Marc. "¿Dudas de mí? Eres un buen partido, amigo. La mayoría de los hombres matarían por tener tu aspecto, y las mujeres deberían hacer cola para conquistarte. Además, la comida es fantástica y el vino fluye libremente, como sin cobrar".

—¿Qué tipo de arte? No me interesan todas esas cosas impresionistas y melindrosas. Ben y Marc son amigos desde la época de la universidad, y aunque es una idea que aún no se les ha pasado por la cabeza, al final acabarán en lados opuestos de la sala.

—Oye, el trabajo de Meredith no es quisquilloso, defiende Ben a su moderna esposa artista. "Es magnífico. De todos modos, su trabajo está en la galería lateral ahora. La exposición principal es de tu agrado. Tiene cuadros y fotografías de la historia del vuelo, desde el ornitóptero de Da Vinci hasta el Wright Flyer y el Concorde, y más allá".

Marc desprecia esta idea. "Suena como el Museo del Aire y el Espacio. He estado allí innumerables veces. Nada nuevo".

—No, no, ese no, —explica Ben, con su habitual exuberancia. "Una galería privada con obras que no verás en el Aire y el Espacio. Representaciones increíbles, muy imaginativos, futuristas y demás. También hay maquetas que puedes tocar".

—¿Qué?

—Y comprar.

Marc le dedica a Ben una sonrisa de satisfacción. "¿Estamos hablando de aviones, Ben?"

—Es gracioso. Vamos. ¿Qué más tienes que hacer esta noche además de la televisión y una pizza?

—No me convence mucho esto.

—Porque no te he contado la mejor parte.

—¿Y cuál es?

—Están sorteando un chárter personal de fin de semana de un Cirrus SF50 Vision Jet que puedes pilotar tú mismo. Es una belleza. Ben ha escuchado la fascinación de Marc por la aviación desde sus días en la universidad, a veces con gran atención y otras veces con los ojos vidriosos ante los detalles notablemente aburridos, para él. Pero ésta es una oportunidad que no quiere que su mejor amigo pierda.

Marc hace una pausa en su camino, asombrado. "¿Qué? Ese avión cuesta dos millones. Esos boletos de la rifa deben ser una fortuna".

—En realidad no. Es una oferta promocional, sólo para gente que tenga licencia de piloto. Sólo tienes que poner tu tarjeta de presentación en el contenedor. Prometo que si vas no volveré a molestarte.

—Te tomo la palabra. Vale, me apunto. Sólo por esta vez. Y más vale que gane la rifa.

—Y quiero ser tu primer pasajero cuando lo hagas. Marc se ríe al pensar en Ben borracho, la única forma en que vuela.

Los hombres con chaquetas azules y cuellos redondos de colores, y las mujeres con faldas cortas y alpargatas que muestran unas piernas espectaculares, serpentean entre cuadros y grabados, realistas y surrealistas, contemporáneos y abstractos, parloteando con conocimientos a veces falsos mientras sostienen sus copas de vino con forma de tulipán.

Marc está impresionado por el elegante diseño de la galería, aunque no sabe absolutamente nada de diseño de galerías. Pero ésta es grande y aireada, casi como un hangar de aeropuerto, con prototipos en miniatura de aviones de todos los siglos, reinventados con diseños psicodélicos, que cuelgan tentadoramente de las vigas expuestas. Los retratos a tamaño natural de aviones famosos y sus aviadores se alinean en las paredes y le incitan a seguir el sueño pictórico de un aficionado a la aviación: Wiley Post, que realizó el primer vuelo en solitario alrededor del mundo y luego se estrelló en un despegue fallido desde Alaska, matándose, y el humorista Will Rogers, que sostenía una máquina de escribir en su regazo mientras escribía su columna. El Spirit of St. Louis, diseñado y construido en San Diego, con la aportación del piloto Charles Lindberg, realizó el primer vuelo en solitario a través del Atlántico.

Dos hombres complejos. Ambos galardonados con numerosos premios y medallas, destacados por sus esfuerzos científicos y humanitarios. Uno de ellos simpatizante de los nazis, antisemita y bígamo; el otro, con antecedentes por robo a mano armada. Sin embargo, los defectos de carácter de estos hombres no merman la admiración de Marc por sus logros históricos, y se da cuenta de que todos -famosos, infames y hombres comunes- somos capaces de tener comportamientos en cualquiera de los extremos del espectro de la conducta humana, y todo lo que hay en medio. Lo mejor de todo es que volaron, escaparon de las limitaciones de la tierra para convertirse en héroes de la aviación.

Observando los elegantes jets personales, Marc elige en silencio, *quiero uno de esos... o ese...* porque su sueño es tener su propio avión privado, uno que pueda pilotar en la serenidad de un cielo sin nubes. El programa de la exposición enumera cada uno de los artículos, su precio (a esto Marc emite un silbido bajo) y una foto de la diseñadora gráfica y asesora de imagen, Anabel Starr, una belleza exótica. Pero son las máquinas voladoras las que despiertan sus deseos y provocan sus fantasías.

Al volverse hacia otra alcoba, se sobresalta al ver el avión que volaba de niño en su dormitorio, una réplica en maqueta del A-10 Thunderbolt II. La presión sanguínea de Marc sube. El recuerdo le atraviesa la conciencia: volar la maqueta por la ventana de su dormitorio y ver cómo se estrella contra el cemento. Baja corriendo las escaleras y se detiene en seco en la puerta de la cocina. Está tirada en el suelo empapada de sangre. El hombre con cara de cicatriz está arrodillado junto a ella. Es casi un hombre, tal vez de 18 años o así, guapo, excepto por la cruel cicatriz de la mejilla a la barbilla. ¿*Mamá*? Ella no responde.

La inquietud se apodera de él y empieza a sudar la frente, pero una presencia fragante le devuelve al aquí y al ahora.

—Entonces, ¿con cuál sueñas? Su voz es musical y suave como la seda. El sensual aroma del jazmín le hace volverse.

—¿Y qué te hace pensar que sueño con una? Marc responde con una sonrisa, tanto por el tema de los aviones como por la hermosa mujer de ojos de ébano que está osadamente cerca.

—Bueno, los hombres tienen pocos sueños. O desean un coche rápido, un caballo rápido o un avión rápido. Además, tú estás aquí mirándolos.

—En realidad, me arrastró hasta aquí mi colega, Ben. Su esposa es una artista con una exposición en la sala lateral.

—Ah, sí. Meredith Parker. Me encanta su estilo vibrante y juguetón atemperado por colores sofisticados en capas dentro de una hermosa paleta"

—No tengo ni idea de lo que acabas de decir. ¿También eres artista? Marc mira sus delgados y bien cuidados dedos en busca de alguna señal de manchas de pintura.

—Bueno, sí y no. No pinto ni grabo, pero tengo que utilizar mi instinto artístico para crear campañas de imagen y diseñar espacios de exposición para mis distintos clientes, como éste. ¿Qué te parece?

—"Estoy casi sin palabras de admiración.

—¿Y a qué se dedica usted? Sr. ...?

—Es Marc. Marc Jordan. Soy abogado. Defensor, en realidad.

—De verdad. Una profesión noble. Encantada de conocerte, Marc Jordan. Ella ofrece su mano y Marc siente la calidez, la bienvenida y la seducción en su toque.

———

MARC SUCUMBE POR COMPLETO: el calor, la bienvenida y la seducción. Por mucho que lo intente, no puede comprender las profundidades de su pasión, ni saciar el hambre de excitación que alberga en su interior. El fuego que hay en el interior de Anabel, que impulsa sus ambiciones y dicta su temperamento, lo envuelve por completo en su implacable calor. Los polos opuestos se atraen. Anabel es exigente, consigue todo lo que desea, mientras que Marc, en su introspección abotonada, sólo anhela recordar la única cosa que realmente desea olvidar.

Las pocas relaciones pasadas de Marc fueron benignas, nunca llegaron a los niveles de emoción que siente ahora por Anabel. Si es posible estar "poseído" por feromonas o alguna fuerza invisible, él lo está. Apenas controla sus emociones cuando ella está cerca, no puede pensar en nada más que en ella, como si el destino hubiera ordenado su emparejamiento.

Tiene un apartamento en el centro de la ciudad, no en uno de los condominios de un millón de dólares cerca del Centro de Convenciones que están completamente fuera del alcance de su cartera, sino en un pintoresco edificio antiguo que fue un hotel, que rezuma encanto español. Le encanta que esté a poca distancia de todos los lugares importantes para su carrera, pero con la ventaja añadida de tener una vista de dormitorio del bullicioso Embarcadero, los barcos, las tiendas, los transbordadores, la bahía. Él y Anabel pasan allí tantas horas como les permiten sus horarios de trabajo, explorándose mutuamente de forma física, erótica y ferviente.

—Ana, conozco cada hermoso centímetro de ti, pero de

alguna manera no sé quién eres. Faltan algunas piezas del rompecabezas.

—El misterio en una mujer, he oído, es muy romántico. Y ya sabes lo que pienso del romanticismo. Ella mueve su cuerpo tan cerca que él siente que podría fundirse con el suyo, como un cambia formas, haciéndolos uno.

—Pero nunca hablas de la familia ni de tu infancia, —dice Marc, el más culpable de no hablar nunca de la familia ni de una infancia interrumpida por dos trágicas muertes.

Todo lo que Anabel revelará es que su padre es un exitoso hombre de negocios, y que su madre la abandonó cuando era una niña y ha tenido que recurrir a la terapia para lidiar con ello. Pero algo que sí lleva de su madre es su talento e instinto artístico, que la llevó a su actual carrera.

—Ella me enseñó el arte, la visión, el color, el espacio, el *feng shui*...

—¿*Feng Shui*?

—Sí. Es un sistema chino que estudia las relaciones de las personas con su entorno, especialmente su hogar o espacio de trabajo, para lograr la máxima armonía con las fuerzas espirituales que se cree que influyen en todos los lugares.

—Sí que tienes facilidad de palabra, Anabel, —dice Marc, oyendo un ligero tinte de exageración en su descripción. "Con todas esas referencias místicas, el nombre de Starr te queda bien. Confiésalo. ¿Es real o inventado?"

—En realidad no es inventado. Mi segundo nombre es Star, que significa Estrella.

—Anabel Starr, —dice Marc, levantando su barbilla con dedos suaves, —iluminas mi vida.

Ella se ríe, pero con evidente afecto. "Oh, por favor. Si no te quisiera tanto, diría que es la frase más cursi que he escuchado".

TRES

Marc vuela tan bajo como la normativa permite sobre los altos edificios que salpican la costa de San Diego. Desde las generosas ventanas del lujoso avión privado, puede ver todos los puntos de referencia del centro de la ciudad: El Petco Park, donde se celebran los partidos de béisbol de los Padres; el Centro de Convenciones, que alberga desde la Comic Con hasta una convención de Pest World; el Embarcadero, con su vista del legendario velero Star of India, y el USS Midway, que ahora es un museo flotante. En el Centro de Administración del Condado, un edificio histórico de estilo Beaux-Arts y Renacimiento Español, apodado la Joya de la Bahía, y en la cercana Oficina de Abogados Asignados del Condado es donde Marc pasa sus días y muchas horas de la noche, preparando casos para sus clientes de oficio.

Con destreza, Marc desliza el elegante avión hacia una de las pistas más transitadas y difíciles del mundo. Con las montañas al norte y al este, el espacio aéreo mexicano al sur y los fuertes vientos de cola que soplan desde el oeste, es mejor que los pilotos tengan cuidado. Se han producido varios accidentes históricos, con un avión que se estrelló en las gélidas aguas de la bahía de San Diego.

—Se me para el corazón cada vez que apagas los motores. Juro que tienes ganas de morir. ¿Tienes que tenerlo conmigo en el avión? Anabel expulsa un profundo suspiro de alivio cuando oye que el tren de aterrizaje golpea el suelo sin ningún sobresalto.

Marc es un piloto hábil, pero un poco calentón que tienta a la suerte por alguna razón inexplicable. Quizá esté en su ADN. El abuelo de Marc fue piloto de caza en Francia en la Segunda Guerra Mundial y a menudo recuerda historias de peligro y heroísmo que le contaba su padre. Hoy, Marc vuela el Cirrus SF50 Vision Jet, gracias a un increíble golpe de suerte al ganar el sorteo del museo de arte.

No fue fácil acceder al avión. Hubo un riguroso proceso de selección de su experiencia como piloto, una comprobación de los antecedentes de su vida personal para descartar el suicidio por avión y unas políticas de planes de vuelo limitados que tuvo que obedecer. Todo esto le llevaba tiempo, entre su agenda judicial, sus compromisos personales y una infinidad de otras cosas que le quitaban tiempo a los mandos.

La cola en V con el motor turboventilador sentado encima del fuselaje es un diseño extraño, pero la actitud de Marc se suavizó cuando lo vio de cerca. Estar en la cabina de la máquina voladora, magníficamente espaciosa y con un parabrisas envolvente, es innegablemente genial.

Fiel a su promesa, Ben Parker fue el primer pasajero de Marc. Ben nunca había volado en un avión privado y se sentía desconcertado por la pequeñez del jet y la sensación de inseguridad que le producía. Prefería el entorno masivo de un avión de más de 300 pasajeros en el que rara vez se sentía algún movimiento y nunca se veía el suelo salir al encuentro de la cara cuando se aterrizaba. Hábilmente, Marc sacó el avión del hangar a la pista de aterrizaje, activó la potencia y despegó del suelo hacia el ilimitado horizonte azul. Ben inhaló dos botellas de vino del tamaño de un avión para quitarse los nervios, pero cuando el breve y estimulante viaje terminó y desembarcaron, Ben vomitó rápidamente y juró no volver a volar en nada más pequeño que el dirigible Goodyear.

Anabel es una pasajera igual de incómoda y viaja gran parte del trayecto con los ojos cerrados y agarrada al cinturón de seguridad. Cómo desearía no haber manipulado la rifa a favor de Marc.

—Aquí estamos, sanos y salvos como siempre. Sabes que nunca pondría en peligro tu seguridad, cariño. Marc se limpia un poco de humedad de su propia frente, formada por el calor de la euforia, y se abre el cinturón de seguridad.

—La próxima vez cojo el Amtrak, le reprende Anabel, tras el breve salto desde el aeropuerto McClellan-Palomar de Carlsbad, donde está colgado el jet, hasta el San Diego International, donde lo cederá a la compañía de vuelos chárter. "Podríamos haber conducido hasta el hotel y volver. ¿Por qué tienes que volar un avión que va a 345 millas por hora para un viaje de 30 millas?"

—Porque me encanta. Sin autopistas, sin atascos. Sólo el cielo azul y tú. Es perfecto. Y es gratis, gracias a un boleto de la rifa.

Anabel se muerde la lengua.

Sabiendo que sólo tardaría unos diez minutos a máxima velocidad, Marc alargó el viaje reduciendo sus revoluciones para dar unas cuantas vueltas de campana alrededor de San Diego, sobre el océano cubierto de blanco hasta la legendaria isla de Coronado, dando vueltas alrededor de las bahías repletas de veleros y, finalmente, hasta un suave aterrizaje en la pista del avión chárter.

—Necesito ese trago que me prometiste. Ella se aferra a su brazo mientras él la guía por la escalera, siempre como un caballero, enseñado por su madre a respetar y venerar a las mujeres. Marc se despide a regañadientes de la máquina voladora, mientras su fantasía de fin de semana termina.

—Vamos a la cima del Hyatt para una cena ligera y unas copas, —invita Marc a Anabel. "Esa vista panorámica de la ciudad nunca me cansa. He reservado una suite si prefieres que estemos los dos solos y el servicio de habitaciones".

—El Hyatt suena maravilloso. Ella es siempre la coqueta, con pensamientos vaporosos y poco femeninos. "La suite será el postre. ¿A qué hora tienes que estar en el tribunal mañana?"

—Hasta las 10 de la mañana. El juez Larimer no es madrugador, gracias al cielo. No desde que descubrió los canales de porno nocturno. Se meten en un taxi que les espera.

El ascensor hasta la cima está sorprendentemente desprovisto de pasajeros y, antes de que llegue al piso treinta, Anabel pulsa el botón de parada. Su motivo es obvio y Marc no se resiste a esta oportunidad para complacer otro de los caprichos improvisados de Anabel. Cuando se enciende el botón de llamada, desactivan la orden de parada y, alisándose la ropa y el cabello, parecen imperturbables cuando la puerta del ascensor se abre dispuesta a recibir a otros pasajeros.

Rodeados de ventanales que van del suelo al techo y que ofrecen unas vistas espectaculares de 180 grados a cuarenta pisos de altura sobre la bahía de San Diego, Marc y Anabel chocan las copas. Anabel brinda con un cóctel de champán, mientras Marc levanta un whisky con hielo.

Desde su mesa junto a la ventana tienen una vista panorámica de los icónicos tejados rojos del Del Coronado, un histórico complejo de estilo victoriano, favorito desde hace más de 100 años de presidentes, realeza y celebridades. Para ella, la intimidad de la isla de Coronado y la vibrante paleta creada por el sol poniente son constantemente seductoras. Los fines de semana que Marc y ella pasaron allí bailan como una película en su mente. Largos paseos por arenas tan blancas como el revestimiento de tablas del hotel; disfrutando del mar además de la comida exótica y enamorándose sin pensar, apasionadamente.

—Tenemos que volver a quedarnos en el Del Coronado pronto, —decide Anabel.

—Me parece bien. En cuanto termine este juicio.

—¿Y cuándo será eso? Parece que hace siglos que no paseamos por la playa, ni hacemos el amor en una cabaña privada, ni disfrutamos de todos esos otros interludios románticos con los que se deleitan los hombres y mujeres hormonales.

Marc comparte su anhelo, aunque hace apenas tres días que tuvieron sexo casi ilícito en su loft del centro. "No falta mucho. Creo que tendremos un veredicto por la mañana. Mientras tanto, ¿qué tal si tomamos un buen vino con la cena? Quizá tengan un nuevo Burdeos que podamos probar".

—En realidad, creo que el Cabernet irá mejor con lo que vamos a pedir. Una cosecha de 2009, le dice al sumiller. Él asiente con aprobación.

—¿Cómo sabes tanto de vinos? —pregunta Marc.

—Me encanta beberlo, —dice la descendiente de Amador Ibarra, el famoso viticultor que Marc aún no ha descubierto que le cambió la vida de forma dramática y trágica.

—Brindo por ello, —acepta, y se dirige al camarero que introduce su pedido en un iPad. "La señora tendrá las aceitunas marinadas, el taco de salmón ahumado y el panecillo de Roquefort, y yo tendré el sándwich de Angus alimentado con pasto, y agregue un poco de pan plano de higo y cerdo".

—Probablemente también unas mentas para el aliento, bromea Anabel al camarero. —¿Y cómo sabes tanto de comida?

—Mi madre era una gran cocinera y me encanta comer. Más que eso, Marc no está dispuesto a revelar.

Están disfrutando de una comida bellamente preparada y presentada, entablando una conversación casual, y lujuriosa, en el tranquilo ambiente, cuando de repente el salón de moda se anima con un ruidoso séquito.

Las voces de las mujeres chillan y chillan mientras la estrella del pop Michael Barron se pasea por la sala. Es un asunto narcisista, con una dentadura blanca y reluciente que adorna una impecable tez de nuez. Besa una mejilla aquí y otra allá, lo que hace que los rostros de las mujeres se sonrojen y las bocas se abran de par en par. Barron es invitado a subir al escenario para cantar una canción con la banda latina. De forma ostentosa, da una serenata a una fan eufórica con una sensual interpretación de *Dímelo*. Al adentrarse en el público, arrastra a una chica a la pista de baile y tiene que sujetarla antes de que levite por bailar peligrosamente cerca de su cuerpo tenso y ondulante.

—Oh, Hermano, qué espectáculo,—comenta Michael en voz baja. "¿Quieres ir a bailar con la gran estrella?" le bromea a Anabel.

Los fotógrafos y los clientes encienden las cámaras y las luces de vídeo para subirlas al instante a las cadenas de televisión y a las redes sociales. Anabel se alegra de que su mesa esté lo suficientemente lejos y de que el resplandor de las luces impida que la reconozcan.

Descarta la idea de Marc con un movimiento de cabeza. "No, gracias. Además, recuerdo cuando no podía conseguir una cita para salvar su vida". El comentario surge involuntariamente antes de que Anabel pueda censurarse.

—¿De verdad? ¿Conoces a este tipo?

—Mmm... más o menos.

—¿Antiguo novio? ¿Amante?

Ella se ríe irónicamente y piensa para sí misma: *Difícilmente. Eso sería incestuoso.* —Una vez salió con una amiga mía, —dice ella, sin mentir exactamente, —antes de que se convirtiera en una diva. Pero mantengamos eso entre nosotros dos por ahora.

—¿Por qué? La mayoría de las mujeres estarían gritando desde el tejado que conocen a una estrella tan grande.

—Esta no. Y francamente, ya no sé realmente quién es. Esto, más una reflexión personal sobre su hermano pródigo.

Cuando eran adolescentes, la música de Miguel era seductora para Anabel. Incluso detrás de la puerta cerrada de su habitación podía oír la melodía lastimera y la letra conmovedora que la llamaba. Acariciaba las cuerdas de la guitarra acústica con precisión y éstas respondían de la misma manera con cada emoción que convocaba. Era un compositor nato, un músico autodidacto que anhelaba ser una estrella, pero se escondía tras las puertas cerradas donde nadie podía ver el resultado de aquella horrible pelea de bar que estropeó su apuesto rostro.

Anabel amaba su música, pero nunca se lo admitiría. La rivalidad entre hermanos siempre asomaba su fea cabeza cuando estaban juntos. Parecían disfrutar atormentándose mutuamente, pero si alguien les preguntaba, no podían explicar por qué. Cada uno afrontaba la pérdida de su madre de una manera diferente, utilizando cada uno su propia forma de expresión creativa para sobrellevar el dolor.

Ahora es Michael Barron, una estrella, lo que siempre quiso ser. Alejado de su familia, pero objeto de admiradoras que llenan los teatros en los que actúa y abarrotan clubes como éste, un lugar en el que Anabel creía ser libre para seguir su propia vida con el hombre que ama.

Desde lejos, Barron mira a Anabel y duda un segundo. Por suerte para los dos, le llevan a un comedor privado y por fin llega la calma. Pero Anabel sigue estando algo inquieta.

—Marc, salgamos de aquí. No soporto las maniobras de relaciones públicas. Creo que tenemos una habitación con vistas esperándonos. ¿Y algo de postre?

"Efectivamente, tenemos, el postre ".

CUATRO

—Que la presidenta del jurado lea el veredicto. La instrucción del juez Larimer es rutinaria y sin una nota sugestiva, aunque ya sabe cuál es el veredicto.

La presidenta del jurado, una mujer serena, se levanta y lee: "Nosotros, el jurado, declaramos al acusado no culpable".

—¿Y así lo dicen todos ustedes?

—Sí, Su Señoría.

—Les agradecemos su servicio y pueden retirarse. El martillo de Larimer cae con un golpe, y se levanta, declarando: "Sr. Jordan, su cliente es libre de irse".

Un acusado eufórico tiene los ojos llorosos de alivio. "No puedo agradecerte lo suficiente, Marc. Pensé que estaba condenado".

—De nada, Daniel. Ahora sal de aquí y vete a casa con tu familia. No quiero volver a verte aquí.

Marc recoge su maletín, da las gracias a su empleado y empieza a salir de la sala, pero es retenido por el alguacil.

—¿Qué ocurre, Mac?

—El juez quiere verle en el despacho, Sr. Jordan.

La ominosa orden de visitar el despacho del juez al final de un juicio es siempre incómoda. Marc cierra la puerta tras de sí y se enfrenta al juez Leroy Larimer, que está colgando su toga. La redonda barriga de Larimer empieza a asomar por los botones de su camisa. Demasiados sándwiches Reuben y cervezas de raíz, deduce Marc.

—¿Qué pasa, juez?

—No suelo felicitar a la Defensa. Les da un poco de cabeza. Pero esta vez la Fiscalía no ha probado su caso, y francamente tenían un buen caso que probar. Los tontos.

—¿Estás... estás impugnando el veredicto? Marc siente que le crece un nudo en el estómago. Larimer es imprevisible y se sabe que impugna un veredicto sólo porque sí, pero normalmente desde el banquillo.

—No. Es una pérdida de tiempo. Tu chico es un hombre libre.

—Me alegro de oírlo. Gran alivio.

—Borra esa mirada confusa de tu cara. Larimer hace a un lado la expresión de ansiedad de Marc y se sienta detrás de su desordenado escritorio. "Te traigo noticias de gran alegría. Como eres un defensor tan ardiente de los oprimidos, te voy a dar el caso de tu vida".

—¿No te referirás al caso Bronson? A Marc se le hace un nudo en el estómago.

—Dios, no. Ese imbécil probablemente también es culpable. Pero ese caso está fuera de tu alcance.

—Gracias por el cumplido, Su Señoría.

—No te ofendas, abogado. Bronson puede permitirse el lujo de contratar grandes armas para defenderlo ahora que algún anónimo ha pagado los honorarios legales. No, éste tiene todas las ventajas por las que los Defensores Públicos como tú salivan. Un tipo condenado por un crimen que jura no haber cometido. Admitió un delito menor pero la fiscalía quería que le dieran cadena perpetua por el mayor. Y ahora, quince años después, el hombre quiere su día en la corte, para apelar la condena.

—¿Estas son las cosas buenas?

—No. Hay más. Para empezar, es un caso sin cargo. Nos quedamos sin presupuesto para este año.

—Sabes que no puedo permitirme manejar uno más de esos.

—El caso sin cargo que fue presentado al Proyecto Inocencia de California. Larimer espera que esto abra el apetito legal de Marc.

—¿Proyecto Inocencia? No estoy en su lista de abogados activistas. ¿Por qué iba a ser yo el que tratara esto?

—Porque me quedé con él en mi juzgado y pensé que por qué iba a ser yo el único en sufrir. Larimer muestra una sonrisa de satisfacción personal.

Marc le devuelve la sonrisa. "Me alegro de que tengas tan buena opinión de mí, Su Señoría. Pero no creo yo que sea tu hombre. El PIC (Proyecto Inocencia California) suele querer llevar sus propios casos, y normalmente el cliente es condenado por error. De nuevo, ¿por qué yo? "

—Porque nadie más lo quiere. El PIC sólo revisó el caso debido a las incesantes peticiones del preso, y luego lo abandonó. Tienes razón, principalmente sólo se ocupan de condenas erróneas en las que hubo alguna travesura del fiscal, o una prueba de ADN los exculpa. La mayoría son personajes simpáticos, muchos de ellos de minorías. Este cliente es blanco, muy duro, y tiene antecedentes penales por varios delitos, incluido el robo del coche implicado en un atropello mortal por el que fue condenado, pero jura que no lo hizo.

—Sí, sí, las cárceles están llenas de inocentes. Marc está siendo sarcástico, pero en el fondo sabe que es verdad.

—Este lleva cinco años pidiendo una apelación. Y aquí está,

en mi sala. Larimer hace pasar al alguacil que trae su pedido de comida y lo coloca sobre el escritorio. "¿Tienes hambre, Marc? ¿Medio sándwich?"

Marc frunce el ceño al ver el sándwich grasiento que Larimer expone desde el envoltorio de papel y se pasa la mano por sus abdominales de cinco piezas como recordatorio y advertencia; el sexto ha sucumbido a unas cuantas cenas demasiado indulgentes con Anabel. "Oh, no gracias. No tengo hambre. Vale, déjame ver el expediente. Te haré saber si es algo que quiero manejar".

—Demasiado tarde. Estás dentro. Eres un maldito buen abogado, Jordan, pero has estado caminando a través de tus casos últimamente. Tenías más fuego en tu vientre cuando fuiste pasante para mí. Pensé que necesitabas un verdadero desafío. Si puedes encontrar los agujeros en el caso de la fiscalía en este, eres mejor de lo que creo. Una preliminar está programada para la próxima semana. Aquí está el archivo. Larimer desliza la carpeta de manila hacia Marc y abre la boca para invitar al bocadillo.

—¿La semana que viene? Espera... Marc levanta la mano para protestar. "Ahora mismo tengo el plato lleno, un plato que me desborda".

Larimer se encoge de hombros y Marc sabe que es el momento de salir de la Sala del Juez, ya que sus protestas se pierden en el gran y sabroso bocado de un Montecristo frito.

———

"Juro solemnemente que apoyaré la Constitución de los Estados Unidos y la Constitución del Estado de California, y que cumpliré fielmente con los deberes de un abogado y consejero de la ley a lo mejor de mi conocimiento y capacidad. Como funcionario del tribunal, me esforzaré por comportarme en todo momento con dignidad, cortesía e integridad". Así lo había afirmado Marc en su ceremonia de juramento como abogado y se esfuerza en todos y cada uno de los casos por cumplir al pie de la letra.

Los defensores públicos son una raza especial. Se encargan de algunos de los casos más difíciles del sistema legal, representando a los pobres, los sin techo y otros ciudadanos marginados acusados de delitos. A menudo luchan contra un sistema poco comprensivo para garantizar que sus clientes reciban justicia.

Marc sabe en el fondo que Larimer tiene razón. Ha evitado representar a clientes desagradables acusados de tortura, asesinato, crímenes contra niños y similares, ciñéndose a delitos de bajo perfil como robo, allanamiento, conducir bajo los efectos del alcohol, posesión de drogas y un ocasional homicidio. Ha ido pasando por sus casos porque eran victorias fáciles, creyendo que tratar con delitos de bajo nivel ayuda a prevenir otros más graves, y que dar a los inocentes una buena defensa ayuda a disuadirlos de formar parte del sistema penitenciario. Sin embargo, si no da el paso ahora, si no se adentra en un caso de mayores consecuencias, nunca tendrá el valor de resolver el asesinato de su madre.

Mientras espera en la sala de entrevistas con el cliente y el abogado en la prisión estatal de California en Los Ángeles, Marc revisa la ficha del expediente. El acusado, Clive Parsons, fue condenado por matar a una mujer en un atropello quince años antes, conduciendo un coche robado. El coche que robó tenía una gran abolladura en la parrilla, fibras de la ropa y el pelo de la víctima, y sus huellas dactilares en el capó con restos de sangre de la víctima. Bastante abierto y cerrado, concluye Marc.

Como preso de bajo riesgo, lleva una bata azul, sin grilletes, y se sienta en la mesa frente a su nuevo abogado. Parsons es larguirucho, pero está en buena forma gracias a su rutina de ejercicios diarios en su celda. Ahora es de mediana edad, su pelo castaño se está disminuyendo y su piel es pálida por el poco tiempo que pasa al aire libre.

—¿Eres un abogado de verdad? —pregunta con escepticismo. "¿No eres uno de esos defensores públicos de alquiler?"

—Los defensores públicos también son abogados de verdad, le corrige Marc.

—No para mí. Por eso estoy aquí.

—Soy un abogado de oficio, por eso estoy aquí. Usted está aquí, Sr. Clive Parsons, porque robó un coche y mató a una mujer en un atropello. Su ADN está por todo el coche junto con el pelo y las fibras de la ropa de la víctima. Así que dígame por qué es usted inocente y merece un nuevo juicio. Marc se muestra escéptico, pero sigue abierto a escuchar la versión del preso.

—Mira, he contado esta historia un millón de veces. Salí a beber hasta tarde, me vi envuelto en una pelea en un bar, no es la primera vez que lo hago...

—Sí, veo tus antecedentes penales aquí. Es largo.

—Sí, pero no hay violaciones por asesinato. No es lo que hago.

—¿Atropellas a peatones inocentes y los dejas en la calle para que mueran? le provoca Marc.

Parsons niega con la cabeza y se muerde el labio para contener su temperamento, algo que ha tenido que aprender por autoconservación.

—Como ya he dicho, estaba bebiendo, me metí en una pelea de bar con un mocoso, le corté un poco con una botella de cerveza.

—¿Por qué fue la pelea?

—Cristo, apenas puedo recordar. Probablemente por una de las bailarinas del bar. Tuvimos unas palabras, se nos fue de las manos, la botella de cerveza se cayó y se rompió y el chico me empujó al suelo y empezó a darme patadas. Era un malvado hijo de puta. Me puse de pie y la botella estaba en mi mano. Sólo quería agitarla para asustar al chico, pero él no se rendía. Le di un golpe con la botella en el momento en que se acercaba a mí, y le hice un buen corte en la cara.

—¿Nadie intentó detenerlos? El camarero, ¿llamó a la policía?

—Gritó algo así como "llévenlo afuera". Incluso tenía un bate de béisbol listo para golpear a uno de nosotros. El chico salió corriendo a la calle y yo fui tras él, furioso como un avispón. Lo veo subirse a su coche, un modelo deportivo muy llamativo. Sale del espacio para estacionarse y choca con una mujer que cruza la calle. Ella vuela sobre el capó y luego a la calle donde él la golpea de nuevo. Dios.

—Supongo que le entra el pánico o algo así, porque sale del coche, con el motor en marcha, y ni siquiera se para a ver si la pobre zorra está viva o muerta. No puedo creer lo que ven mis ojos. Quiero decir, soy un tipo malo, pero nunca haría eso.

—Pero la dejaste allí.

—Sólo después de comprobar si estaba muerta. Así es como me manché con su sangre, supongo. No pude hacer nada entonces. Entonces escuché las sirenas de la patrulla a la vuelta de la esquina. Necesitaba ponerme en marcha.

—Aquí falta una pieza, Bulldog. ¿Cómo te encontró la policía? Condujiste el automóvil antes de que llegaran. ¿Alguien te identificó en la escena?

—Tal vez. Tal vez fue el camarero. No lo sé. Pero...

—Pero... ¿qué?

—Bueno, creo que encontraron mis huellas en su bolso.

—¿Y eso cómo ocurrió?" Marc levanta las palmas de las manos cínicamente.

—Estaba muerta, vale. Vi su bolso y pensé que tal vez había dinero allí. Nada. Tal vez un billete de cinco. Eso no me ayudaría. Me subo al coche y mientras intento pensar, me doy cuenta de que tengo que venderlo. Así que lo llevo al desguace de Whitey que está cerca. Me promete pagarme, pero no hasta la mañana siguiente, cuando haya podido inspeccionarlo.

—¿Y cuánto te pagaron?

—Eso es todo. No recibí ni un céntimo porque no tuve la oportunidad de volver al día siguiente. La policía me encontró más tarde esa noche y me llevó por un delito de atropello y fuga. Les dije que no, que no había matado a esa mujer. Me confesé por robar un coche e intentar venderlo. Eso es todo.

—¿Cómo supo la policía dónde encontrar el coche o a qué desguace lo llevaste?

—Les dije dónde. Pero no encontraron nada allí. Whitey dirige una operación discreta. Su fachada es un negocio de reparación de carrocerías, uno legítimo. No tendría este coche por ahí, estoy seguro.

—Bueno, lo encontraron en alguna parte. Y tu ADN estaba en él junto con el de la víctima. ¿Alguna vez supiste a quién pertenecía el vehículo?

—No, nunca lo supe. Nadie me lo dijo nunca.

—¿Nunca te dijeron de quién era el coche? Seguramente estaba registrado.

—Dijeron que no lo estaba. El número de identificación fue eliminado de alguna manera.

—¿De alguna manera? Marc está desconcertado. "¿Quieres decir que lo lijaron?"

—No lo sé. Supongo que es posible.

—¿No hay matrícula?

—Supongo que también ha desaparecido.

—Dijiste que el chico con el que te peleaste saltó al coche y golpeó a la mujer. Ciertamente sus huellas estaban en el coche. ¿No pudieron identificarlo así?

—No. No estaba en el sistema, eso dijeron. Dijeron que mis

huellas estaban mezcladas con las suyas en el volante, así que sólo me cogieron a mí. Tal vez él robó el coche primero; tal vez no era suyo. No creo que los policías hayan buscado mucho.

—Y tu abogado te declaró inocente en tu comparecencia, pero estipuló el robo del coche. ¿Montó una buena defensa para ti en el juicio?

—¿Qué juicio? Parsons casi ruge. "Nunca hubo un juicio. El policía de pacotilla me obligó a aceptar un trato, de veinte años a cadena perpetua o cadena perpetua sin libertad condicional. Me han engañado, eso es seguro.

—Lo máximo que te habrían dado por un delito de atropello y fuga es de cuatro a seis años. Ya que la mujer murió, añade otros dos o cuatro años. Además, estabas ebrio, tenías condenas anteriores por conducir bajo los efectos del alcohol y tenías órdenes de detención pendientes en otro estado por asalto y agresión. Tienes suerte de no haber cumplido dos condenas por otros delitos graves o este sería tu tercer golpe. Por muy malo que seas, dudo que te hayan dado la cadena perpetua. Deberías estar en libertad condicional pronto.

—Me presenté un par de veces, pero dijeron que no mostraba remordimientos y me la denegaron. Les dije que no iba a pedir perdón por un crimen que no había cometido. De todos modos, no quiero la libertad condicional. No quiero una condena por asesinato en mi historial. No maté a nadie. Tienes que sacarme. Ha sido duro, Sr. Jordan. Soy un luchador callejero, pero estos matones de la prisión, no puedo lidiar con ellos. Me mantuve al margen la mayor parte de estos años. Al principio pasé de no comer en absoluto (perdí 9 kilos) a darme un atracón y volver a ganarlas todas. Eso fue peor. Empecé a hacer ejercicio y me fue bien hasta que me lesioné la espalda.

—¿Te trataron por eso?

—Al principio. Pero pensé que por qué iba a mejorar. La

lesión me sacó de la lavandería y me llevó a la biblioteca. Me cambió la vida.

—¿Cómo es eso?

—Aprendí a leer.

—¿No sabías leer? ¿Pero firmaste una confesión? ¿Sabías lo que estabas firmando?

—Les dije que sí. Estaba avergonzado. Firmé mi nombre con una X. Dijeron que era legal. ¿Lo es?

—Desafortunadamente, lo es. Pero esto arroja nueva luz sobre las cosas.

Parsons se inclina hacia Marc para enfatizar. "Me vendieron al río, Sr. Jordan. Creo que mi abogado y la oficina del fiscal estaban confabulados, eso es lo que pienso".

No sería la primera vez, admite Marc. Aun así, este tipo es, como mínimo, culpable de abandonar la escena de un accidente, de intentar robar a una mujer muerta, de robar el coche e intentar venderlo de forma ilegal, y sólo Dios sabe qué más. El juez Larimer quería que tomara este caso por alguna razón desconocida. Quería saber por qué.

—Señor Parsons, —dice Marc levantándose para terminar la entrevista, —voy a profundizar en este caso. Tenemos una audiencia la semana que viene, así que tengo que ponerme al día. Te veré antes de eso.

—Sí. No voy a ninguna parte. Parsons se levanta y un guardia entra para llevarlo a su celda. "Oye. Nada de eso de Sr. Parsons. Puedes llamarme Bulldog".

CINCO

Es la puesta de sol. La bola dorada desciende sobre el cielo rosa anaranjado y azulado en un descenso a cámara lenta. Se posa un momento sobre el armonioso verdor del extenso paisaje de Chula Vista antes de desaparecer en algún universo invisible. Marc se deja llevar por una sensación de serenidad, pero luego la curiosidad se apodera de él.

—¿Adónde me llevas? ¿Por qué el secreto? Aunque no me importa si termina en que te aproveches completamente de mí en alguna cabaña remota.

Anabel se ríe. "Oh, no. Al menos no esta noche. Vamos a ir a casa de mi padre para una cena".

—¿La casa de tu padre? ¿Por fin voy a conocer a tu familia? Supongo que ya es hora de que sepa lo nuestro. Pero, ¿es este un buen momento para sorprenderlo, con la casa llena de invitados?

—Mejor hacerlo mientras está solo y no hay obstáculos.

—Genial. Me siento como si estuviera a punto de conocer al Rey con su verdugo esperando.

—Confía en mí. Lo pasarás bien. Y yo te protegeré, le asegura ella.

A la entrada de una extensa finca, el cartel "Bodegas Ibarra" le indica a Marc que no será una modesta casita ni una cena íntima.

Una pintoresca y sinuosa carretera conduce a un camino de entrada circular del tamaño de un estacionamiento, donde decenas de coches importados están estacionados de forma estratégica, lo que indica que hay servicio de estacionamiento para los VIP. Una mansión de estilo mediterráneo en forma de U, con paredes de estuco blanco puro, tejados de tejas rojas, ventanas arqueadas y balcones de hierro forjado es algo que Marc sólo ha visto en Dream Homes o Architectural Digest. Pero hay algo que falla.

—¿Qué es eso? Una pila de ladrillos, tejas, tuberías y otros materiales de construcción se apilan en el centro de la entrada.

—Oh, mi padre tiene una fijación con las grandes fuentes del viejo mundo y quiere recrear la Fuente de la Fama de Segovia. Con chorros de agua tecnicolor y música, por el amor de Dios.

Marc está asombrado por la grandeza de todo ello, pero también se siente extrañamente aprensivo, ya que no se ha acercado a una bodega desde que murió su padre. La necesidad de un trago se cierne sobre él. Está en el lugar adecuado.

Dejan el auto y las llaves al valet, entran en el patio ajardinado al aire libre y se unen a decenas de invitados. La recepción está en pleno apogeo y todo el mundo tiene una copa levantada para brindar por la nueva oferta de las Bodegas Ibarra. La distintiva etiqueta de la botella tiene un estilizado dibujo en acuarela de una hermosa mujer envuelta en una explosión de estrellas. En realidad, es una imagen de Anabel, pero no puede reconocerse como ella salvo para un ojo agudo.

—Estrella, nuestra nueva crema de jerez, es una nueva y

exclusiva mezcla de uvas, una receta que nunca revelaré, por supuesto. Amador Ibarra bromea con grandilocuencia ante una multitud amable y leal de distribuidores y vendedores. "Ha sido envejecido en barricas de madera de roble cosechadas de forma sostenible, es completamente ecológico y libre de sedimentos, y dominará el mercado. Esta nueva etiqueta ganará fama mundial gracias a mi hermosa hija que la ha diseñado y que trabajará codo con codo conmigo para que sea un éxito."

Anabel se mantiene estoica en su respuesta, excepto por una ocasional sonrisa superficial al ser reconocida por los invitados.

Marc se siente abrumado por todo este esplendor y encanto. Parece más bien el estreno de una ópera: *Carmen, tal vez.* Los invitados van adecuadamente vestidos con trajes de cóctel caros y de colores brillantes, lo que le hace sentirse un poco fuera de lugar con un traje de verano sin corbata ni pañuelo. Y la música: *¿esperaba un grupo de Mariachis?* Un trío de guitarras flamencas españolas en directo, brillante en su virtuosismo, que impregna la sala de encanto y elegancia del viejo mundo.

—Y ahora, —informa Amador a su invitado, —creo que la cena está servida. Venga, vamos a comer.

La cena es abundante, con varios platos que comienzan con un aperitivo de tortilla española, paella de marisco y otros platos creados para ampliar la cintura. Las bebidas fluyen libremente directamente de la bodega Ibarra. Con cada ración de comida, los aromas evocan los recuerdos de la madre de Marc preparando en la cocina de su casa todas las comidas agradables al paladar que él amaba y devoraba cuando era un adolescente insaciable. Para evitar los recuerdos agridulces, Marc bebe varios vinos con gusto y saborea la crema de jerez después de la cena. Ibarra tiene razón. Estrella es una ganadora.

—Dios, no puedo moverme, —susurra Marc a Anabel.

"Creo que me he pasado un poco. Mis pantalones están tensos".

—Los míos también, —susurra Anabel burlonamente, —y no llevo ninguno. Vamos a tomar aire. Te llevaré a dar una vuelta. Necesito calmarme después de este anuncio sorpresa antes de tener una pelea a golpes con mi padre.

Frente a la puerta de la cocina hay un carro eléctrico con el logotipo de la bodega, una letra "I" estilizada entre hojas de parra doradas. Se suben y recorren el camino que va desde la casa hasta los edificios de la bodega. Anabel describe cada uno de ellos: El Granero de la Hospitalidad, el Granero de la Agricultura, el Granero de la Mezcla y el Pabellón. Están dispuestas estratégicamente casi una al lado de la otra, pero separadas por patios llenos de exuberante follaje, y conectadas por senderos de pavimento color tierra. En la oscuridad, sólo iluminada por la luna llena y las delicadas cuerdas de luces exteriores, la escena es romántica y nostálgica.

—Los viejos edificios de madera, elegantes en su antigüedad, fueron en su día peligrosamente combustibles, —informa Anabel, —pero desde un incendio muy grave ocurrido hace años y provocado por los vientos secos de Santa Ana, todos los edificios de la bodega han sido tratados para mantenerlos a prueba de fuego, incluso en la época más calurosa y seca del año.

Marc contiene sus emociones cuando el recuerdo imaginario de la agonía de su padre le recorre el cerebro. Fue un accidente, le dijeron. Un incendio en un viejo cobertizo de vinos, encendido por brasas en el aire. Ni siquiera puede recordar dónde, qué bodega, ya que ha suprimido de forma protectora todo lo posible al respecto. Hubo tantos recuerdos que hizo con su padre que desearía poder recordar, pero al igual que la imagen del asesinato de su madre están escondidos en algún lugar profundo de su cerebro donde su corazón no puede ser tocado por ellos.

El carro se detiene frente a la cueva de envejecimiento de los barriles, que en su día fue el santuario de Anabel y el lugar de sus ardientes rituales. Ahora es una estructura nueva, reconstruida después de que ella la quemara, pero exacta en diseño y estilo, y evoca recuerdos de la original. Por el momento, está completamente perdida en sus pensamientos, imaginando el horroroso incendio, el más devastador que jamás encendió, el que mató a Franco Jourdain. Se queda sin palabras por un momento, en su ensueño.

—Anabel. ¿Anabel? Hola. ¿Dónde has ido?

—Oh... oh. Estaba pensando que tal vez deberíamos volver.

—Sí. Estoy de acuerdo. El carro en movimiento levanta una brisa tranquilizadora y la respiración de Marc vuelve a la normalidad.

De vuelta a la casa, Marc se excusa para que Anabel y su padre puedan hablar en privado durante unos minutos. Mientras se abre paso entre la multitud, puede oír vagamente el comienzo de lo que es más un intercambio acalorado que una conversación.

—No quiero hacerme cargo del negocio, ni siquiera tener mi foto en la etiqueta, papá. No sé casi nada del negocio del vino. Soy una diseñadora, no una viticultora. Diseñé tu elegante pabellón de recepción, pero no voy a trabajar allí.

—Lo llevas en la sangre, Mija. Y yo te necesito, Anabel. Tu hermano renegó completamente de su herencia. No tiene ningún interés en el negocio de la familia, señor estrella de cine en Hollywood.

—¿No fuiste tú quien renegó de él? Anabel replica.

—Nunca. Pero él quiere mantener su vida privada, que así sea. El apellido Ibarra no le vale, así que se lo cambia, se burla Amador, —como si nadie fuera a saber que es latino.

—No es de lo latino de lo que huye, —dice Anabel. —Es esta familia, por diversas razones.

Buscando el baño más cercano, Marc pasea por la amplia casa y abre la puerta de un despacho privado donde se encuentra con una mujer matrona que lleva una mantilla negra. Es algo anacrónico, piensa Marc. *¿Aún llevan las mujeres un vestido con adornos en la cabeza?* Sin embargo, le sienta bien a ella y a la decoración del viejo mundo.

—Oh, perdóneme. Estaba buscando el... ya sabe... ¿puede indicarme la dirección correcta?

—Sí, por supuesto. Está al otro lado del pasillo. Los ojos confiados miran hacia arriba para encontrarse con la expresión inquisitiva de Marc. "¿Es tu primera vez aquí? Es evidente que no conoces la casa".

—¿Cómo puede saberlo? Marc sonríe tímidamente. "Me llamo Marc Jordan. Siento haberme entrometido".

—¿Marc Jordan? Usted conoce a mi nieta. Ella ha hablado de usted, pero se ha guardado los mejores detalles para sí misma, estoy segura.

—Oh, sí, ella también la ha mencionado. La llama Abuelita. ¿Significa eso abuela?

Abuelita sonríe cordialmente. Sus dientes son sorprendentemente blancos y parejos para una mujer de edad avanzada. A pesar de su diminuto tamaño, casi oculto tras un enorme escritorio de caoba, Abuela es digna y formidable. Viste todo de negro, como si llevara un luto eterno, con una pequeña cruz de plata colgando de la cadena que lleva al cuello.

—Se refiere a mi pequeña estatura. Abuelita significa "pequeña abuela". Puedes llamarme Abuela. Abuelita.

—Me halaga que me permita ser tan familiar con usted. ¿No debería llamarla señora Ibarra?

—Demasiado formal si tus intenciones hacia Anabel son honorables. ¿Lo son?

—Pues sí. Espero que sí. Quiero decir que, en lo que a mí respecta, lo son. Marc se mantiene erguido en la puerta, poniéndose en posición de firmes por respeto a esta gran mujer de la que no sabe nada, mientras el baño le llama con urgencia.

—Encantada de conocerte Marc Jordan. Cuando encuentres el "ya sabes", vuelve a visitarme. Me gustaría conocerte.

—Me encantaría Señora-Abuela.

—¿Estás libre para comer mañana?

—Creo que sí. No hay tribunal el domingo y Anabel y yo sólo tenemos planes tentativos. ¿Puedo llamar para confirmar después de hablar con ella?

—Por supuesto. Almuerzo a la una. Estaré esperando.

Por fin, la fiesta ha terminado. Aliviado, Marc intenta acompañar a Anabel hasta la puerta, pero no antes de que comparta algunos besos al aire con viejos amigos mientras se marchan. Por desgracia, hay una persona más que se interpone entre Marc y la huida de Anabel.

—Me alegro de haberle conocido por fin, señor Ibarra. Su bodega es impresionante y la fiesta fue simplemente magnífica. Amador asiente, pero no estrecha la mano de Marc.

Fuera de la casa, Marc finge un escalofrío. "Esa sí que ha sido una despedida fría. ¿Tu padre le guarda rencor a los abogados?"

Anabel niega con la cabeza. "Nada que ver con contigo. Sólo un desacuerdo familiar".

—Haz las paces con tu padre, Anabel. Él va a pagar la boda.

—¿Boda? ¿Esto es una propuesta?

—¿Quieres que lo sea?

—Me temo que tendrás que pedirle permiso.

—¿Y si dice que no?

—Me casaré contigo de todos modos, por despecho.

—Qué romántico.

SEIS

Al día siguiente, durante el almuerzo, Marc es guiado a la veranda con vistas a un jardín que podría haber sido pintado por un maestro impresionista. Al ver el arco iris de variedades de flores, con el sol brillando a través de sus pétalos que desprenden un resplandor translúcido, Marc siente que es más celestial que material. Saluda a Abuela y la ayuda a sentarse en la mesa. Hoy es la abuelita, menos formal y sin su mantilla para dejar ver un llamativo cabello negro plateado. Su vestido es sedoso pero colorido, un verde azulado, acentuado por la misma cruz de plata y un anillo de turquesa y plata.

—Me alegro de que hayas podido sacar tiempo para mí, Marc Jordan.

—Anabel necesitaba un día personal, así que afortunadamente estaba libre para visitar a su abuelita. Se alegró mucho de ello. Le resulta fácil sonreír afectuosamente a esta buena mujer, aunque está algo desconcertado por el hecho de que hayan formado una conexión personal tan rápidamente.

—Bien. Entonces podemos tomarnos nuestro tiempo.

—Este es un jardín encantador, —comenta Marc, que no

45

sabe nada sobre variedades de flores, pero que está bastante impresionado por la variedad de colores vivos, los setos esculpidos y los árboles imponentes. Agradece al camarero que le trae suntuosos platos de comida y una botella de vino.

—Es mi parte favorita de la casa, —confiesa Abuela. "No hay muros ni límites. La belleza se extiende eternamente. Entonces", cambia la conversación, "¿cómo se conocieron Anabel y tú? Ella es artista y tú eres abogado. Dos mundos diferentes".

—Un amigo me llevó a la inauguración de una exposición de arte. Anabel estaba allí. Había diseñado el logotipo de la galería y los espacios interiores. Su trabajo me pareció increíble, pero debo admitir que me impresionó más su persona. Estaba realmente en su elemento. Y tiene una cualidad majestuosa, de una manera muy sensual.

—Anabel es algo más que su sensualidad, Marc Jordan. La mirada de la Abuela es firme, pero sus ojos brillan.

—Así lo he descubierto felizmente. No es el momento de exponer los apetitos de Anabel. En su lugar, revela los suyos. "Dios, esta comida es maravillosa". Intenta comer las croquetas de queso con decoro y no engullirlas. Apenas lo consigue. Se jura a sí mismo que correrá un kilómetro y medio más para compensar.

—¿Y qué fue lo que le pareció tan deslumbrante de ti? —pregunta Abuelita. "Aparte de tu sensualidad".

A Marc le suelen avergonzar los cumplidos sobre su espesa melena castaña, su suave y cálida tez y su esbelto cuerpo de corredor. Al fin y al cabo, él no tuvo nada que ver; le tocó la lotería de los genes: regalos de dos padres muy atractivos. Se cuida físicamente, por supervivencia y no por vanidad. Pero "sensual" no es un adjetivo que nadie haya utilizado para describirlo. De hecho, es más bien reservado, a diferencia de

Anabel, cuya pasión por todo es evidente e innegablemente irresistible.

"Supongo que es cierto lo que dicen: los polos opuestos se atraen", razona Marc.

Entre las delicias de la comida, intercambian bromas sobre el tiempo, la comida, las flores y disfrutan de la naturaleza que les rodea. Después de exponer la difícil situación de las abejas que están desapareciendo, Abuela anuncia con rotundidad: "basta de charlas".

Salen de la terraza a través de las puertas abiertas y entran en la biblioteca, una cómoda habitación con estanterías de madera de cerezo pulido y una vasta colección de libros que nadie podría leer en una vida. Abuela le indica a Marc que se siente junto a ella en el lujoso sofá. En la mesa de centro, frente a ellos, hay montones de álbumes de fotos que invita a Marc a disfrutar con ella. Una foto antigua de una bonita pareja llama la atención de Marc.

—Sí, somos mi difunto marido y yo el día de nuestra boda en Segovia, España. Tu boda también será un gran acontecimiento cuando te conviertas en el marido de Anabel.

A Marc le sorprende que mencione "marido", ya que ni él ni Anabel han hablado en detalle de una boda. Ni siquiera ha habido una propuesta formal.

—¿No estás seguro de querer casarte con ella?

—Sí, claro que sí. Pero me han dicho que tengo que pedirle permiso a su padre, y ella no cree él que esté preparado aún.

—No te preocupes por Amador. Soy yo quien pronunciará el momento adecuado.

Volviendo a centrarse en las fotos, Abuela le habla románticamente de la historia del vino en la familia, que se remonta a muchas generaciones. Le muestra fotos de su casa en España, un espléndido estilo colonial español, pero modesto en comparación con la actual finca de Ibarra.

—Mi marido Ángelo cultivando las parcelas de viñedo a lomos de una mula, describe Abuela la foto en blanco y negro. "Una visión tan romántica comparada con esta época de tecnología. En algunas regiones todavía lo hacen.

Marc hace un gesto de que no es algo que él conozca.

"Ángelo consideraba que cada vino que hacía era singular y mágico, y creía que era la relación simbiótica con su mula la que creaba esa magia," recuerda. "Vivió y trabajó según esa filosofía hasta el día de su muerte, detrás de esa querida mula". Sonríe ante la boca entreabierta de Marc. ¿Cómo responde él a eso?

—Ah, y aquí estamos en los primeros viñedos de Chula Vista, mucho más pequeños que hoy, pero con interminables vistas de la propiedad listas para ser cultivadas. Con el tiempo, bajo la supervisión de Amador, la bodega creció y los viñedos se expandieron por hectáreas y hectáreas hasta llegar a lo que es hoy.

Abuela se adelanta muchos años, dejando un vacío en la historia empresarial de Ibarra. *¿Una historia incómoda? se pregunta Marc. ¿Algo que hay que mantener en secreto por el bien de la familia, o simplemente que se me oculta?*

Otras páginas del álbum muestran las típicas fotos de los miembros de la familia en las celebraciones, de los muchos empleados de la bodega y de la casa que todavía están con ellos, y de Anabel cuando pasa de ser una niña a una adolescente y a una joven inquietantemente bella. En una de las fotos, un niño está detrás de ella, sujetando sus coletas de forma burlona, pero ella se ríe de su travesura.

—Algo que sólo haría un hermano, bromea Marc. "¿Es el hermano de Anabel?"

—Cuéntame, —dice Abuela, cambiando de tema bruscamente, —sobre *tu* familia. Cierra el álbum.

Marc vacila, no quiere revelar los detalles íntimos ni revivir el dolor, y entonces suelta algunos datos genéricos. "Mi madre,

Helena, nació en Ciudad de México. Sus padres tenían un restaurante y enseñaron a mi madre a ser una cocinera increíble. Nunca los conocí realmente, porque mis padres y yo nos mudamos a California cuando era muy joven. Mamá trabajaba como cocinera para un rico empresario. Mi padre, Franco, creció en el negocio del vino en Francia y luego trabajó para un viticultor en algún lugar de esta región, no recuerdo dónde. Tras su muerte, mi madre se hizo cargo de mí completamente sola".

Al oír el nombre de Franco, Abuela siente una turbulencia en su interior, pero se mantiene firme por fuera, sin querer creer que haya alguna conexión con el Franco que trabajó para Amador hace años. Sus ojos no se atreven a mirar los de él. "¿Y tu madre? ¿Siguen siendo cercanos?"

—Ella también murió, no mucho después que mi padre. Entonces me fui a vivir con mis tíos al norte para terminar la escuela.

La pena apuñala el corazón de Abuela por este hombre al que se está encariñando. "Para ti, perder a tus dos padres a una edad tan temprana debe ser devastador".

—Sí. Ha sido difícil, admite Marc.

—Y, sin embargo, lo has superado todo para convertirte en abogado. Hay sinceridad en su cumplido.

—Sí, tuve mucha suerte de que se reservara un fideicomiso para mi educación, pero nunca supe cómo mis padres pudieron pagarlo.

—¿De tus abuelos, quizás?

—Lo dudo. Mi abuelo, Claudian Jourdain, era francés y piloto en la Segunda Guerra Mundial.

Así que es cierto, Abuela llora en silencio. Es el mismo Franco.

—Mi padre me contaba historias sobre sus misiones, el peligro, el romance. Creo que de ahí nació mi amor por el vuelo. El abuelo sobrevivió a la guerra y se hizo cargo del viñedo de su familia en Alsacia. Mi padre creció aprendiendo todo sobre el negocio. Por desgracia, mi abuelo lo perdió todo por las enfermedades y las heladas y murió pobre. Así que no, el fideicomiso no pudo venir de él.

—Puedo empatizar con esa historia. A pesar de toda la riqueza y el lujo que ves ahora, la familia Ibarra ha tenido sus altibajos. Dificultades, cosechas perdidas, bancarrotas, antes de que finalmente alcanzáramos el éxito. Es un trabajo extremadamente duro y el dinero no fluye constantemente. Y tus padres, deben haber trabajado muy duro para crear un fideicomiso para tu educación.

—Sí, entre eso y algunos seguros de vida pude pagar la universidad y la escuela de derecho sin incurrir en préstamos estudiantiles.

—Me alegro de que tus hombros estén tan desahogados, Marc Jordan. Jordan, ¿te has cambiado el nombre?

—Sí, después de graduarme en derecho y mudarme a San Diego.

Abuela no pregunta por qué, pero agradece no tener que decir el nombre Jourdain una y otra vez mientras Marc se acerca a formar parte de la familia Ibarra.

—Nunca he conocido a la madre de Anabel. Ahora le toca a Marc cambiar el tema de conversación. "Tenía la esperanza de hacerlo, pero Anabel dice que viaja y que rara vez está en los Estados Unidos".

—Mi nuera, Madalena, vive en la casa familiar en España y es una diseñadora de moda muy solicitada en Europa.

—Una diseñadora de moda. Así que de ahí saca Anabel su talento artístico. ¿La ve a menudo?

—Se mudó cuando Anabel era una niña. Ella y mi hijo están distanciados y Amador no dejaba que Anabel la visitara entonces.

—¿No la dejaba?

—Diferencias irreconciliables como se dice.

—¿Pero ya es mayor para visitarla y nunca va?

—El tiempo cura las viejas heridas, a veces. Otras veces la ausencia rompe un vínculo que siempre fue frágil para empezar.

Marc ladea la cabeza, desconcertado. "No lo entiendo".

—Cuando llegue el momento, Anabel te lo dirá. No estoy en libertad de divulgar secretos familiares.

SIETE

RECUERDO

Los secretos de la familia Amador son profundos y
oscuros, y se remontan a décadas atrás, cuando un joven
Amador trabajaba para un despiadado vinatero en España.

Eran los años 90, una época de esplendor llamativo y grati-
ficación inmediata, de codicia en los negocios y de escándalos
en abundancia. El viticultor Ricardo Córdoba y su hijo distri-
buidor Daniel daban fiestas fastuosas en las que el vino corría
libremente y los negocios se hacían en medio de la borrachera.
La presentación de un nuevo vino siempre era emocionante,
pero este producto, un nuevo Odore Barbera, era más bien
escaso y apenas daba de sí. Córdoba cerró los ojos cuando su
hijo adulteró el vino con un 5,7% de metanol para aumentar su
contenido de alcohol de forma barata. Ya estaba embotellado y
enviado para su distribución cuando se estrenó en una fiesta de
presentación en la que todos los invitados tomaron al menos
una copa.

Reunidos en el pabellón de banquetes de la bodega, con
vistas a hectáreas de viñedos cargados de fruta blanca, verde y
morada, los invitados bebieron varias mezclas, desde el blanco

hasta el tinto, desde el lujurioso y afrutado hasta el de coco, vainilla y especias dulces. No todo el mundo estaba ansioso por probar los toques de violeta y lavanda del Odore. Pero el público era jovial, la música animada, y pronto los que no podían contener sus pies y caderas formaron una conga en espiral en la pista de baile. Para los aventureros conocedores, las copas de cristal estriadas llenas del romántico líquido oscuro eran irresistibles.

La víctima #1 levantó la suya, disfrutando vertiginosamente de su cumpleaños número 50. Tomó el tradicional y recatado sorbo de Odore Barbera para brindar por el viticultor y luego dio un buen trago, saboreando la mezcla de cerezas oscuras, fresas secas, ciruelas y moras. Luego otro vaso, y otro más. Dejó escapar un grito de celebración y luego estropeó el momento vomitando por todo el suelo.

La víctima #2 se sintió mareada y con un dolor de cabeza cegador.

La víctima #3 perdió toda la coordinación y sintió que se le doblaban las rodillas.

Pronto, las ambulancias llenaron el camino de entrada circular de la mansión de Córdoba, cargaron a las víctimas y se alejaron a toda velocidad hacia las salas de urgencias desbordadas. En las horas siguientes se produjeron casos de visión borrosa o pérdida total de la misma, acidosis y hemorragias cerebrales hipertensivas. Cuando terminó el catastrófico evento, 30 personas habían muerto y 90 fueron hospitalizadas tras ser envenenadas con el alcohol de madera.

Y lo que es peor, decenas de cajas de vino habían sido enviadas a bodegas de toda Europa con vino contaminado mezclado con producto en perfecto estado, de modo que era casi imposible rastrear su origen.

Amador fustigó a su jefe a puerta cerrada: "¿Cómo creías que podías salirte con la tuya, Córdoba?"

—Fue Daniel, el padre echó la culpa a su hijo. "Pensó que podía cubrir sus huellas mezclando botellas buenas y malas en nuestros propios almacenes".

—¿Lo sabías y no hiciste nada para detenerlo? ¿No te diste cuenta de que la gente enfermaría y podría morir?

—Nunca quisimos que eso sucediera. Sólo pensamos que aumentaría un poco el efecto.

—¿Un poco? Pusieron un 5,7% de alcohol de madera en ese Odore, el límite es el 0,3%. ¿En qué estabas pensando?

—No estaba pensando. Yo... estaba angustiado por las pérdidas del negocio. Esta era nuestra oportunidad de recuperarnos, haciendo mella en la competencia. Además, no pueden probar que fui yo o mi vino. No hay registros.

Amador se llevó el dedo índice varias veces a la sien. "Hay registros en mi cabeza. ¿Sabes hasta dónde puede llegar el daño? Ya hemos enviado cientos de cajas. Podrías ir a la cárcel durante años".

—Ayúdame, Ibarra. Por favor. Haré que valga la pena.

De ninguna manera Amador quería verse involucrado en este acto asesino, sin embargo, intuía una oportunidad única. Había demostrado su valía aportando ideas nuevas y frescas a la empresa, al tiempo que mostraba respeto por su tradición y su herencia. A pesar de todos sus esfuerzos, los Córdoba dilapidaron su reputación con malas decisiones, siendo la peor de todas ellas el envenenamiento de su vino. Amador estaba dispuesto a seguir adelante, a ascender, a dejar su propia huella en el mundo del vino.

—Esto es lo que quiero. Déjame dirigir tu viñedo de California, estar al mando y, con el tiempo, hacerlo mío. A cambio, diré a las autoridades que alguien saboteó el Odore sin que lo supiéramos.

—¿Y a quién podrías culpar?

—No sé... a una batidora, o a un competidor. Déjeme

pensar a mí, —dijo Amador con rotundidad, con un plan ya en marcha en su cabeza.

Amador y su esposa Madalena, embarazada de su segundo hijo, se dirigían a Estados Unidos con su hijo de dos años, Miguel, acompañados por la madre de Amador, Consuela Ibarra, cuando saltó la noticia de que un trabajador de la bodega, de 43 años, había muerto después de que le cayeran encima 5.000 kilos de uva de una tolva de carga. No está claro cómo acabó en la tolva y quedó atrapado bajo cinco toneladas de la fruta recolectada y se asfixió. Cuando un empleado vio el pie que sobresalía, los bomberos acudieron al lugar y tuvieron que arrastrar la enorme montaña de uvas para sacar a la víctima de la máquina. Fue declarado muerto en el lugar de los hechos. Según los medios de comunicación españoles, el hombre trabajaba de forma ocasional en varios viñedos para ayudar en la ajetreada temporada de cosecha.

Ricardo Córdoba se sorprendió al saber que el hombre tenía restos de alcohol metílico en su ropa y se convirtió así en sospechoso de la catástrofe del vino envenenado.

¿Cómo demonios lo consiguió Ibarra?

———

EL VIÑEDO de Córdoba en California estaba en sus primeras etapas de desarrollo, con sólo medio acre de vides plantadas. La escasa propiedad sólo contenía los edificios básicos: un granero agrícola donde la cosecha se trituraría y se prepararía para la fermentación, un granero de mezcla donde las uvas de diversas variedades se combinarían con arte para crear un sabor único, y una cueva de envejecimiento en barrica. Pequeña e íntima, la cueva era más bien un pintoresco cobertizo, pero pronto se convertiría en el escenario de un trágico destino.

En dos años, Amador iba a transformar la bodega en su

propio sueño. Franco Jourdain, el supervisor de los terrenos del viñedo, impresionó a Amador con sus conocimientos y su habilidad para la elaboración del vino, y los dos hombres congeniaron inmediatamente, probablemente porque Franco no era una amenaza para Amador; no codiciaba su trabajo ni su estatus. Franco se contentaba con trabajar la tierra y tanto él como Amador trabajaban codo con codo de sol a sol para crear lo que Franco describía como "poesía en una botella".

Había que ser experto en la vigilancia y el control de plagas y enfermedades, en el abonado, en el riego, en el manejo de las cosechas, en el seguimiento del desarrollo y las características del fruto, en la decisión del momento de la vendimia y en la exactitud de la poda de la vid durante los meses de invierno. Como viticultor, Franco destacaba en esto y en mucho más. Sus visiones de cómo podía diseñarse la bodega para alcanzar el prestigio en el sector entusiasmaron a Amador, que estuvo lo suficientemente agradecido como para ascender a Franco y pagarle el sueldo más alto de todos los directivos de la zona.

A lo largo de los años siguientes, los dos hombres estrecharon sus lazos de amistad, sorprendentemente fraternal, sobre todo para un hombre como Amador, de mentalidad única y egocéntrica.

Pero fueron Amador y Madalena quienes se distanciaron más.

—Pensé que cuando nos mudamos aquí estarías demasiado ocupado y cansado para perseguir a las mujeres, le reprendió Madalena con vehemencia. "Tienes dos hijos que te admiran y necesitan toda tu atención. Pero a ti no parece importarte en absoluto".

—No es cierto, Madalena. Mis hijos significan el mundo para mí. Al igual que tú. Sólo soy un hombre imperfecto. Esas mujeres no son más que una fascinación.

—Tu hijo, Miguel, también tiene una fascinación por meterse en peleas y problemas en la escuela.

—Ah, él sólo está encontrando su hombría. Ya se le pasará.

—No si sigues sacándolo de los problemas.

—Eso es lo que hacen los padres.

—¿Y qué hacen los padres con la fascinación de su hija? ¿Una peligrosa adicción de provocar incendios?

Amador descartó el fetiche de la joven Anabel con un encogimiento de hombros. "¿Esas pequeñas hogueras? No suponen nada. Nunca ha hecho un daño real".

—Un día, —advirtió Madalena, —lo hará. Se hará daño o hará daño a alguien más. ¿Qué haremos entonces?

—Cuando llegue el momento nos ocuparemos de ello.

"¡No!" Golpeó con el puño el escritorio. "No podemos esperar a una tragedia. Quiero llevarla a buscar ayuda profesional ahora".

Pero Amador se mostró desafiante. "¿Un psiquiatra? No. Si se supiera sería malo para el negocio".

—Entonces déjame llevarla a España, —suplicó, —a nuestra casa de allí para que reciba tratamiento. Nadie lo sabrá nunca.

—¿Llevarte a mi hija lejos? ¿Tú y mi hija a miles de kilómetros de distancia? Por supuesto que no.

—Entonces, pediré el divorcio y solicitaré la custodia total de Anabel.

Una pequeña escultura del aparador se convirtió en un proyectil perfecto para que Amador lo arrojara salvajemente, faltando apenas a la cabeza de su esposa. "¡Nunca! Somos católicos. Me excomulgarían".

Madalena se rio cínicamente. "Oh, ¿qué te importa? La única parte de ser católico que te atrae es el dinero que ganas vendiendo vino a la iglesia para el sacramento". Salió furiosa de la casa sin decir nada más.

Durante un tiempo los ánimos parecían haberse enfriado,

y mientras su marido se dedicaba a construir un negocio exitoso y a mostrar al mundo exterior que era un devoto hombre de familia, Madalena estaba preparando el terreno para tirar de la manta bajo su pretexto de un matrimonio estable.

—Perra vengativa, le gritó. Con la cara roja y al borde de la violencia, Amador lanzó los papeles al aire. No era sólo la notificación de que Madalena había solicitado el divorcio, sino que, tal y como había amenazado, había pedido la custodia completa de Anabel. La pelea fue ruidosa y bulliciosa con Madalena jugando su As bajo la manga: "que Amador Ibarra era un padre inadecuado que mantenía múltiples relaciones extramatrimoniales y que causaba tal daño a la psique de su hija que demostraba un comportamiento destructivo y necesitaba asesoramiento que él le negaba".

Finalmente, con sus habituales segundas intenciones, Amador accedió. "Te dejaré ir a España", le dijo a Madalena. "Pero no habrá divorcio".

Sin embargo, el día en que Madalena debía partir, Anabel no aparecía por ningún lado. Madalena estaba angustiada y exigió a Amador que le trajera a su hija de inmediato para que pudieran "abandonar este lugar impío".

En lugar de traer a Anabel, dos hombres, a las órdenes de Amador, escoltaron a Madalena a la fuerza fuera de la casa, en una limusina y hacia el aeropuerto, donde la vigilaron, la vieron embarcar y presenciaron el despegue del avión, dejando a su hija atrás.

Con el corazón destrozado y decidida a vengarse, Madalena juró vengarse. *"Te destruiré, Amador Ibarra. Con la ayuda de Dios y de la gente que has victimizado, te destruiré".*

Anabel estaba desolada porque su madre la había abandonado y sufría ataques de llanto y comportamiento hosco. Amador intentó consolarla a regañadientes, pero en ningún caso quiso ser blando ni excusar a su ingrata esposa. Su propia amargura le hacía ser tajante y cruel.

—Tu madre no te quería con ella. Se lavó las manos contigo.

—¿Por qué? —gritó Anabel.

—Los incendios, Anabel. Ella no entiende tu enfermedad y culpa al mal que hay en ti. Quédate aquí, donde puedo protegerte.

—Pero te prometo que no lo haré más, papá. Por favor, dile que me portaré bien. Te lo prometo. Anabel gemía y suplicaba, pero su padre no se inmutaba ante su dolor. Amador seguía controlando a su hija y se negaba a que visitara a su madre.

—Contrólate. Madura, Anabel. Tienes que madurar y aceptar lo que pasa en la vida.

Decidida a ser una figura materna sustituta, Abuela vigilaba a Anabel. En secreto, pasaba mensajes entre ellas. En cada carta, Madalena juraba que amaba a su hija y que no la abandonaba. "Tu padre me exilió, a la fuerza", escribía, "porque quería llevarte a un médico para que te tratara tu enfermedad. Sé fuerte, Anabel. Un día volveremos a estar juntas. Te quiero con todo mi corazón".

Anabel se llevó la carta al corazón, manchada de lágrimas y arrugada por el agarre desesperado de sus manos. "¿Es cierto, Abuelita? ¿Mi padre envió a mamá lejos o ella quiso irse?"

Abuela abrazó a su nieta y le acarició la cara, tranquilizándola con palabras fuertes: "Quería llevarte con ella, *Nieta*. De verdad que sí. Pero Amador, mi egoísta hijo (Dios me perdone por decirlo), la sacó contra su voluntad".

—¡No es justo! ¡No es justo! Pensé que me amaba. ¿Por qué ha hecho esto?

—Los adultos son irracionales y crueles a veces. Aunque lo hiciera por motivos de venganza para herir a tu madre, te quiere. Sólo que no sabe cómo demostrarlo.

—¿Qué puedo hacer, Abuelita?

La mujer mayor limpió las lágrimas de los ojos de su nieta. "Mantén la calma, sé fuerte. Estoy aquí para ti y un día todo se solucionará. Mientras tanto, las mantendré a ti y a tu madre en contacto, en secreto".

—Tal vez si fuera a un médico y mejorara...

—Con el tiempo, querida. Tu padre no lo permitirá todavía. Así que debes usar toda tu voluntad para no hacer daño. No más incendios.

—Me esforzaré por ser buena, —juró Anabel. "Pero hay algo en mí que me obliga. No sé lo que es. Tal vez... tal vez estoy poseída. Tal vez hay un demonio en mí". Sollozó y se estremeció ante el aterrador pensamiento.

—Calla, querida. Ven a la iglesia conmigo y sabrás que no hay ningún demonio en ti. Sólo necesitas algo de fe, algo de fuerza interior, algo bueno en tu mente. La oración. Es lo que te curará.

Anabel acompañaba a su Abuela a la iglesia de Nuestra Señora de Guadalupe todos los domingos y varias veces a la semana a la misa vespertina. Confesaba sus pecados, recibía el sacramento, dejaba que las voces angelicales del coro de monjas la tranquilizaran y sosegaran. Encendía velas, pero lo único que veía era el parpadeo hipnotizante de las llamas, y su mente la transportaba. Durante un tiempo, el deseo de Anabel se calmó con los rituales religiosos, pero cuando se imaginó a su madre siendo sacada a la fuerza de su hogar, enviada a vivir a un continente de distancia, la rabia se reavivó dentro de ella, el hambre se hinchó, la necesidad se hizo demasiado fuerte para resistirse.

Sólo había querido encender un pequeño fuego, algo para calmar su ansiedad, una destrucción simbólica de la bodega de su padre...

EL FUNERAL de Franco Jourdain fue sin pretensiones y un híbrido de rituales franceses y españoles observados, o ignorados. Tanto él como Helena eran católicos practicantes, pero no se planificó ninguna misa antes del entierro porque no lo habría. El velorio comenzó a última hora del día, pero no se prolongaría durante la noche, lo que sólo prolongaría su agonía. Las velas y las flores adornaron la funeraria, pero no se colocaron sobre el féretro porque no había ataúd.

Como era cocinera, Helena preparó ella misma la comida: su *pan dulce especial* y los *pastelitos* para acompañar el café Allongé, los favoritos de Franco. La tradición francesa de colgar un diario de pésame decorado con tela negra en la puerta de su casa no era algo que Helena o Marcus pudieran soportar. Al contrario de ser un consuelo o un recuerdo que atesorar, sería un recordatorio constante de que su querido padre y esposo ya no compartía el hogar con ellos.

Aunque había música que le gustaba a Franco, la celebración de su vida no fue acompañada de risas y buenos recuerdos. No había un cuerpo que contemplar o tocar o depositar recuerdos para ser enterrado con él. No hubo cenizas que llenaran una urna ornamentada expuesta. Lo que quedaba del cadáver calcinado de Franco seguía en el laboratorio forense de la policía como prueba a analizar. Una foto, ampliada para que cupiera en un marco dorado proporcionado por la funeraria y expuesta en un caballete de ébano tallado a mano, mostraba a un hombre apuesto y amable con una sonrisa acogedora, la única sonrisa en la sala. Algunas personas se acercaron y tocaron el rostro con dedos besados, otras se limitaron a mirar pensativas, sin creer que su amigo hubiera muerto o que su destino hubiera sido tan horrible.

Marcus se sentó en silencio junto a su madre, con la cabeza gacha, sin saber quién estaba allí, sin importarle, sumido en su propio dolor. ¿Qué sería de ellos ahora? ¿Cómo podrían afrontar la pérdida del hombre que lo era todo para ellos? Un millón de preguntas zumbaban en su cabeza, pero lo único que visualizaba era correr, huir lejos, tan rápido como pudiera, para escapar del escenario imaginado de su padre quemado vivo y gritando por su vida.

Amador Ibarra, acompañado de su madre, Consuela, dio el pésame a la viuda cuya belleza compuesta le impactó en su hombría. Rápidamente, se bajó el sombrero para tapar la evidente hinchazón. Se encaprichó de inmediato, pero no se acercó a ella más íntimamente. Decidió que eso llegaría más tarde, cuando nadie más estuviera cerca para conocer su ardor, y ella estuviera vulnerable y sola. Franco, después de todo, era su mejor amigo, un hombre con el que se había unido como con ningún otro hombre que conociera. Su muerte fue un golpe terrible, y el resentimiento que Amador sentía por su hija quien lo causó era angustiosamente profundo. Sin embargo, la vida sigue, y Amador tenía muchas cosas que vivir que quería hacer.

En un tiempo inapropiado, Amador buscó la ubicación de la casa de campo de Helena y encontró un camino secundario que podía recorrer discretamente para llegar allí. Vacilante, Helena le permitió entrar en la casa y le agradeció su preocupación por su bienestar y el de Marcus.

Amador se sintió atraído por sus ojos de color ámbar, su piel suave y acaramelada, y su pelo, espeso y en cascada... cómo quería agarrarlo, envolverlo en sus manos y enterrar su cara en su seductora fragancia. "Es lo menos que puedo hacer, Helena. ¿Puedo llamarte por tu nombre de pila?"

—Sí. Por supuesto, —respondió ella, sin importarle a estas alturas cómo se dirigía a ella.

—Franco, comenzó Amador, —fue realmente mi mejor amigo. Mucho más que un simple empleado para mí. Nunca conocí a nadie tan amable, inteligente y lleno de alegría de vivir.

LA CARA DE UN HOMBRE

—Era todo eso y más. Helena respiró profundamente para reprimir las lágrimas que amenazaban su compostura.

—No sólo mi mejor amigo, sino el mejor y más visionario director de bodega que jamás podría haber esperado. Que un accidente así pudiera tener lugar en mi propiedad es algo que llevaré como culpa el resto de mis días. Por esta razón (finalmente fue al grano, entregándole un sobre), he establecido una cuenta de fideicomiso para tu hijo, para su educación. Aquí están los papeles del banco para ti.

—Señor Ibarra. Helena estaba muy conmovida. "No sé qué decir. Es demasiado generoso y no puedo aceptarlo".

—Por favor, Helena. Es un honor para mí hacer esto. Por supuesto, tú también serás atendida con un subsidio mensual del seguro.

—Tengo un trabajo, señor, me pagan bien y no necesito más.

—Uno siempre necesita más, Helena, cuando menos lo esperamos.

Su romance comenzó con Amador haciendo visitas ocasionales, luego regulares, a la casa de campo de Helena mientras Marcus estaba en la escuela. Explicaba su ausencia de la bodega como tiempo para hacer contactos con posibles clientes. Nadie se atrevía a cuestionarlo.

Mientras ella y Amador seguían en secreto, Helena continuaba trabajando para un rico empresario, haciendo el catering de sus cenas y fiestas especiales, lo que le permitía la flexibilidad de trabajar en su propia cocina. Luego podía transportar la comida preparada en una furgoneta, con la ayuda de Marcus.

Marcus adoraba a su madre. Su trabajo era importante. No se trataba sólo de cocinar, sino de crear recuerdos y emociones a través de los sabores, los olores y las presentaciones visuales. "Ojalá tuviera tu talento", decía. "Algo que me entusiasmara, como a ti la cocina".

—Serás tu propio hombre en tu propio camino. Elijas lo que elijas, hazlo con bondad en tu corazón. Marca la diferencia en el mundo.

—Lo intentaré, mamá. Cargó las bandejas de comida en el calentador del lateral de la furgoneta y aseguró la puerta. "¿Puedo conducir?" Helena sabía que Marcus era un buen conductor, enseñado por su padre a obedecer todas las reglas de la carretera, aunque era un poco demasiado joven para obtener el permiso de conducir. Así que tomaron las carreteras secundarias por las que nunca patrullaban los coches de policía.

Helena era modesta, pero sus habilidades como cocinera y panadera eran ampliamente anunciadas y le permitían los cumplidos y la camaradería del personal del empresario y de los huéspedes por igual. La saludaban con respeto y trataban a Marcus como a un miembro de la familia cada vez que traían bandejas con su magia culinaria.

La conversación en los asuntos era chismosa y tan fluida como el vino y los licores. La mayoría de las veces se hablaba de las aventuras amorosas de Amador Ibarra, que se estaba haciendo famoso por ser un viticultor despiadado y un hipócrita mujeriego que había echado a su mujer de casa porque quería divorciarse.

Cada relato de las hazañas de Amador le llegaba a Helena al corazón, y aunque intentaba ignorar las habladurías malintencionadas como si fueran celos por sus éxitos, vio con sus propios ojos que era cierto cuando él fue invitado a una de las cenas de su patrón.

Hizo una pretenciosa entrada en el Gran Salón de la casa, donde se celebraba un cóctel, y todas las cabezas se volvieron hacia él. Helena se escondió rápidamente detrás de un biombo para que no la viera y pidió a los camareros que llevaran las bandejas de aperitivos a los invitados por ella.

Con el corazón latiendo con rabia e incredulidad, fue

testigo de cómo la mano de Amador acariciaba las rodillas de una coqueta mujer y luego se deslizaba por su vestido hasta donde podía llegar. Él y la mujer estaban achispados y no se daban cuenta del espectáculo que estaban dando, ni les importaba. Si todos los presentes se hubieran enterado de que Amador se acostaba con Helena, ella se habría mortificado. Que hubieran sido discretos fue la única gracia que salvó su honor.

Poco después de esta experiencia reveladora, se peleaban constantemente por sus exhibiciones públicas. Helena sólo podía imaginar lo que ocurría cuando nadie más podía ver. Entonces se dio cuenta. Ella misma era una mujer manchada, no una amante romántica de un hombre casado, cuidada y adorada, sino una de esas putas de las que la clase social no tardaría en cotillear si no tomaba medidas.

Amador se negó a mantenerse al margen. La tensión entre ellos crecía cada vez más. Para Amador era una excitación. Para Helena, la gota que colmó el vaso. A pesar de todo, sólo intercambiaron palabras e insultos. Hasta que aquel fatídico día su discusión se tornó violenta y fatal en una cocina ensangrentada.

———

Marcus era ahora un huérfano. Un adolescente lleno de rabia y desesperación por tener a sus dos padres muertos de forma trágica y espeluznante.

—Marcus, le dijo suavemente su tía Rosa en el funeral de Helena. "Vendrás a vivir conmigo y con el tío Tomás. Lejos de este lugar, donde te ahorrarás todos los recuerdos insoportables".

—Sí, aceptó Marco. "Quiero olvidar. Todo. A todos. Quiero olvidar".

En el instituto de Stockton, Marcus se paseaba por sus

clases como un zombi. No hacía amigos, no se relacionaba con nadie. Los únicos momentos de entusiasmo que experimentaba eran con su tío Tomás, que trabajaba en un campo de aviación de alquiler, cuando se le permitía visitar los distintos hangares y sentarse dentro de los aviones privados que poseían o alquilaban los ricos y bien relacionados. La mayor emoción llegó cuando uno de los pilotos llevó a Marcus a dar su primer paseo en avión y le enseñó las complejidades del avión, por dentro y por fuera.

Pero lo que le atrajo fue la sensación trascendente de estar en lo alto de la tierra, donde no se oye nada más que el zumbido relajante del motor, donde el cielo se convierte en una manta acogedora y las nubes en almohadas de tranquilidad.

Con el tiempo, Marcus aceptó el deseo de sus padres de que tuviera una buena educación, una profesión sólida. Por ellos, se volcó en sus estudios y se graduó con honores. Superó los exámenes de admisión a la universidad, y solicitó plaza en varias universidades. Sabía que estaba cualificado, pero la idea de endeudarse mucho y tener varios trabajos mientras estudiaba le desanimaba. Aun así, miraba el buzón todos los días en busca de noticias alentadoras.

Rosa abrió la carta que Marcus estaba demasiado nervioso para leer él mismo, y una sonrisa de orgullo se dibujó en su rostro. "Te han aceptado en Berkeley. Vas a ir a la universidad".

Marcus tomó la carta en sus manos y apenas pudo contener su propia emoción. Entonces la realidad le golpeó. "Pero no puedo pagar esa universidad, tía Rosa. Es una de las escuelas más elitistas del país. Incluso con un trabajo nunca podría pagar la matrícula, los libros, los gastos de manutención..."

—Sí que puedes, le dijo ella. "Tu madre creó un fideicomiso para ti con este fin".

—¿Un fideicomiso? ¿Cómo puede permitirse eso? Se

ganaba bien la vida como cocinera, pero no lo suficiente como para apartar tanto dinero.

—Según un abogado que fue albacea del testamento de tu madre, también cobró el dinero del seguro por el accidente de tu padre. Debió de ahorrar hasta el último centavo que pudo. Aquí está el saldo bancario.

Marcus apenas podía creer lo que veían sus ojos. Había miles de dólares en fideicomiso a su nombre en el Banco de California. Más que suficiente para la universidad y el posgrado después.

—Yo... casi no puedo aceptar esto, tía Rosa. Es como tomar el dinero de la sangre. Si mis padres no hubieran muerto nunca podría pagar la universidad.

—Pero, mi querido muchacho, ellos murieron. No dejes que haya sido en vano. Ambos querían que tuvieras una vida maravillosa, sin importar el costo.

Durante un par de años, Marcus tomó una variedad de cursos, inseguro de dónde aplicar sus energías para una carrera. Asistió a filosofía y economía, ciencias políticas y antropología. Todas las clases eran fascinantes, destacó en la mayoría, pero seguía sin surgir un camino claro. También acumuló un montón de créditos para una posible licenciatura en empresariales pensando que tener su propio negocio de aviones chárter sería lo más lucrativo y agradable.

Las clases quincenales de Marcus en la cabina de un Cessna 172, mientras su mentor se sentaba en el asiento del copiloto para calificarle en todos los tecnicismos del pilotaje, eran lo mejor de su vida. Aunque se sentía culpable por haber utilizado parte del dinero de su fideicomiso para las lecciones y la licencia, sentía que era un dinero bien gastado. Tener su propio avión y un negocio de vuelos chárter parecía un sueño imposible. Los costos podrían ser astronómicos. Sin embargo, no estaba fuera de la posibilidad de obtener la licencia de piloto y volar por puro placer, alquilando un avión de vez en cuando como escape de todos los fantasmas y recuerdos trágicos que le perseguían.

Sin embargo, en medio de una vida ajetreada y llena de ideas, le faltaba algo: un verdadero sentido de propósito, una existencia con sentido, una búsqueda de altivez artúrica. Marcus no podía determinar de dónde procedían estos objetivos altruistas, pero le molestaban hasta el punto de que no podía desechar sus mensajes. Deseaba poder ser verdaderamente pragmático y tener una sola mente, como su compañero de habitación Ben Parker. Si alguien tenía los pies en el suelo era Ben. Pero mientras su amigo se aventuró hacia el mundo empresarial, Marcus se vio arrastrado por una fuerza inexplicable hacia un camino diferente.

La historia de Berkeley de protestas estudiantiles por los derechos civiles, los derechos humanos, los derechos de los trabajadores, los derechos de las mujeres, la guerra de Vietnam y la libertad de expresión a lo largo de las décadas era ampliamente conocida. Mientras Marcus paseaba por el campus un viernes por la tarde entre clase y clase, le llamó la atención un cartel fuera del auditorio: "Proyecto Inocencia California". En el interior, un apasionado abogado del PIC, con un micrófono en la mano, hablaba con seriedad a un público absorto de estudiantes de justicia penal.

—La idea del Proyecto Inocencia es sencilla, —explicó el abogado. "Si la tecnología del ADN puede demostrar la culpabilidad de los delitos, también puede demostrar que las personas que han sido condenadas injustamente son inocentes. Si existen pruebas sólidas de inocencia, pedimos al tribunal que reabra el caso mediante una vista probatoria. Si el tribunal decide que hemos aportado suficientes pruebas de inocencia, el cliente queda exonerado.

La mano de un estudiante se agitó entre el público

queriendo ser reconocido. "¿Qué tipo de casos llevan ustedes principalmente?"

—Son de todo tipo, —respondió el PIC. "Desde casos de pena de muerte hasta mala praxis de los fiscales y todo lo que hay entre medias. Las principales causas de condenas erróneas son las identificaciones erróneas, las confesiones falsas, los testimonios falsos de informantes, la mala conducta oficial y la asistencia ineficaz del abogado."

—Tenemos tres objetivos principales: Liberar a personas inocentes de la cárcel, proporcionar una formación excepcional a nuestros estudiantes de derecho para que se conviertan en grandes abogados, y cambiar las leyes y los procedimientos para disminuir el número de condenas erróneas y mejorar el sistema de justicia.

Aunque este tema no entraba en su ámbito de estudio, Marcus se sintió obligado a plantear una pregunta que se hace a menudo: "¿Cuántos presos son realmente inocentes?"

—Bueno, muchos no lo son. Pero sólo aceptamos casos en los que creemos que lo son, y las nuevas pruebas demuestran que no tuvieron un juicio justo.

—¿Alguna vez han sacado a alguien de la cárcel que luego han descubierto que era realmente culpable?

—Todos los clientes potenciales pasan por un extenso proceso de selección para determinar si es probable que sean inocentes o no. Si superan el proceso, el Proyecto Inocencia se hace cargo de su caso. En aproximadamente la mitad de los casos, la culpabilidad del cliente es reconfirmada por las pruebas de ADN, alrededor del 43% de los clientes han demostrado ser inocentes, y las pruebas no eran concluyentes y no probatorias en el 15% de los casos.

—Pero, respondiendo a su pregunta, hipotéticamente, podría ocurrir. Ya conoce el viejo adagio: más vale dejar libre al culpable que condenar a un inocente. Las personas condenadas, aunque sean inocentes se ven privadas de su libertad, de su dignidad, de su humanidad. Reputaciones arruinadas, familias arruinadas, vidas arruinadas, —expuso el orador del PIC al resto de la audiencia. "Esperan la redención, la exoneración y una vida con un propósito renovado. Sobre todo, buscan el perdón para ellos mismos y para quienes han hecho de su vida un infierno".

Marcus imaginó la posibilidad de que el asesino de su madre fuera algún día uno de los clientes del PIC: un culpable al que absolvieran por un tecnicismo, o alguien que fuera enviado injustamente a prisión mientras el verdadero asesino salía libre. Hasta que Marcus pudo recordar más sobre aquel horrible día en que descubrió a su madre muerta en el suelo de la cocina, ninguna de las dos hipótesis era posible.

"Facultad de Derecho. Eso va a añadir años a tu educación, sabes". El amigo de Marcus, Ben Parker, era un verdadero pragmático, que nunca se lanzaba a los molinos de viento, siempre miraba el punto de vista racional.

—Sí. Pero siento la necesidad de hacer algo significativo con mi vida. Aun así, Marcus calculó que para cuando terminara los dos años adicionales de la licenciatura, luego los tres años de la facultad de derecho, las prácticas y luego la aprobación del colegio de abogados, tendría cerca de 30 años antes de poner un pie en un juzgado como abogado de buena fe.

—Bueno, tienes un talento natural, felicitó Ben a Marcus con una palmada en el hombro. "Arrasas en Debate. Ya puedo oír tus conclusiones. Los jurados estarán pendientes de cada una de tus palabras", dramatizó. "Y, además, podemos ser compañeros de habitación".

—¿Tú también?

—Claro. Hay mucho dinero en la abogacía corporativa, tratando con gente rica y sus patrimonios y propiedades inmobiliarias, mostrándoles cómo refugiar todos esos activos y no pagar impuestos.

—¿De verdad quieres revolcarte en el barro con esos tipos?

—Oh, haré algún trabajo de caridad pro bono de vez en cuando, tal vez defienda el derecho de alguna iglesia a saltarse las leyes fiscales. Con todo el dinero que ganaré estaré encantado de devolver algo a los pequeños.

—Qué generoso eres, —comentó Marcus, sabiendo muy bien lo generoso que era realmente su amigo. Su faceta de mercenario no era más que una fachada. Ben había trabajado duro con dos trabajos de medio tiempo durante toda la universidad. No tenía un fideicomiso ni unos padres ricos, pero nunca le envidió a Marc su buena fortuna. Así que, con la creciente deuda estudiantil, era obvio por qué eligió el ámbito de la abogacía corporativa bien remunerada.

—Sabes, tal vez podríamos asociarnos algún día, —sugirió Ben.

—No estoy seguro de eso. Creo que quiero estudiar justicia penal, tal vez convertirme en abogado defensor, llevando casos de gente con pocos medios. No me daría mucho dinero para mantener nuestro propio bufete.

—No te preocupes, yo me encargaré de los asuntos de las grandes empresas y tú podrás hacer el trabajo pesado de defender a la chusma. Ben guiñó un ojo.

—¡Oye, algunas de esas personas son realmente inocentes y no todas son "gentuza", imbécil antipático!. Marcus le dio una palmada en la cabeza a su amigo con afecto fraternal.

—Gracias, Atticus Finch. Lo necesitaba.

—Oye, Ben...

—Sí.

—Quiero contarte algo, algo que debes saber sobre mí, sobre mi familia...

OCHO

Michael Barron entrecierra los ojos y levanta las cejas para que circule el bótox.

—¿Ya no pintan las fotos con aerógrafo?

Barron sacude la cabeza. "Hoy en día se llama Photoshop, doctor. Pero no pueden hacerlo en directo. En alta definición se ve cada pequeña línea y defecto".

—Menos mal. Eso es lo que me mantiene en el negocio estos días.

Barron lleva visitando la Clínica Del Río en Ciudad de México desde que era Miguel Ibarra, el chico con una fea cicatriz en el lado izquierdo de la cara, el chico cuyo sueño de ser una estrella de cine se vio interrumpido por una estúpida e inútil pelea de bar y una botella de cerveza rota.

Su cara era un desastre cuando el Dr. Ruiz llegó a la casa aquella noche y Miguel pensó que estaba marcado de por vida. El médico le limpió la herida, le sacó con habilidad pequeños fragmentos de cristal de los tejidos hinchados y le cosió con arte unas suturas disolubles. Y terminó con un antibiótico inyectable para prevenir la infección.

—Ven a mi clínica en México dentro de unas semanas y empezaremos algunos tratamientos, había dicho el médico. "Trabajaremos en un plan de cirugía plástica para que esa cara vuelva a ser normal, incluso mejor de lo normal".

—¿Puede hacer eso, doctor? Miguel estaba exultante de esperanza, y el médico le aseguró que las técnicas de cirugía plástica "son mejores que nunca. Hoy en día no hay nada imposible de arreglar".

Habían sido necesarios muchos meses de tratamientos, muchas cirugías y mucho dinero para recrear el apuesto rostro con el que había nacido. Con un poco de rencor en el corazón, Miguel agradece que su hermana siempre le haya regañado por esconderse a puerta cerrada escribiendo canciones que nadie escucharía nunca, porque eso le dio el valor y la fortaleza para vender sus canciones.

—¿Qué pasa? ¿Tienes miedo? ¿Miedo de que puedas explotar? se había burlado ella.

—Podría decir lo mismo de ti, pequeña señorita aspirante a artista.

—Algún día lo seré. Seré tan famosa que estarás celoso de mí. Seguirás escondido en tu habitación escribiendo canciones que nadie escucha mientras todos me rogarán por mis diseños.

—¿Te refieres a todos esos dibujos que tiras y luego quemas en tu cubo de basura? ¿Por qué haces eso del fuego? Estás loca.

—Y tú alucinas. Nadie quiere ver a un cantante con una gran cicatriz en la cara. Siempre podré ser mejor artista, pero nunca estarás en la portada de un disco.

—¡Fuera, pequeña zorra! Le lanzó un zapato, pero ella se agachó y no le dio en la cabeza. Sacando la lengua a su hermano, Anabel salió corriendo de la habitación.

Miguel rasgueaba su guitarra con fervor, una determinación se formulaba en su mente: Grabaría sus canciones en uno de los estudios locales, donde nadie le vería más que el ingeniero, y sería juzgado por su música y no por su aspecto. Muchos escritores de canciones de éxito han sido cubiertos por una gran estrella y han permanecido en el anonimato para el público, sólo conocido por los conocedores de la industria. La competencia era feroz, y las probabilidades eran similares a las de ganar la lotería, pero había muchas vías para vender sus canciones a los representantes de A&R. Todo lo que necesitaba era un gran éxito para cambiar su vida y dejar atrás el pasado.

La fortuna le sonrió. Una canción, otra y más, le permitieron ganar dinero para pagar los viajes a la clínica.

Su padre estaba impresionado por la transformación mediante la cirugía plástica. "Ahora no tienes que esconderte en la parte de atrás. Puedes venir al frente y trabajar conmigo en la parte de marketing. Hay muchas mujeres a las que les encanta comprar y beber vino, y disfrutarían siendo atendidas por un hombre tan guapo."

—Pero no quiero estar en el negocio del vino, papá.

—¿Sigues soñando con ese tonto sueño de ser una gran estrella de Hollywood? Déjalo, Miguel. Afronta la realidad. El trabajo, el verdadero trabajo es el legado de la familia Ibarra...

El Dr. Ruiz se deshace de las agujas y jeringuillas en el contenedor de residuos médicos. "Entonces, ¿cuál es el gran evento para el que te estás engalanando esta vez?"

—Varios seguidos, en realidad. Barron se admira en el espejo de mano. "Primero una entrevista en directo en la televisión (ver Entertainment Tonight, por cierto). Después, unas cuantas apariciones públicas y una gira publicitaria para mi nuevo álbum. También estamos negociando un acuerdo cinematográfico".

El médico echa una última mirada al lado de la cara de su paciente. Es la cara que calienta los vídeos musicales de Michael, que cosecha millones de visitas, y las canciones que encabezan las listas de éxitos. Pronto, ese rostro hará que las mujeres se desmayen ante su imagen de quince metros de altura y a todo color en las pantallas de cine de todo el mundo, y debe estar impecable.

—Los injertos para eliminar tu cicatriz han aguantado maravillosamente todos estos años. Los tratamientos con láser y los rellenos la han alisado hasta casi la perfección. También pareces más joven de lo que eres. Buen trabajo, si lo digo yo.

—Usted es más narcisista que yo, doctor. Barron bromea. "Su trabajo es de lo más moderno. Casi no necesito maquillaje".

—¿Incluso en alta definición?

—Incluso en alta definición nunca adivinarán mi verdadera edad, que se afeitó por años para pasar por un ingenuo de veintitantos años.

—No te subestimes, Michael, fuiste un paciente perfecto. Dejaste el alcohol, seguiste una buena dieta, te mantuviste alejado del sol. Todo eso aceleró el proceso de curación. Así que no aflojes ahora y arruines mi trabajo.

—Nunca, —enfatiza Barron. "He trabajado demasiado para llegar donde estoy como para poner en peligro mi carrera o mi aspecto".

—Eres más que tu aspecto. Recuérdalo.

—Gracias, doctor. Puede que sea el único que se lo crea.

La deuda de Miguel con Ruiz va más allá de una relación médico-paciente. Ruiz le abrió la puerta para ser actor, para convertirse en la estrella Michael Barron. Con una clientela que recorre toda la gama de los que mueven los hilos en todas las áreas del entretenimiento, Ruiz todavía hoy ayuda a promover y proteger a Barron de los aduladores y chulos habituales para mantener su reputación limpia.

Dando un cordial abrazo a Ruiz, Barron sale de la oficina como es costumbre, por la puerta trasera, para que nadie en la sala de espera pueda comparar el apuesto rostro de Michael

Barron con el que aparece en la brillante portada de todas las revistas que están sobre la mesa de la sala de espera.

———

Para encubrir el asesinato de Helena Morales, Miguel había escondido el cuchillo con el que su padre la mató en una caja de seguridad del banco. Cada pocos años lo trasladaba estratégicamente de un banco a otro para que ningún empleado se familiarizara demasiado con él. Una vez que se convirtió en una celebridad, sabía que cada uno de sus movimientos sería escrutado y no podía arriesgarse a que le pillaran con las pruebas de un asesinato.

Para las visitas al banco lleva un discreto disfraz y utiliza una identificación con foto falsa, una de las muchas que se pueden adquirir fácilmente por el precio adecuado. Miguel tiene contactos desde hace mucho tiempo en ese ámbito, ya que desde que era adolescente conseguía identificaciones falsas para poder comprar alcohol y entrar en los bares, y meterse en sus problemas. Pero también estaba papá, engrasando las palmas y salvando su trasero.

Hoy, con un sombrero de fieltro de cerdo, gafas de montura gruesa y un mechón de pelo pegado en la barbilla, Miguel entra despreocupadamente en el banco y pide acceso a su caja de seguridad. Le entrega su documento de identidad al empleado y presiona su dedo índice en el escáner.

"Por supuesto, señor Méndez".

Miguel lleva una pequeña cartera a la caja fuerte y la empleada del banco introduce su llave en la doble cerradura. La introducción de su llave completa el proceso. La empleada saca el delgado rectángulo de su cajón y lo coloca sobre el escritorio, luego deja a Miguel en su intimidad.

Saca de la caja un sobre acolchado y de él extrae una bolsa

de plástico. En su interior, envuelta en la toalla manchada de sangre de la cocina de Helena y firmemente asegurada con cinta adhesiva, está el arma del crimen: un cuchillo de cocinero de hoja dentada, con la sangre de Helena Morales y las huellas dactilares de Amador Ibarra. Miguel saca el sobre y lo mete en su cartera, luego devuelve la caja al cajón y la cierra con llave. Informa al empleado del banco de que ha terminado.

En la oficina de correos, al final de la calle, Miguel coloca el sobre acolchado en un buzón de correo internacional con dirección previa y responde a las preguntas habituales sobre el "contenido".

—¿Cuánto tardará en llegar?

—¿A Barcelona, España? De tres a cinco días laborables por correo urgente internacional.

—Perfecto. Miguel entrega al empleado de correos un billete de 100 dólares y le devuelven una pequeña cantidad de cambio.

En casa, Miguel marca la llamada de larga distancia que siempre supo que algún día tendría que hacer.

"¿Miguel? Qué sorpresa". Madalena Ibarra se alegra de saber de su hijo, que rara vez llama a menos que necesite algo. Es consciente de que ahora es Miguel Barrón, un prometedor artista, pero presta poca atención a las noticias del mundo del espectáculo. Para ella siempre será su hijo, Miguel.

Esto le viene muy bien. En caso de que su teléfono sea hackeado, nadie sabrá que Miguel Ibarra es realmente Michael Barron. "Hola, mamá. Me alegro de oír tu voz. Sé que no llamo a menudo, pero necesito tu ayuda".

—¿Tienes problemas de dinero, Miguel?

—No, no. Ahora mismo estoy bastante bien de dinero. Sólo un favor. Acabo de enviarte un paquete confidencial y necesito que lo guardes en algún lugar seguro, en caja fuerte quizás.

—¿Qué es?

—Es mejor que no lo sepas. Y no lo abras mamá.

—¿Que no lo abra? ¿Por qué no voy a saber lo que hay dentro?

—No preguntes, mamá, de verdad. Sólo confía en mí.

—En nombre del cielo, ¿qué has hecho esta vez? Es esto... seguro que no esperas que sea cómplice de un crimen, Miguel.

—Yo no, mamá. Es papá. Papá tuvo un accidente, una pelea, —miente Miguel. "Un tipo le sacó un cuchillo, pero papá se defendió.

Madalena está perturbada y no le importan las complicaciones de Amador. "Así que fue en defensa propia. ¿Cuál es el problema? Díselo a la policía".

—En realidad no fue defensa propia. No conozco los detalles, la mentira se hace más grande, —pero el hombre murió. Papá nunca se entregó.

Las maldiciones de Madalena son inaudibles, pero Miguel las siente incluso por teléfono. "Amador nunca fue un hombre de honor, por decirlo suavemente. ¿Cuándo ocurrió todo esto? Nunca oí hablar de esto a Abuela o a tu hermana".

—Sucedió hace mucho tiempo. No queríamos que nadie lo supiera, ni siquiera Abuela y sobre todo Anabel.

—¿Hace cuánto tiempo sucedió?

—Quince años.

—¿Quince años? ¿Y me lo dices ahora? ¿Sólo ahora te preocupas por ello? ¿Por qué?

—Es difícil de explicar, pero sentí que era el momento de que lo supieras por si te enterabas por otra persona. Este cuchillo tiene las huellas de papá y la sangre del hombre es la prueba que podría enviar a papá a cadena perpetua.

—Oh, Miguel. ¿Ocultas pruebas y ahora quieres que sea cómplice? Usa la cabeza. ¿Por qué no tiraste el cuchillo a la bahía?

—Le dije a papá que lo hice y le até una piedra para que no flotara.

—Nada de esto tiene sentido, Miguel. Podrías haberte deshecho de esa cosa de muchas maneras. ¿Por qué lo encubres?

Exasperado por las preguntas de Madalena, Miguel suelta: "Porque papá me cubrió, hace mucho tiempo".

—¿Te cubrió? ¿Qué hiciste?

—Tuve un accidente de coche. Atropellé a una mujer con mi automóvil.

—¿Atropellaste el coche de una mujer?

—No, mamá. La atropellé a ella. Estaba realmente herida. Estaba tirada en la calle. No quería que nadie me reconociera, así que hui. Ya está. Lo ha dicho. Por fin. Aterrado por su reacción, pero aliviado de poder quitárselo de encima.

—¡Dios mío, Miguel! ¿Cómo que te has escapado? ¿La dejaste en la calle? Miguel, dime que no está muerta.

—No puedo soportar decirlo, mamá. Que Dios me perdone.

Más maldiciones de Madalena, pero esta vez en voz alta. "¿Cómo no la encontró la policía? Alguien debió ver. Tu coche debía tener pruebas".

—Dejé mi coche allí, y un tipo lo robó y se fue.

—¿Lo robó? ¿Sin que nadie lo descubriera? ¿Te han robado tu elegante y único coche y nadie lo ha rastreado hasta ti?

—Ya te lo dije. Papá se encargó de ello. No sé cómo lo hizo, pero lo hizo.

—Todo esto me parece increíble, Miguel. Debe haber algo más en esta historia. Pero no quiero saberlo. No puedo ser cómplice de dos crímenes.

Madalena está segura de que hay algo más profundo. ¿Cómo no han pillado a Miguel? ¿Por qué su hijo guardaría un cuchillo que enviaría a su padre a la cárcel? A no ser que sea una palanca. Una trampa para tender a Amador cuando necesite presionarle por algo. De tal palo tal astilla; Miguel vio una oportunidad y la aprovechó. Y ahora la oportunidad es de Madalena.

—Lo haré con una condición, acepta a regañadientes. "Convence a tu padre para que me deje ver a Anabel. Que la deje venir a España".

—Ya sabes lo que piensa de eso, mamá.

—No es un dictador y Anabel ya no es una niña.

A Miguel le molesta todo el tema, uno que ha fastidiado a la familia durante años. "Entonces puede visitarte por su cuenta", arremete. "Sabe comprar un billete de avión".

—Algo la detiene. Probablemente las mentiras de tu padre, que la abandoné.

—No tengo ni idea de por qué. Olvídate de Anabel. ¿Vas a ayudarme?

De repente, una luz se enciende en el cerebro de Madalena. Esta podría ser una oportunidad para hacer lo que siempre ha querido hacer. *"Te destruiré, Amador Ibarra. Con la ayuda de Dios y de la gente que has victimizado, te destruiré".*

—Por supuesto, Miguel. No te preocupes. Tu secreto está a salvo conmigo.

NUEVE

Cuando Marc entra en la sala de entrevistas con los clientes, adyacente a la sala del tribunal, Clive Parsons está leyendo una revista de fans de los famosos. Curiosamente, está un poco destrozada, con algunas páginas perdidas y otras rotas. Pero Parsons está absorto.

"Dime que ahora lees material más cerebral que tú, Clive", se burla Marc. Prefiere no llamarle Bulldog.

—Suelo hacerlo, abogado. Pero hoy necesito algo sin sentido para quitarme la tensión. ¿Qué posibilidades crees que tenemos?

Hoy es la audiencia de Clive Parsons y su oportunidad de solicitar un juicio basado en la nueva información que ha dado a Marc y que éste ha verificado.

—Bueno, nunca prometo por dónde van a salir las cosas, pero creo que tenemos una buena oportunidad, Clive. Parece que nos toca en unos cinco minutos. ¿Estás listo?

Bien vestido, seguramente por primera vez en su vida, con pantalones grises, camisa azul, americana azul marino y zapatos negros, Parsons parece más un contador público que un criminal rudo. La camisa sin tirantes y de cuello abierto le da un aire de desenfado que apenas siente en este momento. Cierra la revista para mostrar la portada. Una lágrima resquebrajaba el rostro del ídolo televisivo y hace que Clive se detenga.

—Me parece que conozco a este tipo, —comenta Clive, y frunce el ceño como si tratara de recordar.

—Probablemente lo has visto en la televisión. Michael Barron es una gran estrella, según he oído.

—Puede ser. Pero es más bien un saber visceral. ¿Alguna vez has sentido eso?

—Lo he hecho. Marc mira la tapa dentada, pero apenas tiene un instante para dejarlo registrado cuando el alguacil de la corte asoma la cabeza.

—Es la hora del espectáculo, caballeros.

Clive se pone de pie y respira profundamente, luego lo exhala. Marc le pone una mano reconfortante en el hombro y caminan juntos hacia la mesa de la defensa.

El alguacil ordena: "Todos de pie", mientras el juez Larimer se sienta en el banquillo. El jurista da un golpe de martillo. "Tomen asiento".

—Hace quince años, comienza Marc con el permiso del Juez, —a Clive Parsons se le negó el debido proceso mientras estaba detenido y se le coaccionó para que firmara un acuerdo en el que admitía su culpabilidad por un delito de atropello y fuga, del que siempre ha mantenido su inocencia.

—A pesar de que las pruebas de su proximidad a la víctima eran evidentes a través de las huellas dactilares obtenidas del capó del coche y del bolso de la víctima, mi cliente ha negado cualquier culpabilidad por la muerte de la mujer, sino que sólo admitió haber robado el coche que la atropelló y haber tomado el dinero de su bolso, apenas cinco dólares. Pedimos a su señoría que escuche nuevas pruebas que creemos que le convencerán de darle el juicio que se le negó.

—Según los registros, —interviene el fiscal, —el señor Parsons confesó voluntariamente y nunca se encontraron pruebas de otro autor.

—El abogado de mi cliente no sólo tergiversó en su momento la sentencia que iba a recibir", argumenta Marc, "sino que le dijo que su caso era pan comido y que el fiscal lo tenía muerto. Firmó la confesión sin poder leerla, porque el Sr. Parsons no sabía leer. Le leyeron una declaración que implicaba una confesión, y el Sr. Parsons la firmó con una X.

—Lo cual es perfectamente legal, —afirma el juez Larimer.

—Sí, —coincide Marc, —si entiende lo que firma y no le mienten el fiscal y su propio abogado.

—Protesto por el término "mentira", Su Señoría.

—Me pronunciaré sobre esa objeción más tarde, cuando haya escuchado todas las pruebas. Por eso estamos aquí. Sr. Jordan, usted dice que su cliente no sabía leer, y sin embargo ha solicitado a este tribunal de su puño y letra durante los últimos cinco años.

—Aprendió a leer en la cárcel, Juez. La verificación de su analfabetismo ha sido validada por el Alcaide de la prisión y por un instructor de alfabetización que trabajó con Parsons en ese momento. Finalmente, pudo leer y se le permitió leer su expediente y la confesión que firmó. Estaba horrorizado y enfadado. Así que empezó a leer revistas jurídicas y se enteró de que podía hacer una petición al tribunal. Con la ayuda de un compañero de prisión y del instructor de alfabetización, comenzó a escribir cartas que se volvieron más y más convincentes a medida que mi cliente se volvía más adepto a la terminología legal y al protocolo.

—Sí. Larimer levanta un paquete de documentos. "Tengo todas las cartas aquí".

El fiscal pone los ojos en blanco. "Este es un bonito momento distintivo, Su Señoría, pero no quita el hecho de que tanto las pruebas físicas como el testimonio de los testigos oculares sitúan al peticionario en la escena del crimen. Firmó voluntariamente una confesión y ahora reniega de ella".

—Juez, —suplica Marc, —solicito más tiempo para investigar este caso y ver si hay alguna prueba exculpatoria que exculpe al señor Parsons. Él cree, y yo estoy de acuerdo, que la policía y la fiscalía no hicieron un trabajo suficientemente exhaustivo en la investigación de este crimen. El vehículo pertenecía a otra persona, pero esa persona nunca fue identificada. Es posible que esa persona sea la responsable del atropello y que el Sr. Parsons estuviera en el lugar equivocado en el momento equivocado.

—Posiblemente hay testigos que no fueron entrevistados y que podrían arrojar más luz sobre todo el episodio. Solicito tiempo para hacer una investigación exhaustiva y presentar lo que encuentre a este tribunal en una fecha posterior.

—¿Alguna objeción? Larimer se dirige al fiscal, que niega con la cabeza, en realidad queriendo estar en otro sitio. "Ninguna en este momento, Su Señoría. Aunque creo que es una gran pérdida de tiempo del tribunal".

—Yo seré el juez de eso. Su solicitud es concedida, Sr. Jordan. Nos reuniremos de nuevo en dos semanas.

—Su Señoría, dos semanas, —implora Marc con las palmas abiertas. "Este es un caso frío de quince años de duración. Necesito más tiempo".

—Treinta días. El martillo está abajo. Se levanta la sesión.

Marc recoge su maletín y trata de asegurar a Parsons que hará todo por él. "Contrataré a mi propio investigador, Clive. No dejaré ninguna piedra sin remover".

Parsons extiende las manos para que le pongan las esposas mientras le conducen fuera de la sala. "Tú eres mi última oportunidad, abogado".

DIEZ

Dirigir la Casa de la Moda de Madalena en Barcelona requiere todo el tiempo y el esfuerzo que Madalena pueda dedicar. Sus desfiles son el epítome de la *alta costura*: glamurosos, extravagantes, descarados y escandalosamente coloridos. Haciendo uso de su inteligente instinto, fue una de las primeras diseñadoras en crear ropa sexy y moderna -desde la lencería hasta los vestidos de noche y todo lo demás- para la mujer de figura completa. Esto amplió enormemente su clientela, ya que las mujeres estaban literalmente hambrientas de comida y moda que no requirieran figuras delgadas y bulimia en el armario.

Con una clientela de la alta sociedad, su negocio es lo suficientemente lucrativo como para permitirle un estilo de vida muy cómodo y tener influencia en todos los lugares adecuados. Le confían todos sus pequeños y sucios secretos y sus peligrosas relaciones. A su vez, cuando confía discretamente a un cliente con buenos contactos que necesita un investigador privado, se le remite al mejor servicio de este tipo en España: Global Investigations, con oficinas satélite en Estados Unidos, y una ubicación clave en San Diego, California. Perfecto.

Mientras se entrevista con su mejor agente por teléfono, Madalena se imagina a un investigador privado de cine negro: ligeramente desaliñado, fumando algo, o tal vez suave y enigmático. Con un nombre que parece más adecuado para una novela policíaca, Dante Monroe asegura a Madalena que no es un estereotipo y que ninguna investigación es demasiado difícil para él. Ella se recuerda a sí misma que se trata de un asunto serio y vuelve a centrarse en los requisitos del momento.

—¿Qué es lo que necesita, señora? —pregunta Dante, dispuesto a cumplir su promesa, con un acento melódico que Madalena no acaba de identificar.

Desde que fue desterrada por Amador, ha estado rastreando las noticias de negocios de California, tratando de seguir los acontecimientos que rodean a la Bodega Ibarra y a la familia, y ha compilado una colección de los habituales informes de noticias de la industria del vino sobre nuevas mezclas y etiquetas, expansiones y eventos especiales de marketing, todos superficiales. Sin embargo, cualquier acontecimiento puede contener una pista y ella promete enviársela por fax a Dante.

—Quiero que encuentres todo lo que puedas sobre la bodega Ibarra, le indica, —su propietario, los miembros de la familia, los empleados, cualquier cosa y todo lo que los conecte con lo que ha sucedido en los últimos quince años.

—¿Algo en particular que estés buscando? Ya sabe, para acotar un poco el campo.

—No puedo ser específica ahora mismo, pero quiero que sigas cada rastro, cada detalle, por mínimo que sea. El dinero no es problema, por supuesto.

—Seguro. La mantendré informada con frecuencia de mis

progresos, le dice Dante en un tono respetuoso que la tranquiliza.

Si hay algo que se le da bien a Dante, y es experto en un
gran número de técnicas de investigación, es ganarse la
confianza de los pequeños, de la gente que está entre bastido-
res, de los ayudantes, de los empleados, especialmente de los
que trabajan para gente muy rica. Les gusta que se les considere importantes, cosa que a menudo no hacen sus jefes. Puede
que al principio se muestren reticentes, por no querer romper
una confidencia, o que consideren que chismear sobre las
personas que firman sus nóminas es una falta ética y moral. Sin
embargo, los modales tranquilizadores de Dante, su aspecto
más bien de hombre corriente y, si es necesario, su cartera de 20
y 50 dólares, no tardan en calentar el corazón y soltar la lengua
incluso de los más recalcitrantes.

Tal vez sea el remanente de una tonalidad caribeña lo
que le atrae, o su complexión multirracial lo que le recon-
forta, por lo que Carmela, el ama de llaves de Ibarra, queda
inmediatamente prendada. Recibe a Dante en la puerta
trasera de la casa principal con ojos cálidos y una amplia
sonrisa. Sin embargo, al ser una empleada más bien nueva, lo
cede a Victoria, una empleada de larga trayectoria cuya
adoración por Madalena es bien conocida y compartida por
todos.

Mientras toman una taza de café mexicano fuerte y un
plato de flan preparado por Victoria, la cocinera de mejillas
rosadas, a Dante le cuentan una historia tras otra sobre el clan
Ibarra, historias que le dolía contar a alguien después de años
de mantenerlas en secreto. Una en particular...

—El señor Miguel llegó a casa una noche, con un corte
sangriento en la cara. Siempre estaba metido en alguna pelea,
así que nunca pensamos más en ello. Pero estaba muy angustiado, rogando a su padre, el señor Amador, que no llamara a un

médico porque había hecho algo terrible. Sangraba tanto que el señor insistió en que hiciera venir al doctor Ruiz a la casa.

—¿Y lo hizo? ¿Vino a la casa?

—Oh, sí. Era un buen médico. Muy discreto con los asuntos de la familia.

—¿Sabía lo terrible que había hecho Miguel?

—No... en realidad no. No espié y estaba ocupada en la cocina.

—¿Qué pasó después? ¿Después de que el médico atendiera a Miguel?

—Bueno, el señor Miguel se quedó en casa durante semanas, con la cara muy marcada. Trabajó para el señor, pero en la parte de atrás de la bodega donde nadie le veía. Entonces un día se fue, creo que para ir a un tratamiento.

—¿Qué tipo de tratamiento, Victoria?

—Para arreglarle la cara, para quitarle la cicatriz.

—¿Funcionó?

—Muy bien, creo. Pero hace mucho tiempo que no veo a Miguel.

—¿Y el señor Ibarra? ¿Se lleva bien con él?

Se acerca a la puerta de la cocina y escucha si hay pasos o alguien husmeando. Todo despejado. "Intento mantenerme al margen de su camino y limitarme a hacer mi trabajo. Es un hombre rudo, pero hace tiempo tenía un empleado al que consideraba un buen amigo. El Sr. Franco, el gerente de la bodega".

—¿Sabes su apellido?

—No lo recuerdo. Todos le llamábamos Franco. Era muy amable en ese sentido.

Dante agradece el sabroso bocadillo que aparece por arte de magia. "¿Qué le pasó?"

Victoria se persigna y se le llenan los ojos de lágrimas, incluso después de tantos años. Ella relata el incendio. Pero apenas puede hablar de ello.

—Está bien, Victoria. No tienes que contarme más. Pero, una cosa, ¿qué hay de la familia de Franco? ¿Tenía esposa, hijos?

—Sí, creo que sí. Su mujer se llamaba Helena. A veces hablaba de ella con mucho cariño. Y tenía un hijo pequeño, Marco, que supongo que ya habrá crecido. Una viuda y un huérfano. Muy triste.

—¿Siguen viviendo por aquí?

Victoria sacude la cabeza y sirve a Dante más café. "No, no. Creo que no".

—Tengo entendido que la señora Ibarra ya no vive aquí. ¿Sabe dónde puedo localizarla?

—Ahora está en España. Ella y el señor tuvieron una mala pelea, discutiendo por su hija Anabel que tuvo unos problemas terribles.

—¿Qué tipo de problemas?

Victoria hace girar su dedo índice, indicando "problemas en la cabeza".

—¿Problemas mentales?"

—Más bien algunos malos hábitos. Cosas que le causaban una gran tristeza. También entristecieron a la señora.

—¿Puedes ser más específica? Dante la presiona.

—No quiero decirlo. Podría estar equivocada. Sólo sé que la Señora se esforzó por proteger a Anabel, quiso llevársela de aquí. Pero Amador no lo permitió. Así que se fue sola.

—Fue entonces cuando se fue a España, sin su hija.

Victoria asiente. "Oh, ella no quería ir. No sin Anabel. Amador la obligó. La echo mucho de menos, la Señora. Era maravillosa con nosotros. Una gran señora".

—Así que el señor Ibarra era entonces un padre soltero que criaba a dos niños pequeños por su cuenta. Debió de sentirse muy solo sin su mujer.

Victoria tuerce los labios con desprecio. "Sospechábamos que se veía con otra mujer, pero nunca supimos quién era".

—¿Qué les hizo sospechar eso?

—Muchas cosas pequeñas. También cosas grandes. A menudo salía de la casa por la puerta trasera, sin decir cuándo volvería. Una vez se fue en el viejo camión por una carretera desierta. Cuando regresó estaba todo agitado, lavó el camión por dentro y por fuera, se duchó y luego tiró su ropa al contenedor de la basura.

—¿El señor Ibarra sabía que usted vio todo esto, sospechaba lo que estaba haciendo?

—No, no. Fuimos muy discretos. Siendo sus sirvientes éramos invisibles. Nos trataba como si no existiéramos, salvo para cumplir sus órdenes. Y sabía que nos amenazaban con despedirnos si hablábamos de sus asuntos personales.

—¿Y ahora? ¿Estás dispuesta a arriesgarte?

—Por la señora Madalena, arriesgaríamos cualquier cosa.

Quién, qué, cuándo, dónde. Utilizando los secretos de Victoria como punto de partida, Dante recorre innumerables páginas de microfichas y archivos en línea en busca de artículos periodísticos de hace años. Al principio encuentra muy poco que sea sensacionalista o incriminatorio; sin embargo, tal y como le indicó Madalena, sigue cada hilo, cada mínimo detalle, cada suceso ocurrido unos quince años antes. Instintivamente, cree que Madalena sabe más de lo que dice, que teme que su familia esté involucrada en algún tipo de delito o, como mínimo, en actividades embarazosas. Pero su trabajo consiste en encontrar extractos de información que a ella le parezcan pertinentes, no en juzgar o sacar conclusiones. Por ahora, considerará las historias de Victoria como simples "chismes" y se guardará los detalles para sí mismo.

—Encontré esta columna lateral en la sección de crímenes del periódico local sobre un incidente de atropello y fuga que resultó en la muerte de una mujer. No hay ninguna conexión con tu familia que yo pueda ver, —informa Dante, —sólo una referencia a un joven hispano visto huyendo de la escena. Otro hombre robó el coche y se marchó. El auto era un Zonda, un modelo deportivo muy caro, una rareza de hecho. Se encontró abandonado en un callejón y la policía detuvo a un rufián local basándose en las pruebas forenses recogidas en la escena. ¿Sabe si su hijo tuvo alguna vez un Zonda?

—No lo sé. Sí tuvo un deportivo, pero no sé de qué tipo, —dice Madalena una verdad a medias. "Pero no deja de ser una historia trágica. ¿Quién era la mujer?"

—Se llamaba Angela Bolane. ¿Te suena?"

—No, en absoluto. ¿Y el hombre que arrestaron?

—Su nombre es Clive Parsons. Condenado a 20 años de prisión.

—No tengo ni idea de quién es. Pero es bueno que la policía lo haya arrestado. Qué cosa tan horrible.

El corazón de Madalena palpita de alivio. No se mencionó que Miguel estuviera involucrado de alguna manera. Por supuesto que no. Porque él huyó. Nadie le reconoció ni a él ni a su coche. Un golpe de suerte imposible. Pero si él es responsable, otro hombre está cumpliendo una larga condena por un crimen que no cometió. Aun así, Parsons estuvo allí, razona. Encontraron sus huellas dactilares. También la dejó morir en la calle. Así que es tan culpable como su hijo. Se ha hecho justicia.

—Unos meses después de eso, continúa Dante su actualización, —hubo un incendio en la bodega Ibarra.

A Madalena se le seca la garganta y se le nubla la vista. Si no estuviera sentada se habría caído. "¿Un incendio? ¿Fue grave?"

—Murió un empleado, el gerente de la bodega, Franco Jourdain. Pero se dictaminó que fue un accidente causado por una lata abierta de alcohol metílico. Supusieron que Jourdain había encendido un fósforo para fumar un cigarro y ocurrió lo peor, pero el informe no fue concluyente ni siquiera en esa teoría.

Que Dios nos ayude a todos, reza Madalena en silencio. *Por favor, que no sea cosa de Anabel. Que sea verdad que fue un accidente.*

Su breve silencio es un campanazo, pero Dante se mantiene imparcial. "¿Conocía a este hombre cuando vivía aquí?"

—Amador tenía muchos empleados, evade su pregunta. "No recuerdo todos sus nombres. Dante, averigua más sobre Franco si puedes, si tenía familia y cómo están ahora".

—Lo investigaré.

El asesinato de una mujer, Helena Morales, fue una noticia bastante importante hace 15 años. El arma, un cuchillo de hoja dentada, nunca se encontró. Un artículo habla del hijo de la víctima, cuyo nombre se omitió por ser menor de edad, que vio a un joven arrodillado sobre ella, un hombre con una cicatriz que nunca se ha encontrado.

—Creo que su marido podría haber estado viendo a Helena Morales, como sospecha el ayudante de cocina, pero no hay pruebas concluyentes. Nada más se rastrea en la familia Ibarra, hasta donde puedo encontrar, —concluye Dante en su último informe. La mención de una cicatriz facial dispara una sospecha en su mente, y coincide con los recuerdos de Victoria. Sin embargo, esto ocurrió después de que Madalena fuera desterrada a la fuerza de la casa por su marido, por lo que es posible que no supiera nada del asunto ni del hecho de que Helena fuera la esposa de Franco.

—¿Debo seguir indagando, señora?

—Déjame pensarlo, Dante. Has sido muy minucioso. Me pondré en contacto contigo si te necesito más.

Amador es un mujeriego, Madalena lo sabe muy bien, pero ¿un asesino? Es un montón de cosas cuestionables, pero ella no puede permitirse creer que haya asesinado a alguien, especialmente a una mujer, a sangre fría. Aun así, está metido en algo muy traicionero. Y ha metido a su hijo, Miguel, en la red.

Abre su caja fuerte para sacar el paquete que Miguel le ha enviado. ¿Se atreve a abrirlo y convertirse en cómplice? No tiene otra opción. Con cuidado, abre el sobre y retira el envoltorio de burbujas que envuelve una bolsa de plástico que contiene más objetos. *No. No lo toques. No dejes tus huellas en la bolsa.* Encuentra un par de guantes de algodón y coloca un paño para cubrir su escritorio.

Con cuidado, para no romper la bolsa, Madalena abre la cremallera y saca lo que hay dentro: un paño de cocina manchado de sangre. Lucha contra un reflejo nauseabundo al ver la sangre de un hombre muerto, un hombre que su marido mató. Desenvuelve la toalla para ver el arma del crimen, un cuchillo de cocinero de hoja dentada. Se pregunta por las iniciales "HM" grabadas en el mango de marfil. ¿Una marca de la empresa? ¿Las iniciales personales de alguien?

Entonces se da cuenta. No hubo ninguna pelea con un *hombre* al que Amador apuñaló por la espalda. Miguel mintió. Amador estaba viendo a Helena Morales. Hasta el ayudante de cocina lo sabía. Madalena imagina una pelea de amantes; Amador era un hombre incorregible que exigía todo a una mujer y nunca le correspondía. Esta mujer estaba harta y le dio un ultimátum a Amador. Él debió de matarla. ¿Por qué, si no, escondería Miguel el cuchillo todos estos años? ¿Por qué, en nombre de Dios, no lo tiró a la bahía de San Diego?

La implicación de Miguel en esta pesadilla hace que Madalena sienta escalofríos. ¿Era él el joven que se vio arrodillado sobre el cuerpo de Helena hace tantos años? ¿Por qué estaba allí en primer lugar? ¿Estaba siguiendo a Amador para conseguir pruebas incriminatorias de sus infidelidades? ¿Se acordaría el chico, hijo de Helena, de él si viera ahora a Miguel? Es imposible que no se haya acordado en todos estos años. Pero Miguel es diferente ahora. No tiene cicatriz. Y más viejo. *Por favor, que ese niño nunca recuerde quién es Miguel.*

Cuando Dante vuelve a hablar con ella, le informa de una novedad. Los medios de comunicación están siguiendo una noticia sobre Clive Parsons, que ha solicitado un nuevo juicio para anular su condena por el atropello.

Madalena está desconcertada por esto. Todo está llegando a un punto crítico. La farsa de la familia Ibarra no puede durar mucho más.

—¿Sabes quién lleva el caso?

—Creo que es un abogado designado por el tribunal, —dice Dante. "Averiguaré su nombre".

—Sigue esta historia, Dante. Necesito saber cómo sale.

—¿Sospecha que está conectado con su familia?

—Esa es una conexión que espero que nunca hagas.

En una llamada telefónica a Abuela, Madalena determina que debe volver a California para proteger a sus hijos. Si aparece algo sobre las transgresiones de Anabel o Miguel, debe estar preparada para controlar a Amador, la verdadera causa de todos sus problemas. Tendrá las pruebas sobre su cabeza como una guillotina a punto de caer.

—Me rompe el corazón, se lamenta Abuela. "Amador es mi hijo, pero la fortuna de la familia está en mis nietos. Si entregas a Amador, sus vidas se arruinarán también".

—Haré todo lo posible para que eso no ocurra, pero no puedo presentarme sin más, Consuelo. Necesito una buena razón, una legítima.

—Hay una razón perfectamente buena para que vuelvas, Madalena. La cena de compromiso de tu hija.

ONCE

Profundizar en el caso de Bulldog es un aspecto de la defensa penal que Marc sabe que no puede manejar solo. No en treinta días. Hay muchas piedras que remover, testigos que encontrar y entrevistar, pruebas forenses que evaluar y validar. La mayoría de los investigadores privados se dedican a los casos de divorcio y custodia o a la comprobación de antecedentes para el empleo. Sabe que sólo hay un tipo de investigador privado que está a la altura de la tarea que necesita llevar a cabo. Indagar en los casos penales es una especialidad por la que los abogados defensores pagan mucho, sobre todo si tienen un cliente con medios. Pero a los pobres a menudo se les niega la justicia porque esos servicios están fuera de su alcance. Encontrar a alguien que esté dispuesto a asumir una investigación pro bono es un sueño imposible, y sus compañeros abogados no ayudan mucho con las pistas. Pero Marc tiene un as en la manga.

—Ben, necesito tu ayuda con algo.

—Dilo. Ben se quita las gafas sin montura y gira lentamente en su silla acolchada, una técnica meditativa.

—Sé que representas a algunos clientes babosos, le dice Marc.

—Por desgracia, sí.

—Y sé que tienen mucho dinero para contratar al mejor abogado.

—Ese sería yo, sin duda.

—¿Alguna vez tuviste que emplear los servicios de un detective privado, uno que pudiera indagar en las actividades criminales?

El instinto mueve a Ben a sacar a Marc del altavoz del teléfono. "La mitad de mis clientes son culpables de actividades delictivas. Trabajan en Wall Street. Pero yo no me encargo de las denuncias penales. Contratan a un abogado especializado en ello".

—Sabes que podrías ser tú, Ben. ¿Cuándo vas a escapar del lado oscuro y hacer algo significativo con todos tus talentos legales? Marc sabe que Ben ha estado jugando con la idea de dedicarse al derecho penal, pero no ha decidido en qué lado de la valla aterrizar. La personalidad tipo A de Ben y su encanto juvenil son un dúo dinámico en la sala de audiencias; los lentos y pomposos no son rivales. "Nos vendrían bien más tipos como tú en el equipo de la Defensa".

—No. No estoy seguro de poder defender a todos esos cabrones con los que he tratado en la parte corporativa. Y tampoco soy tan magnánimo como tú a la hora de ser un campeón del pequeño.

—Bueno, entonces, sólo hay otra manera de ir.

—Estoy buscando en el Fiscal del Estado. Pero sólo mirando, eso es todo por ahora. Así que, volviendo a tu situación, necesitas un investigador privado.

—Necesito el nombre, Ben.

—No son baratos. ¿Puede tu cliente pagarlo?

—Difícilmente. Ni siquiera me pagan por esto. El juez

Larimer me lo lanzó. Ben, es un gran caso. Creo que hay algo realmente resbaladizo. Necesito a alguien que tenga conexiones sólidas y pueda moverse fácilmente por el sistema y obtener respuestas sin levantar sospechas.

—Entonces, sólo hay un tipo que conozco que está dispuesto y es capaz.

La tarjeta de presentación de Global Investigations enumera unas cuantas especialidades que llaman la atención de Marc: identificar nuevas pistas, corroborar secuencias de eventos, análisis forense.

—¿Es este el tipo de caso que quieres llevar? Marc entrevista al investigador privado, que se parece más a uno de los clientes corporativos de Ben que a alguien que los escudriñe. Bien arreglado, bien vestido, pero sin pretensiones, y con un comportamiento suave que rezuma confianza, pero no arrogancia. Es afable, cortés y muy interesado en el caso de Marc. Además, está bien afeitado, una novedad en esta época de vello facial.

—He realizado miles de horas de trabajo de investigación, Sr. Jordan, incluyendo varias investigaciones criminales. Me gustaría hacer más de eso. Y ciertamente estoy dispuesto a aceptarlo de forma gratuita. Toda mi carrera se ha dedicado a ver que se sirva a la justicia, al igual que mis clientes. Así que hazme saber lo que necesitas.

El acento jamaicano de Dante, muy refinado ahora, tiene un efecto adormecedor en Marc, que está dispuesto a contratarlo en el acto. "¿Tienes la agenda bastante abierta? Porque este caso necesitará una mirada aguda y un enfoque claro. No quiero que te agobies".

—Tengo varios clientes activos, sobre todo comprobaciones de antecedentes y consultas familiares. No deberían interferir. De hecho, no dejaré que eso ocurra. Puedo ceder mis otros clientes a otros investigadores, excepto uno cuya situación es un poco más complicada. Pero, debería estar terminando con ese pronto.

—Bien. Realmente necesito que te pongas a trabajar. Tengo una audiencia probatoria próximamente y debo tener algo que presentar al juez para que mi cliente gane un nuevo juicio.

—Dime lo que necesitas saber y me pondré a ello.

—Mi cliente está cumpliendo de 20 a cadena perpetua. No es un buen tipo. Tiene antecedentes por asalto, conducción bajo los efectos del alcohol y más. Pero bien podría estar en prisión por un crimen que no cometió. Creo que hay alguna evidencia escondida en algún lugar que no ha aparecido. Le dieron un trato injusto, o al menos un muy mal consejo que le hizo declararse culpable.

—Ocurre con demasiada frecuencia.

—Sí, me temo que sí. Pero este caso no pasa la prueba del olfato. Estoy buscando algo grande, algo en lo que este caso gire, no sólo una petición de lástima o un tecnicismo. Aquí está el expediente. Quiero que veas cosas que ni siquiera yo puedo ver, que encuentres cosas que nunca se me ocurrirían. Sigue todas las pistas, por muy triviales que sean. Tengo que advertirte. Es un caso frío, de hace quince años.

—A veces los casos fríos se calientan muy rápido, — comenta Dante, insistiendo en la metáfora.

—Vamos a ponerle fuego a este. Aquí está el archivo.

—Gracias, Sr. Jordan". Lo coloca en su maletín sin apenas mirar la etiqueta.

—Marc. Llámame Marc".

—Gracias, Marc. Me pondré a ello hoy mismo.

Dante Monroe sale del despacho de Marc, con el expediente del caso Clive Parsons en su maletín, sin saber que dos de sus clientes están a punto de chocar frontalmente.

DOCE

Madalena llega al aeropuerto internacional de San Diego a las 4 p.m. horario de verano. El vuelo de más de quince horas no la ha dejado en mal estado, gracias al alojamiento en primera clase que incluía un compartimento privado con ducha y espacio para cambiarse. Con un traje de cóctel azul que realza su elegante pelo negro y su labial carmesí, Madalena pide un taxi para ir a las Bodegas Ibarra y asistir a la cena familiar en la que se anunciará el compromiso de Anabel.

Ya no se siente intimidada por Amador. Sabe a ciencia cierta que él mató a Helena y que Miguel lo ha encubierto. Tiene el cuchillo que sellará el destino de Amador, pero no puede soltar la acusación sin más. Quiere que él sude y acabe implicándose por sus sospechosas acciones.

Amador, Abuela, Anabel y Marc están disfrutando de cócteles y aperitivos de *Gambas al Ajillo* en el lujoso patio abierto. No ven el taxi de Madalena mientras sube por el largo camino y se detiene en la entrada en forma de U. Madalena sale del taxi y se enfrenta a la puerta principal de roble oscuro de dos metros de altura y con vidrieras. Los recuerdos de los años que pasó en la finca la golpean con fuerza: El dolor de las aventuras de Amador. La decepción por la constante evasión de la ley por parte de su hijo. La agónica separación de su hija, al ser exiliada a España por su marido y no poder tener a Anabel en sus brazos para despedirse.

Al escuchar la música suave y la conversación casual que viene del lado de la casa, Madalena decide no tocar el timbre y ser anunciada por el ama de llaves. La puerta del patio es fácil de abrir y deja su equipaje justo dentro. Hace una entrada llamativa, con sus sandalias de tacón diseñadas por ella misma, que repiquetean rítmicamente sobre las baldosas españolas, y luego se queda quieta hasta que todas las cabezas se vuelven hacia ella.

Anabel se sobresalta al ver a su madre, después de años de cartas secretas y llamadas telefónicas clandestinas. Vacilante, se mueve para saludarla, devolviendo el abrazo de Madalena con un afecto contenido. Todavía no han resuelto del todo el asunto de la repentina marcha de Madalena años atrás, y el sentimiento de abandono que Anabel sigue sintiendo, exacerbado por la manipulación de Amador.

Amador no oculta su desprecio. "¿Qué haces aquí? No has sido invitada".

Marc está desconcertado por la abierta animosidad, pero sólo puede lanzar una mirada inquisitiva a Anabel. Ve la tensión en su mandíbula y se acerca a ella, para consolarla.

—No me perdería la fiesta de compromiso de mi hija. Y gracias a la Abuela podré disfrutar de este maravilloso evento contigo.

—¿Tú? Amador se vuelve hacia su madre con cara de enfado y le dice: "¿Tú la has invitado? ¿Mi propia madre haría esto?"

—Es la madre de Anabel, le dice Abuela con firmeza, pero con calma. "Es apropiado que esté aquí".

Amador sabe que no debe discutir con su madre. Ella esgrime una espada emocional de miedo y también de respeto maternal.

—No te preocupes, —dice Madalena. —No he venido a causar angustia a nadie. Quiero ver a mi hija y conocer al que será mi yerno. Y también visitar a algunos de mis viejos amigos.

Aceptando el ofrecimiento de una copa de champán del camarero, Madalena disfruta del bello entorno, de los enormes ramos de flores frescas, del lujoso y confortable mobiliario. Los recuerdos conmovedores la inundan y amenazan con incomodarla, pero los descarta. Hay cosas más importantes que atender en este momento que su dolor personal.

Como si siguiera siendo la dueña de la casa, Madalena entra en la cocina donde se está preparando la cena y es recibida con sonrisas de sorpresa y alegría por parte del personal. Han pasado años, pero todos la recuerdan con cariño. Victoria, la jefa de cocina, abraza a Madalena con cariño, como si viera a una hermana perdida hace tiempo.

—Señora Ibarra, la saluda Victoria con notables lágrimas en sus simpáticos ojos marrones. "Pensé que no volvería a verla".

—Yo también, Victoria.

—¿Se va a quedar mucho tiempo, espero?

—No estoy segura, pero al menos hasta la boda. Ahora debes contarme todo lo que ha pasado desde que me fui.

—Oh, vaya. Victoria da una palmada de emoción. "Son muchas cosas. Necesitaría muchas horas para hablar con usted".

—Debemos hacerlo pronto, Victoria. Pero esta noche necesitaré tu ayuda.

—Cualquier cosa, señora. Cualquier cosa.

Los deliciosos olores recorren el comedor mientras Victoria y el personal de cocina llevan bandejas de paellas, empanadas y platos de pollo y cerdo artísticamente preparados y los colocan en mesas cubiertas de telas de encaje. Una estación de trinchado con enormes cortes de costillas centradas en el color rosa y una humeante olla con salsa, está a la espera, imposible de resistir. Cuando nadie mira, Victoria, que no es consciente del verdadero significado de lo que va a hacer, coloca el cuchillo que le dio Madalena junto a los demás cuchillos de la estación. Los camareros son empleados contratados y utilizan mayoritariamente los utensilios de la cocinera Ibarra, por lo que apenas se darán cuenta de que este cuchillo es diferente a los demás.

Marc se dirige a la línea de servicio y pide un buen trozo de costilla. "Estoy hambriento, y esto luce delicioso", afirma lo evidente.

El camarero busca el cuchillo grabado, pero coge otro que considera más adecuado para trinchar carne. Mientras Marc saliva ante el generoso trozo que le sirven, las iniciales HM en el mango de marfil del cuchillo le llaman la atención. Se da cuenta de su elegancia, diferente a la de los cuchillos de la mesa. El espíritu de su madre cortando y troceando la comida en su cocina forma una huella en su cabeza, pero es rápidamente expulsada por el tentador olor de la carne.

Todavía agitado por la inoportuna aparición de su esposa, Amador se acerca a la estación de trinchado con la esperanza de que algo de comida lo reconforte. Cuando ve el cuchillo (el cuchillo que mató a su amante, el arma con el "HM" estampado en el mango, que sostuvo en su mano mientras luchaban ferozmente por el dominio) se congela, rompe a sudar frío y siente que el estómago se le cae a las rodillas. *¿Cómo, en nombre de Dios, ha llegado eso hasta aquí? ¿Mi mente me está jugando una mala pasada?*

Antes de que pueda decidir si lo coge, le disuade la fila de invitados hambrientos que se forma detrás de él. Su agradable charla sobre el irresistible festín que están compartiendo distrae a Amador momentáneamente, pero cuando se vuelve hacia la estación el cuchillo ha desaparecido. Se está imaginando cosas, se dice a sí mismo. Hace años que no piensa en ese "incidente". Desconcertado, se retira al bar y se sirve un trago fuerte.

Sabiendo que no podía volar con el arma real, Madalena tomó una foto digital del cuchillo y mandó hacer una réplica, que luego fue enviada por correo a Victoria a un apartado postal en Estados Unidos con la leyenda "No abrir hasta que llegue". Tras su breve aparición en la estación de trinchado, Victoria lo tiene ahora escondido en el bolsillo profundo de su delantal y se lo devolverá a la Señora más adelante.

Madalena cree que su estrategia está funcionando. Las semillas han sido plantadas: el terror en el corazón de Amador.

La conversación de la cena es ligera y casual en su mayor parte mientras disfrutan de la buena comida y de las excepcionales bebidas, aunque en el aire flota una tensión que podría ser palpable en cualquier momento. Madalena lleva la charla a una nota personal al dirigirse a Marc: "Quiero decir que estoy encantada de conocerte Marc Jordan. Parece que haces muy feliz a mi hija, pero no sé casi nada de ti. Por favor, háblame de ti".

—Marc es abogado, madre, interrumpe Anabel con sincero orgullo, —defiende a quienes necesitan ayuda frente a un sistema amañado en su contra.

—¿Qué tipo de derecho ejerces, Marc?

—Derecho penal. Soy abogado defensor.

—¿Puedes hablarnos de un caso emocionante en el que estés trabajando?

—Bueno, no puedo hablar de los detalles, pero mi último cliente es un hombre al que espero que se le conceda un nuevo juicio después de haber sido condenado por un delito hace algunos años, que jura no haber cometido.

—¿De verdad? ¿Cómo se demuestra algo así? El entusiasmo

de Madalena es genuino, ya que todavía es ingenua en cuanto a quién es realmente Marc.

—Demostrando que hubo prevaricación por parte de su abogado o de la Fiscalía. O descubriendo que le han tendido una trampa.

—¿Por qué alguien haría eso?

—Para encubrir quién es el verdadero asesino, —interviene Anabel, sintiéndose conocedora e implicada.

—Tuvo que ser alguien de importancia, para llevar a cabo algo tan traicionero, —sugiere Madalena.

Marc traga un bocado de comida y bebe un poco de vino. "Eso es lo que piensa mi cliente, pero aún no he descubierto ninguna pista sobre quién podría ser".

—Bueno, ¿qué tipo de crimen fue? ¿Asesinato? —susurra Madalena con un toque de humor negro.

—Un atropello y fuga. Uno mortal. Una mujer murió.

Esto ha tocado una fibra familiar que Madalena no esperaba. Se esfuerza por mantener la calma. "Qué caso tan trágico. ¿Sabremos de él en las noticias?"

—Bueno, no es un caso de gran repercusión, pero hay reporteros judiciales que cubren los juicios, así que puede que sí.

A Marc se le suelta la lengua con el aperitivo y una nueva copa de vino con cada plato. Suele ser comedido y le sorprende que hable del trabajo tan abiertamente, incluso en términos vagos.

Todos en la mesa permanecen en silencio, tratando de ser indiferentes y disfrutar de la comida. Sin embargo, en sus cabezas, cada uno contempla su propia interpretación de lo que realmente ocurrió el día en que el coche de Miguel chocó con una mujer inocente y la dejó muerta en la calle.

En la mente de Amador estaba protegiendo a su hijo y la reputación de los Ibarra cuando contrató a Whitey para que "se encargara de ello". Habría hecho cualquier cosa para mantener a Miguel fuera de la cárcel, incluso cometer el delito de obstrucción para no manchar el estatus de su bodega.

En la mente de Madalena está proteger a su hijo y pretende utilizar la información de las investigaciones de Dante para coaccionar a Amador para que abogue por su causa: convencer a Anabel de que viva con ella en España, con o sin Marc, cuya presencia en la vida de su hija ha creado ahora una nueva arruga en el plan de Madalena.

Abuela está consternada por el hecho de que su hijo y su nieto sean asesinos y su nieta sea una incendiaria, pero aún no ha decidido qué hacer al respecto.

Anabel es ajena a toda la intriga oculta. No sabe nada de los crímenes de Miguel, ni de la historia asesina de su padre. Sobre todo, ignora que Franco Jourdain, el hombre al que mató con su incendio más devastador, era el padre de Marc.

—Marc no suele hablar tanto de su trabajo, —dice Anabel de forma protectora. "Sabe que estoy orgullosa de él, pero tratamos de no hablar de cosas entre nosotros.

—Señorita Anabel, tiene una llamada. Carmela, el ama de llaves, interrumpe amablemente la conversación y Anabel se excusa. Su ausencia le da a Madalena una oportunidad para saber más sobre su futuro yerno.

—¿Y qué hay de tu familia, Marc? ¿Llegaremos a conocerlos?

Él niega con la cabeza. "Desgraciadamente, no". Su expresión es de naturalidad, ya que ha dicho muchas veces hasta dejar de provocar dolor: "Mis dos padres están muertos".

Madalena se queda atónita. "Yo... no sé qué decir, salvo que lo siento de verdad".

—Fue hace mucho tiempo, —dice Marc, como si el tiempo y la distancia fueran la solución a todos los males. "Supongo que como pronto seré un miembro de la familia, deberías saberlo.

Mi padre murió en un terrible accidente, en un incendio donde trabajaba. Una bodega, como ésta".

Madalena, Abuela y Amador se sientan en un silencio aturdido, aliviados de que Anabel haya salido de la habitación, no sea que se instale en ella una nube de culpa que Marc pueda ver.

—Lo siento mucho, mucho. Debe haber sido trágico para ti. ¿Hace cuánto tiempo? El corazón de Madalena casi estalla. *No es posible.*

—Era una adolescente, muy joven. Estaba más preocupado por mi madre, por cómo cuidarla.

—Sí, claro. Ella debió tomárselo muy mal. Sospecho que murió de un corazón roto. *Es un deseo, Madalena, pero ahora sabes la verdad.*

—No, no de un corazón roto. Fue víctima de un intruso. Marc no puede soportar decir "asesinato".

—Esto es demasiado para soportar, se lamenta Madalena, y deja de comer otro bocado de comida. Pero un vaso de vino está cerca, y es necesario.

A Amador se le revuelve el estómago. El sudor se forma en su camisa, afortunadamente oculta por su chaqueta de cena. Su hija está comprometida con el hijo de la mujer que mató, la mujer que amó. Pero no fue un asesinato, se dice Amador. Fue en defensa propia. *Sí, eso es lo que alegaré si esto sale a la luz.* ¡Jura que tiene que deshacerse de ese cuchillo! Pero, ¿a dónde demonios ha ido a parar? ¿Realmente lo vio?

—Perdona por eso, se disculpa Anabel al volver. "¿Me he perdido algo importante?"

—Nada, querida, —intenta Madalena ser burbujeante. "Pero ahora que has vuelto vamos a brindar todos por la feliz pareja y a felicitarles por su compromiso". Las copas se levantan y chocan entre sí.

—Compromiso. Amador se muestra rígidamente paterna-lista. "Y sin mi consentimiento".

—Oh, papá. No seas tan anticuado, le reprende Anabel. "Pero si tienes que tener las formalidades, Marc te pedirá permiso. Tal vez con un coñac después de la cena".

El timbre de la puerta y las voces excitadas en el vestíbulo llaman la atención de todos. Carmela, se nota, está gratamente sorprendida al ver a la persona que aparece cuando abre la puerta principal. Unos pasos fuertes y seguros se dirigen hacia ellas, y se giran para ver al hijo pródigo, Miguel, entrando en el comedor a grandes zancadas.

Madalena y Abuela se alegran de verlo y lo adulan. "Qué sorpresa, qué alegría". "Creíamos que estabas fuera".

—Estuve en México unas semanas por un rodaje, pero he vuelto por poco tiempo. No te preocupes, papá. No tardaré mucho. Sólo necesitaba recoger algunas de mis cosas en mi antigua habitación.

Marc se queda con la boca abierta al ver que se trata de Michael Barron, el cantante narcisista y fanfarrón. Le susurra a Anabel: "Es el tipo de la cima del Hyatt. ¿Conoce a tu familia?"

—Él es mi familia, le susurra Anabel.

—¿Por qué no me lo dijiste?

—Es una larga historia.

La mente de Marc empieza a filtrar hacia atrás en el tiempo. Hay algo que le resulta familiar en la forma de la cara de Barron, en su perfil, y no sólo por su aparición como cele-bridad en el Top. Está imaginando cosas, una cicatriz donde no hay indicios de una cicatriz. El vino está haciendo un número en su cabeza. El estrés del juicio de Clive le está afectando, y las pesadillas sobre el asesinato de su madre se perpetúan. El resto de la cena es una niebla, ya que Marc siente que la energía de la sala se vuelve repentinamente oscura.

Amador se excusa: "Volveré enseguida, después de unas palabras con mi hijo. Por favor, sigan disfrutando de la cena".

La discusión entre ellos es familiar, como un disco rayado, con Amador reacio a reconocer los logros de su hijo.

—No, papá. Ya te lo he dicho antes.

—Podría enviarte a nuestra oficina en España. De hecho, es mejor que no estés aquí, —insiste Amador.

—¿Y eso por qué? Una pregunta superficial mientras ordena su armario en busca de objetos para empacar.

—Abajo, cenando con nuestra familia, comprometido con tu hermana, la voz de Amador es grave y rasposa, —está el hijo de Helena Morales. Te vio aquel día, Miguel. Por suerte no tienes cicatriz y él no se acuerda, pero algún día podría hacerlo. Entonces, tu carrera está acabada.

Miguel no se inmuta y le recuerda a su padre: "Y la tuya también".

—No puedes arriesgarte, por ninguno de los dos, Miguel. Cuanto más visible seas para el mundo, más fuerte será la posibilidad de que se acuerde.

—Es un riesgo que estoy dispuesto a correr.

—¿Qué riesgo es ese?

Miguel se gira hacia la voz para ver que su madre ha aparecido casi de la nada. Amador pone su expresión más contrariada y sale furioso, no sin antes advertir a Miguel una vez más que se mantenga alejado.

Sorprendentemente, Madalena está de acuerdo con su despreciable marido en que Miguel debe alejarse de la casa y de la boda de su hermana, pero por razones diferentes.

—Desvirtuaría su día especial si los periodistas se enteran de que el famoso Michael Barron es hermano de Anabel, —dice, creando una falsa excusa. "Dale a tu hermana su día de protagonismo. No lo conviertas en un circo de paparazzi.

Después de la boda y de que pase el tiempo, podemos hacer una gran reunión familiar con toda la prensa que quieras."

—Nunca he impuesto mi vida como artista a esta familia, porque quiero mantener mi vida privada. Papá nunca ha aprobado mi carrera y no voy a dejar que su desprecio por mi éxito empañe lo que he conseguido. Así que, no te preocupes, me mantendré al margen. Es curioso, quiere que me vaya a esconder a España, a trabajar para él, pero le da un arrebato si Anabel se fuera allí y estuviera contigo. No lo entiendo.

—Es su forma de vengarse de mí, de castigarme por querer el divorcio y pedir la custodia exclusiva cuando Anabel era una niña. Si hay que castigar a alguien es a tu padre, por todo lo que ha hecho.

Miguel medita hasta dónde debe llevar la conversación. "¿Te refieres a por encubrirme, por el accidente de hace años?"

—Eso y... Miguel, sé lo que hay en el paquete que me enviaste, y estoy bastante segura de saber de quién es la sangre que realmente hay en él.

Cierra la puerta de la habitación y gira la cerradura. "¿Lo has abierto? Te pedí que no lo hicieras. Ahora también podrías meterte en problemas".

—No tantos problemas como los que tienes tú, Miguel. El profundo amor maternal supera sus sentimientos de repulsión y las lágrimas amenazan con derramarse. "Encubrir el asesinato de Helena Morales con el cuchillo que no pudiste tirar a la bahía. Oh, mi querido hijo, ¿por qué no te deshiciste de él?"

Se sientan juntos en el borde de la cama de él, sintiéndose como camaradas de crimen, sin duda, con incertidumbre por el futuro. Toda la chulería de Miguel se disipa. "Yo no la maté, mamá", le dice, con la voz ronca por la emoción. "Sabes que nunca podría".

—Nunca tuve ninguna duda, Miguel. Fue tu padre quien lo hizo, pero te arrastró a ti y eres cómplice. Haré lo que pueda para protegerte, pero no tengo poderes mágicos. Sabes quién está abajo, ¿no?

—Sí. Mete los últimos objetos personales que necesita en una pequeña bolsa de viaje y cierra la cremallera. Madalena besa a su hijo, quizá por última vez en mucho tiempo, y lo ve salir por la escalera trasera.

En la intimidad de la biblioteca, ahora que Marc y Anabel se han ido y Amador se ha retirado a su despacho, Madalena y Abuela discuten ansiosamente cómo ocultar el secreto de Anabel a Marc. En cuanto a las sospechas de Madalena de que Amador ha matado a la madre de Marc, Abuela se angustia porque Madalena ha colocado el cuchillo a la vista de todos.

—Cuando te invité aquí, no tenía ni idea de qué harías algo tan drástico.

—Sabes que tenía que llamar la atención de Amador, Consuela, para atormentarlo.

—¿Pero hacerlo delante del prometido de tu hija? ¿Y si se acuerda de algo y suma dos y dos?

—Nos vendría bien a todos. Todos somos cómplices de esto. Mentiras, engaños, asesinatos. Debe terminar.

Abuela imagina todas las transgresiones de la familia, sacudiendo la cabeza, deseando que se desvanezcan por arte de magia.

—Miguel es culpable de un atropello por el que otro hombre está pagando el precio. ¿Fue un accidente, el resultado de un exceso de alcohol? ¿Se dejó llevar por el pánico y huyó de la escena? Amador encubre a su hijo una y otra vez, cuando él mismo es culpable de infidelidad y de matar a una mujer con la que se acostaba. ¿Crimen pasional, un desacuerdo que ha ido mal? ¿Asesinato o defensa propia?

—¿Y Anabel? le recuerda Madalena a Consuela. "Ella es inocente en todo esto. Está enferma y necesita ayuda profesional".

—Está acudiendo a un psiquiatra y no ha provocado ningún incendio desde que empezó el tratamiento, —subraya Abuela.

—¿Y qué pasará cuando descubra que el hombre que mató es el padre de su prometido? ¿Qué hará? Debemos tenerlo en cuenta. Anabel no debe saberlo nunca. No debes decírselo nunca.

—No, por supuesto que no lo haré, —jura Abuela, —pero la verdad tiene una forma de revelarse. Uno de nosotros cometerá un error. Marc se enterará de alguna manera.

—Tal vez rompan, o pase algo.

—¿Qué estás insinuando, Madalena? ¿No estarás sugiriendo que le pase algo a Marc, que no le haga daño, o algo peor?

—Por supuesto que no, Abuela. Te prometo que no. Pero tengo que llevarme a Anabel lejos de aquí, lejos de todo esto.

—Pero pronto se casarán. Ella nunca lo dejaría. ¿Qué podría pasar para que se fuera?

—No lo sé. Pero debe ser algo que los haga desenamorarse.

TRECE

MARC NUNCA QUISO VISITAR EL TEMA DE LA AUTOPSIA DE su madre, pero los últimos acontecimientos lo incentivaron. Un recuerdo aquí y allá. Un destello de una imagen. Un deseo de saber. Muestra sus credenciales al forense de turno y le pide el expediente del caso de su madre.

—Eso fue hace más de quince años, le recuerda el forense.

—¿Está en su ordenador?

—No, hasta hace diez años no nos digitalizamos del todo. Todavía está en un archivo de papel.

Esta no es la primera visita de Marc a la oficina del forense. Ha tenido que acompañar a un cliente a identificar a un ser querido, a ver cómo se derrumba en la desesperación, o incluso a dar el último adiós a un cónyuge maltratador. Esta vez, se adentra en el laboratorio como atraído por los cadáveres que aguardan a ser tallados geométricamente para que cada órgano y tejido pueda ser analizado al microscopio. Hay cuerpos en reposo, algunos cubiertos, otros expuestos. Una niña con expresión angelical desmiente los moretones y cortes de su joven cuerpo. Jóvenes, ancianos, hombres, mujeres. Muertos por causas naturales, accidentes, crímenes violentos.

El cerebro de Marc se llena de preguntas. *¿Alguna de estas mujeres que yacen aquí fue asesinada por el hombre de la cicatriz? ¿Fue su madre la única víctima del asesino? ¿Fue un crimen pasional o un acto de violencia al azar? ¿Es un asesino en serie? ¿Lo hará de nuevo y posiblemente le dé un respiro a Marc en el asesinato de Helena?* Tal vez uno de los cadáveres masculinos sea el hombre que mató a su madre, su destino finalmente encontrado.

A Marc no se le permitió identificar el cuerpo de su madre cuando fue asesinada. "Ellos" consideraron que el estrés de su muerte era demasiado doloroso. De alguna manera, la policía vino, el forense la metió en una bolsa para cadáveres y la llevó a la morgue, y su hermana Rosa viajó desde Stockton para hacer la identificación oficial.

Abre el expediente. Las fotos de la escena del crimen de su madre le impactan. Está tendida en el suelo, irreconocible en una foto, boca arriba en otra. La sangre mancha su vestido y su delantal y se acumula en su abdomen en un círculo tan grande que Marc duda de que quedara sangre en su cuerpo cuando llegó la policía.

—¿Está bien, señor Jordan? El médico forense recoge el expediente que se le ha caído de las manos a Marc.

—Sí. Lo siento. Yo... ¿le importaría leérmelo?

—Por supuesto. ¿Quiere sentarse primero?

—Sí. Gracias.

—Fallecida: Helena Morales. 34 años de edad. Mujer, 1,70 metros, 59 kilogramos. Las heridas abdominales de cuchillo perforaron órganos vitales. Causa de la muerte sospechosa...

—¿Sospechosa? Fue asesinada.

—Bueno, en el momento en que se recopiló el archivo la causa exacta de la muerte estaba todavía bajo investigación. Se declaró oficialmente un homicidio después de una autopsia completa.

—Sí. Por supuesto. Por favor, continúe.

—La escena del crimen estaba limpia, no se encontraron huellas dactilares excepto las de la víctima, ni signos de entrada forzada. Se encontraron algunos raspones de piel bajo sus uñas, pero el ADN no era identificable. Había algunas heridas defensivas que indican que se defendió. Algunos cortes y moretones en sus manos. Ella y su agresor posiblemente lucharon por el cuchillo.

—¿Y el arma homicida?

—No hay rastro de ella. La policía cree que el asesino se la llevó. El forense sigue leyendo: "La fallecida estaba en edad de procrear y era, siento ser explícito, sexualmente activa..."

—¿Qué? No, ¿cómo sabe eso? ¿Había semen? Marc suelta. *¿No sería eso útil?*

—No hay semen, pero...

—Pero... ¿qué?

—Siento decir que estaba embarazada, de tres meses.

Ante esta revelación, Marc coge el expediente para leerlo por sí mismo. Se siente desolado por el hecho de que su madre se haya involucrado con alguien hasta ese punto, tan poco tiempo después de la muerte de su padre. También le sorprende que haya podido tener un hermano o una hermana. ¿Podría ser un hijo de Franco? Marc calcula frenéticamente la línea de tiempo en su cabeza y llega a la triste conclusión. Su madre estaba involucrada, tonteando con alguien. ¿Con quién? ¿Un hombre casado? ¿Alguien que la seducía y la dejaba embarazada? ¿Se habría casado con él? ¿Se lo habría pedido él?

¿Fue su amante el hombre que la mató, tal vez porque ella estaba embarazada y él estaba enojado? ¿O ella estaba enfadada y se enfrentó a él, se peleó con él, lo provocó? ¿Fue su muerte un crimen pasional? ¿Fue ella la culpable y él un hombre inocente?

En la mente de Marc comienzan a formarse comparaciones sobre Anabel y su madre, dos mujeres en los lados opuestos del espectro femenino: una ardiente, sensual, insaciablemente sexy, y la otra reservada, recatada, pero con un aire de seguridad en sí misma discretamente sensual. ¿Se enamoró de Anabel porque era todo lo contrario a su madre, para afirmar su correcta distancia como hijo, para mantener a Helena en un pedestal?

Muchos hijos se enamoran de mujeres como sus madres si son codependientes de un tipo de amor nutritivo. Y otros, como él, quieren mantener la relación madre-hijo en un lugar especial de adoración, pues ninguna mujer podría competir o compararse. Ahora, con esta nueva revelación de que Helena tenía una aventura, secreta e ilícita, se da cuenta de que, como muchas otras mujeres, ella también era deshonesta.

———

—¿Y cómo estás tú? ¿Cómo es tu vida personal?

—Estoy saliendo con alguien.

—¿Es algo serio?

—Sí. Me he comprometido recientemente.

Marc se muestra extrañamente serio y eso toma al Dr. McMillan por sorpresa. "¿Casarse? ¿De verdad? ¿Y has omitido ese detalle?"

Marc no ha acudido a sus citas regulares de terapia desde que se involucró seriamente con Anabel. "He estado muy absorbido por un juicio, y por otras cosas".

—¿Como por ejemplo?

Marc le habla del informe del forense, de lo horripilante que fue leerlo y, a la vez, de lo revelador que fue.

—Mi madre estaba embarazada. Estaba involucrada con

otro hombre, tan poco tiempo después de la muerte de mi padre. Mi santa madre. El dolor de Marc se tiñe de cinismo.

—Tu madre era humana, Marc, lidiando con la tragedia de la muerte de tu padre, una mujer soltera tratando de criar a un hijo sola, pero también necesitando consuelo y amor. No la juzgues con demasiada dureza.

Marc sacude la cabeza con vergüenza y se reprende a sí mismo. "Estoy siendo mezquino e infantil, lo sé. No puedo creer que tenga esos pensamientos".

—Todo en tu relación con tu madre cambió cuando fue asesinada. No sólo sigues sintiéndote culpable por no haber sido capaz de protegerla, sino que también te sientes abandonado por ella. La tenías en tan alta estima, con razón. Era una madre abnegada y una mujer admirable y con talento. Ahora, al descubrir que también tenía necesidades y emociones femeninas y que tuvo una aventura que podría haberla llevado a la muerte, te sientes abandonado de nuevo.

Marc lo medita un momento, con la cabeza inclinada en un pensamiento pensativo. Sólo puede asentir con la cabeza, la dolorosa constatación le deja mudo.

El Dr. McMillan pasa a un asunto más pragmático, facilitando a su cliente un marco de referencia más cómodo. "¿Cómo te va con tu nuevo caso? He visto los informes de los periódicos sobre el mismo y el hecho de que el cliente cree que fue condenado injustamente.

—Sí, es desconcertante en este momento, —comenta Marc, respirando audiblemente con cada palabra. "Pero no puedo entrar en detalles".

—Sí, lo sé. Tendré que leerlo todo en las noticias. Sólo me preguntaba cómo estabas, manejando todo esto. ¿Quieres pedir otra cita?

—Mmm. Necesito ordenar algunas cosas en mi cabeza, Doc.

—Para eso estoy aquí.

—No. Esto tengo que hacerlo solo. Por ahora. Estaré en contacto.

Al final del pasillo, Marc espera impaciente el ascensor, pero ve que varios pisos están iluminados con pasajeros esperando. Decide subir por las escaleras. Como si fuera una coreografía del destino, justo cuando la puerta de la escalera se cierra tras él, la puerta del ascensor se abre y Anabel sale. Ella recorre las pocas puertas del pasillo.

Con un movimiento elegante, se sienta en la silla reclinable del Dr. McMillan, teniendo cuidado de alisar su falda y ajustar las mangas de su blusa con gestos de buena educación. Con los pies en alto, y sintiéndose relajada, Anabel conversa agradablemente sobre la cena de compromiso y sobre el hecho de que Marc conozca a su familia por primera vez.

—¿Marc?

—Es mi prometido. ¿No te lo he dicho? Extiende la mano para mostrar un anillo de compromiso que brilla con buen gusto, tres diamantes marquesa en un engaste dorado art decó. "Sé que no he estado aquí durante un tiempo, pero estaba segura de haberlo mencionado. Se llama Marc Jordan. Es abogado. Para la defensa".

McMillan suelta la mano de Anabel como si fuera algo prohibido. Reprime su asombro ante el nombre, y el impulso de decir también es mi paciente. "No, no lo sabía. ¿Piensas casarte pronto?"

—Oh, eso espero. Pero no sabe nada de mi problema. Sabe lo mucho que he intentado controlar mis impulsos. Necesito que me cure por completo, Dr. McMillan. Tengo pesadillas y Marc está ahí conmigo, pero nunca le cuento de qué se tratan. Nunca puede saber lo que he hecho. Nunca quiero provocar otro incendio. ¿Por qué debería hacerlo? Ahora soy feliz y siempre lo seré mientras tenga a Marc.

Temeroso de que pueda estar cometiendo una violación ética al no recusarse como su médico, pero reacio a interferir en lo que podría ser un gran avance para Anabel, McMillan deja de pensar en las nefastas consecuencias. Ahora podría estar dispuesta a divulgar algo vital para su tratamiento.

—Háblame del incendio, Anabel. El que te está causando tanto dolor, el que te trajo aquí a buscar tratamiento.

—No recuerdo mucho al respecto. Necesito que me ayudes a recordar. Pero tengo miedo de no ser capaz de afrontarlo.

—Este es el lugar más seguro para tratarlo y que puedas encontrar una manera de sanar. Si estás de acuerdo, podemos intentar una hipnosis, un trance muy ligero.

—Sí. Sí. Necesito recordar, pero me da mucho miedo.

—De acuerdo, Anabel. Recuéstate y relájate un momento. Respira con facilidad y deja que tu mente se despeje si puedes.

—De acuerdo.

—Inhala y exhala con ritmo. Pero no lo fuerces. Simplemente deja que la respiración fluya, como si te estuvieras quedando dormida, pero sin dejar de estar despierta. Ahora, imagina que estás en un lugar tranquilo, en algún sitio que te produce una sensación agradable. Algún lugar en el que hayas estado antes, quizás una playa, viendo la marea baja y corriente del océano.

—Cuando cuente de 10 a 1, sentirás que vas a la deriva, a la deriva... Respira profundamente, eso es, con calma, toma otra, inhala y luego exhala...

—Háblame del incendio, Anabel. El que te está causando tanto dolor, el que te trajo aquí a buscar tratamiento.

—No tenía que ser tan malo, —dice vagamente. "Sólo quería un pequeño incendio. Estaba tan enfadada con mi padre y echaba tanto de menos a mi madre".

—¿Dónde estás, Anabel?

—En el almacén de envejecimiento, donde se guardan los barriles de vino.

—¿Y qué pasó? ¿Cómo empezó el incendio?

—Encendí una cerilla y toqué con la llama uno de los barriles. De alguna manera, la llama saltó de un barril a otro. Había una lata abierta de metanol (estúpidos conserjes) pero de repente se encendió todo y era grande y hermoso y no podía dejar de mirarlo.

—¿Cómo te hizo sentir, ver tal peligro potencial, tal destrucción?

—Oh, no se sintió peligroso o destructivo en absoluto. Fue celestial, apasionado, me envolvió, me sedujo. Ahora casi se desmaya de éxtasis. "Sentí como si las llamas me invitaran a entrar en su calor, que brazos de oro y rojo trataban de abrazarme. Pero no podía moverme".

La anima a concentrarse en el acto. "¿Entonces qué pasó?"

—Alguien me levantó de repente y me sacó del cobertizo.

—¿Qué quería?

—Quería apagar el fuego, la emoción, pero no podía dejarle hacerlo. Tuve que detenerlo".

—¿Qué hiciste para detenerlo?

—Él... tiró de la manguera hacia el almacén para apagar el fuego, pero no podía dejarle hacer eso. Lo único que se me ocurrió fue cerrar la válvula de agua.

—Sabías lo que pasaría si hacías eso.

—Sólo pensé que el agua se detendría. Y el fuego continuaría.

—Pero eso no es todo lo que pasó.

—No. No. De repente oí un grito, en algún lugar de la distancia. No parecía real. Estaba perdida en mis pensamientos y mis sentimientos.

—¿Quién gritaba, Anabel?

—No lo sé. No pude reconocer la voz...

—Piensa. ¿Con quién estabas en el almacén? Era alguien que conocías y en quien confiabas.

—Creo que era Franco. Franco gritaba pidiendo ayuda. Pero yo no podía moverme. No quería moverme.

—¿Qué pasó con Franco, Anabel?

—Él... él... Se retuerce en la silla tratando de escapar de la imagen en su mente.

—¿Qué le pasó a Franco, Anabel? ¿Por qué gritaba?

—Él... él... no pude verlo más allá de las llamas.

—Se quemó vivo en el fuego, ¿verdad?

—Sí. Eso es lo que me dijeron.

—¿Cómo te *sentiste* cuando supiste que Franco había muerto?"

—No podía creerlo. Franco era mi amigo, como un padre para mí. Siempre estaba ahí para protegerme y consolarme.

—¿Cómo te sentiste, Anabel?

—Quería estar enferma. No Franco. No más Franco. Anabel grita, buscando en vano a su amigo. "Vuelve, Franco...

—¿Quién era Franco, Anabel? ¿Qué hacía en la bodega?

—Era el gerente de la bodega. Franco Jourdain, el gerente de la bodega. Franco, mi amigo. Mi único amigo. Yo amaba a Franco. Y lo maté. Anabel grita de angustia y remordimiento, su cuerpo se contorsiona para huir del recuerdo agonizante, sus puños golpean la silla.

Al doctor McMillan se le revuelve el estómago de asco. Su sospecha se ha confirmado. Franco era el padre de Marc Jordan. Marc es su paciente. Marc es el prometido de Anabel. ¿Cómo puede cargar con este conocimiento y ser objetivo al tratar a ambos? Se levanta para tomar un largo trago de agua. Desea que sea algo más fuerte. Desearía poder interrumpir esta sesión. Pero había más cosas que revelar. Anabel era sin duda culpable de homicidio involuntario, como mínimo. Pero no podía revelar nada de su confesión, ni a la policía ni a nadie. Se le dijo, y se le dijo a la policía, que fue un horrible accidente, causado por una lata abierta de alcohol metílico. No podía decir lo contrario.

—Bien, Anabel. Cálmate. Respira profundamente, lentamente, inhalando y exhalando. Voy a despertarte ahora. Recordarás todo menos el dolor y la culpa. Así podrás afrontar las consecuencias y podremos encontrar la manera de ayudarte.

—De acuerdo.

Se despierta renovada y tranquila, pero la serenidad sólo dura un momento. Inesperadamente, está hiperactiva y agitada. La hipnosis ha tenido un efecto contrario en ella, lo que ocurre, pero raramente. O bien no se ha despertado del todo o no ha terminado de desahogar su conciencia. Ahora está parloteando, hablando de su hermano y sus peleas de bar, de cómo su padre siempre le saca de los apuros, incluso de un accidente de coche en el que Miguel se dio a la fuga. Está celosa y enfadada, pero McMillan la hace volver al trance.

—¿Qué atropello, Anabel?

Respira con fuerza, luego con suavidad, desapasionadamente. "Una mujer fue atropellada por un coche y el hombre que lo hizo la dejó allí y se marchó".

—¿Por qué crees que tu hermano estuvo involucrado?

—Oh, siempre se mete en problemas. No me sorprendería que supiera algo, pero no quisiera admitirlo. Sólo recuerdo que una noche llegó a casa después de una pelea y tenía un corte horrible en la cara. Tuvo una cicatriz durante mucho tiempo. Entonces un día se fue. Cuando volvió su cara estaba mejor. Todo en él era diferente.

McMillan no dice nada más, excepto que ayuda a Anabel a despertarse, lentamente esta vez. Su tiempo se ha acabado. Continuarán la semana que viene. Anabel recoge sus pertenencias y sale alegremente de la oficina, sin sentirse agobiada.

El procesamiento de las sorprendentes revelaciones de

Anabel abarrota el cerebro de McMillan con recuerdos devastadores: la visita de los detectives, el viaje a la oficina del forense para identificar su cuerpo, el funeral, el intento de consolar a sus hijos que estaban tan inconsolables como él. Un hombre no identificado al que se ve subir a su coche, arrollarla, matarla, y luego huir, dejándola morir en la calle.

McMillan rebobina la grabación de la sesión de Anabel y reproduce una parte concreta una y otra vez.

—*Una mujer fue atropellada por un coche y el hombre que lo hizo la dejó allí y se marchó... ¿Por qué crees que tu hermano estuvo involucrado?... Oh, él siempre se mete en problemas. No me sorprendería que supiera algo, pero no quisiera admitirlo... Llegó a casa después de una pelea y tenía un corte horrible en la cara. Tuvo una cicatriz durante mucho tiempo. Entonces un día se fue. Cuando volvió, su cara estaba mejor. Todo en él era diferente.*

McMillan abre el cajón de su escritorio y saca el recorte de periódico que guardó. Está amarillento y arrugado por haber sido manipulado varias veces a lo largo de los años, y relata el espeluznante incidente: "Los testigos no pudieron identificar al hombre que conducía el coche, sólo que su cara sangraba. Salió a toda velocidad de un espacio para estacionarse y atropelló a una mujer que estaba en el paso de peatones. Con el motor del coche aún en marcha, huyó y la dejó tirada en la calle". Un hombre que nunca ha sido encontrado, hasta ahora.

McMillan está seguro. El hermano de su paciente, Miguel Ibarra, es quien mató a su hermana Angela Bolane hace quince años. La agitación retumba en sus entrañas. Lucha contra la necesidad de vomitar.

CATORCE

—GRACIAS POR RECIBIRME, SR. PARSONS. CONFÍO EN QUE sea un buen momento para hablar.

—Cualquier momento que pueda salir de mi celda es un buen momento. ¿Mi abogado te envió aquí?

Dante asiente. "Necesito algunos detalles sobre su caso para tratar de encontrar nuevas pruebas que ayuden a exonerarlo".

—De acuerdo. Pregunta.

—Cuénteme todo lo que pasó la noche en que la policía vino a detenerlo hasta que lo ficharon y lo recluyeron en la cárcel del condado. Paso a paso.

—De acuerdo. Bueno, yo estaba solo en mi apartamento. Muy enojado porque Whitey me hacía esperar por el dinero del coche que le llevé. Sabía que valía mucho. Y Whitey tiene el dinero en efectivo.

—¿Trataba con Whitey a menudo?

—Sólo un par de veces. No robo autos como regla general. Pero tiene una reputación bajo el radar, si sabes lo que quiero decir.

—Lo sé. Así que estaba en casa. ¿Qué sucedió?

—Estaba tratando de mantener la calma, tomando una cerveza y viendo algo de televisión, un combate de lucha libre creo. Me quedé dormido un rato. Entonces llamaron a la puerta. No, no llamaban, golpeaban. La policía estaba allí.

—¿Se identificaron?

—Vaya si lo hicieron. Alto y claro. Abrí la puerta. Si no lo hubiera hecho, la habrían derribado.

—¿A qué hora fue esto?

—En algún momento de la mañana. Cuando me desperté vi salir el sol. De todos modos, los policías estaban golpeando la puerta. La abrí y traté de estar tranquilo, pero estaba temblando de miedo. ¿Estaban allí por la pelea del bar? ¿Me vieron coger el coche? Les dije: "¿Qué quieren de mí?" Me invitaron a ir a la comisaría para responder a las preguntas. —¿Sobre qué?

—pregunté. "Te lo contaremos en la comisaría". No me resistí. Sabía que tenía problemas. Pero no quería decir nada que les diera información.

—Y cuando llegó a la estación, ¿quién lo entrevistó?

—Un detective. Dijo que habían encontrado un coche implicado en un atropello y que habían encontrado mis huellas en él. Me acusaron de haber robado el coche. Les pregunté de qué coche estaban hablando. No se lo dije, por supuesto, pero la última vez que vi ese coche fue en casa de Whitey. No creí haber dejado ningún rastro y sé que Whitey no les avisó. No sabía dónde vivía.

—Pero lo encontraron. ¿Le dijeron cómo?

—Dijeron que encontraron el coche en algún callejón. No sé cómo diablos llegó allí.

—¿Cree que Whitey lo movió?

—Sí. Quiero decir. ¿Quién más? ¿Pero por qué lo haría? Podría haber conseguido mucho dinero por él. ¿Por qué lo tiraría en algún callejón? Pero no lo delaté.

—Honor entre ladrones, —murmura Dante el cliché. "Entonces, ¿qué pasó? ¿Qué le dijo el detective?"

—Se puso peor. Dijo que el atropello mató a una mujer y que encontraron mis huellas en su bolso. Así es como me encontraron. Estaba en el sistema por otras cosas, como sabes.

—Veo el informe de fichaje en tu expediente, así que sé de qué te acusaron. Una vez que te ficharon, ¿qué pasó después?

—Bueno, ya conoces el procedimiento. Te llevan a la sala de espera, te quitan todas tus cosas personales...

—¿Qué llevaba puesto, Sr. Parsons?

—Uh, jeans viejos, calzado deportivo - buenos, quiero decir que los acababa de comprar. Una camisa, una camiseta, en realidad.

—¿De qué color?

—Muchos colores. Una de esas camisetas de corbata con todos los colores bajo el sol. Ah, sí. Me enfadé cuando el mocoso con el que me peleaba la manchó de sangre. Lo arruinó sin duda.

El radar de pruebas de Dante se ha puesto en alerta. "Su ropa. ¿Qué hicieron con su ropa?"

—No lo sé. Tuve que desnudarme y entregarla. Me dieron un mono naranja y me metieron en una celda.

—Eso es todo por ahora, Sr. Parsons. ¿Hay algo que pueda hacer por usted, algún mensaje que quiera que le dé al Sr. Jordan?

—Dígale que no se olvide de mí.

—Estoy seguro de que no lo hará. Está muy comprometido con su caso.

Para un caso de hace quince años, la sala de pruebas podría estar en cualquier sitio: en un almacén del juzgado, en un garaje seguro o en un cobertizo en algún lugar, y olvidado. Tras unas cuantas averiguaciones, Dante llega a una instalación alquilada con procedimientos muy poco estrictos. No hay un registro que documente las entradas y salidas, el empleado de la instalación no está certificado según la asociación que forma y supervisa las pruebas de la propiedad, ni hay, y esto resulta ser beneficioso, ninguna cámara de seguridad dentro o fuera.

Evidentemente no se ha almacenado con ningún cuidado, o tal vez se ha trasladado desde su sala de pruebas original, la caja marcada como PARSONS, Clive, 2005 se asoma por debajo de unas cuantas docenas más.

Dante saca la caja y levanta la tapa no asegurada del contenedor de cartón tipo banco. En él está el calzado deportivo de Parsons: unas Nike rojas, de aspecto nuevo y apenas usadas, unos vaqueros azules desteñidos y, como había descrito Clive, una camisa teñida de muchos colores, incluido el rojo. Al examinarla de cerca, Dante observa que hay una mancha roja más oscura que las demás. Es más bien una mancha corrida. Puede sentir que tiene textura, apenas. A menos que uno busque una mancha así, habría pasado desapercibida, especialmente en una camisa multicolor. Es más que probable que a nadie le importara en ese momento, porque tenían a su hombre. Caso cerrado.

Dante saca una bolsa de plástico del bolsillo interior de su chaqueta y coloca la camiseta en ella, doblada con cuidado para no alterar esa mancha en particular. Vuelve a tapar la caja y a guardarla en los huecos de la habitación, y Dante se lleva la camiseta embolsada sin que nadie se entere.

Trabajando en una habitación oscura y utilizando un pulverizador de aire para crear una fina niebla, el técnico del laboratorio forense aplica la fluoresceína a la mancha, un producto químico muy sensible a las enzimas y al hierro de los glóbulos rojos. La sangre latente puede detectarse en la ropa, aunque se haya lavado varias veces. Afortunadamente, la camisa de Bulldog no fue lavada antes de su detención.

—Tienes buenos ojos, le felicita Hannah. Ha sido una

buena amiga y un recurso para Dante durante años, y deja todo para atender sus peticiones. "Si no lo hubieras señalado, yo misma no me habría dado cuenta hasta que lo puse bajo el microscopio FLS. La sangre se ha deteriorado un poco, pero el ADN sigue intacto. No puedo identificar a quién pertenece. Parece que esta persona no está en el sistema. Pero tengo un ADN de referencia con el que puedo contar, así que te mantendré informado si encuentro algo definitivo."

—Buen trabajo. Marc se anima cuando Dante le informa del hallazgo del laboratorio. "Es un comienzo. Que siga cotejando hasta que aparezca algo concluyente. Puede que hayamos cogido una oportunidad".

—Seguiré presionando, —promete Dante. "Mientras tanto, voy a tratar de encontrar algunos testigos. Empezaré con el camarero, si todavía está por aquí".

—Es la primera vez que vino aquí. Nunca lo vi antes. El gerente Jerry le sirve a Dante un whisky puro. Sigue en el mismo bar después de todos estos años, aunque con la edad llegó una barriga cervecera y el cabello en retroceso. "Pero recuerdo a Bulldog, era un cliente habitual. Tuvo una pelea con un chico, guapo, de tipo hispano. Le cortó la cara muy bien, con sangre por todas partes. Saqué mi bate de detrás de la barra y les dije que lo llevaran fuera. El chico corrió como un demonio. Bulldog tomó un trago y comenzó a perseguirlo. Oigo el chirrido de los neumáticos, pero cuando llego a la puerta, veo a Bulldog agachado sobre una mujer tirada en la calle. Luego salta al coche que la atropelló y se va".

—¿Y el otro tipo? ¿El que se peleó con Bulldog? ¿Lo ha vuelto a ver?

—Parece que desapareció en el aire. Nunca volvió.

—¿Recuerda qué tipo de coche era?

—Oh, algún modelo deportivo elegante. No reconocí la

marca, pero era rojo brillante. Sé que nunca he visto uno como ese antes o después.

—¿Había alguien más afuera, algún testigo que pueda recordar?

—No. Era casi medianoche. Si alguien estuvo allí antes, se fue. Llamé al 911. Alguien tuvo que hacerlo.

—¿Qué vieron cuando llegaron?

—Ángela, muerta en la calle.

—¿La conocía?

—Angela trabajaba en la cafetería de allí. Normalmente salía del trabajo sobre las 11:30. Una señora agradable por lo que recuerdo.

QUINCE

—Señor Ibarra, hay un hombre en la puerta que desea verle inmediatamente.

—¿Quién es, Carmela? ¿No tienes su nombre?

—No, —responde el ama de llaves. "Se lo pregunto, pero no me lo da. Sólo dice que es *muy importante*, y que se trata de la señorita Anabel".

—¿Qué? Perturbado, Ibarra despide a la mujer. "Yo me encargo de esto, Carmela".

Abre la puerta de entrada exigiendo: "¿Quién es usted? ¿Qué quiere?"

—Necesito hablar con usted de un asunto grave relacionado con su hija Anabel.

—¿Cómo conoce a mi hija y qué le da derecho a venir a mi casa sin ser invitado?

—Me llamo Dr. Víctor McMillan. Déjeme entrar y le explicaré. McMillan hace uso de todo su porte profesional para mantenerse tranquilo pero firme.

Reticente pero curioso, Amador permite que el doctor entre

y le lleva a su estudio privado. "Ahora, ¿de qué se trata todo esto? ¿Y cómo conoce usted a mi hija? No le conozco, señor".

—Soy psiquiatra. Su hija, Anabel, es mi paciente.

—¿Su paciente? Mi hija no ve ni necesita un psiquiatra.

—La he estado viendo durante varios meses. Me doy cuenta de que esto es una violación de la relación médico-paciente, pero ella está muy cerca de un avance en su tratamiento."

—Me estoy molestando, doctor. Deje de ser evasivo.

—No pretendo ser intrusivo ni insultante. Anabel está cargada de culpa y sufre emocionalmente. Le aseguro que sólo quiero ayudarla, llegar a la verdad, por su bien.

El cuello de Ibarra se pone rígido. "Continúe".

—Parece que su conciencia la ha estado molestando por un incidente en el que estuvo involucrada cuando era una niña. Un incendio aquí en su bodega, uno que ella cree que inició, que causó la muerte de uno de sus empleados.

—Esto es una tontería. Ibarra suelta una carcajada despectiva, acompañada de un gesto de la mano. "Anabel no estuvo involucrada en tal cosa.

—Entiendo su reticencia a creer esto de su hija y, normalmente, nunca revelaría información sobre un paciente a nadie, ni siquiera a un familiar. Pero este es un caso único. Su hija es una iniciadora de fuego (una pirómana, en términos clínicos) y estoy tratando de ayudarla a través de la hipnosis.

—¿Ha estado metiendo ideas en su cabeza, tal vez a través de la hipnosis? He oído hablar de médicos que utilizan el poder de la sugestión para manipular a sus pacientes.

—Nunca haría algo así, se lo aseguro, señor Ibarra.

—Pues yo le aseguro que ella no provoca incendios. Las mujeres no hacen esto. Lo hacen los hombres locos.

—Es cierto, la mayoría de los pirómanos son hombres. Pero la enfermedad puede afectar a cualquiera con un pasado problemático. Especialmente una infancia inestable, quizás con uno o más padres ausentes. Sé que su madre se fue de casa hace años.

Amador mira al doctor con cinismo e interpreta un motivo oculto. "¿Por qué está aquí realmente? ¿Dinero? ¿Para mantenerse callado?"

—No estoy aquí por dinero. Estoy aquí para corregir un error. Para obtener algunas respuestas.

—Parece que usted mismo las tiene todas.

—No quiero discutir usted sobre el estado de Anabel. Ella reveló algo durante su sesión recientemente, un crimen que se cometió y por el que alguien fue enviado a prisión.

—Y ahora estoy confundido y molesto. El aumento de la presión arterial de Amador se hace visible en su rostro. Todo esto le está tocando demasiado de cerca. "Anabel no ha cometido ningún delito."

—Anabel no. Parece ser que su hijo se vio involucrado en un atropello hace unos quince años, y una mujer resultó muerta. No sé cómo lo hizo, pero lo encubrió para proteger a tu hijo y mandó a otro hombre a la cárcel.

Amador se ríe insensiblemente. "Esto es algo más que una invención. Algo que Anabel soñó o ideó mientras estaba bajo su hechizo".

—No, señor. No es una invención. McMillan saca el papel del bolsillo interior de su chaqueta. "Aquí hay una copia del artículo de noticias de hace quince años. Describe el horrible incidente".

Ibarra le da una lectura rápida y resentida. "Esto no dice nada sobre mi hijo".

—No. Pero Anabel sospecha que fue su hermano, y que usted lo encubrió, como hizo con sus otras transgresiones.

Ibarra lanza el papel a McMillan, pero éste cae al suelo a

los pies del médico. "Señor, yo no tengo ese tipo de influencia. Y aunque lo tuviera, ¿por qué le preocupa algo de esto?"

—La mujer que fue asesinada era mi hermana.

Este increíble giro de los acontecimientos hace que a Ibarra se le revuelva el estómago y se le aprieten los dientes, pero se levanta desafiante. "Bueno, siento su pérdida. Pero no sabe de qué estás hablando. Será mejor que se vaya de mi casa".

—Hubo artículos de prensa sobre ambos incidentes, — insiste McMillan, —el incendio de la bodega y el atropello. Así que no me diga que nada de esto ocurrió.

—Si lo hicieron, vuelvo a preguntar, ¿qué es lo que quiere?

—Quiero justicia para mi hermana. Quiero que usted y su hijo admitan su complicidad. Pueden decir a las autoridades que fue un accidente, pero al menos asuman la responsabilidad.

—¿Y si no lo hago? ¿Qué va a hacer? No tiene pruebas.

—Yo iría a las autoridades y les diría lo que sospecho.

—No puede, —advierte Amador. "Perdería su licencia y su medio de vida".

—No, si creo que se ha cometido un delito y que un inocente está pagando las consecuencias.

—Esto fue hace muchos años y quien está pagando las consecuencias es culpable. La policía no se tomaría esto en serio.

McMillan se eriza ante la actitud despectiva de Ibarra. Se levanta para marcharse prometiendo: "Tengo algo que les hará escuchar".

—¿Y eso es?

—Ponga a prueba mi determinación, señor, y todo esto saldrá a la luz. Pero estoy seguro de que usted preferiría que no lo hiciera.

Tomando otra táctica, Ibarra finge simpatía por el hombre. "Mire Dr. McMillan. Veo que está disgustado. Todo esto le ha traído recuerdos de la muerte de su hermana. Hablemos racionalmente de esto y veamos si podemos llegar a un entendimiento mutuo. Pero, salgamos fuera y hablemos. Las paredes tienen oídos en esta casa y no quiero que nadie más escuche esta conversación. Le prepararé un trago para calmarlo. Eso es lo que hacen los hombres razonables, beben juntos y llegan a un acuerdo".

—En realidad no quiero un trago.

—Por favor. Déjame ser hospitalario para variar. Tengo un nuevo vino que acabamos de presentar. Abre la jarra y vierte el líquido rojo rubí en una copa. Hábilmente, desliza una pastilla, una que normalmente toma él mismo con su brandy nocturno.

En el patio, Ibarra levanta su copa en señal de saludo al doctor, que toma un sorbo de vino de mala gana. Sintiendo que le tiemblan las manos, da un trago más grande.

—Por favor, piense con cautela, doctor, antes de tomar cualquier decisión. Esto no puede acabar bien para usted.

—O para usted, señor Ibarra. O para su familia.

—¿Qué quiere? ¿Cuál es su precio? Todo el mundo tiene un precio, —dice Amador con una sonrisa furtiva.

—¿Dinero? Ninguna cantidad de dinero sería una reparación.

—Por supuesto que no. Por supuesto que no. ¿Sabe alguien más que está aquí? ¿Ha hablado con alguien?

—No. Con nadie. *Pero tengo una póliza de seguro. Las cintas de mis sesiones con Anabel están en mi caja fuerte.*

—No. Nadie.

—Puedo ver lo molesto que está, doctor. Parece muy cansado. ¿Por qué no se va a casa y lo consultamos con la almohada? Estoy seguro de que por la mañana se encontrará una resolución. Le acompañaré a su automóvil. *Tal vez se estrelle de camino a casa, espera Ibarra, y su muerte se considere por conducir bajo los efectos del alcohol.*

—He cogido un taxi. McMillan se frota los ojos y trata de sacudirse una fatiga desconcertante.

—Entonces llamaré uno por usted. Sí. No hay problema. Espere aquí. Ibarra sólo quiere sacar a este hombre de su propiedad, utilizando la droga como advertencia de que más vale que deje de amenazar a su familia o le podrían pasar cosas peores. Ibarra arruinaría su reputación como médico. El taxista podía dar fe de su estado alterado y de que estaba vivo cuando salió de la finca.

Inesperadamente, McMillan se tambalea hacia la puerta, derribando accidentalmente un farol que se rompe estrepitosamente en pedazos en el suelo.

—Estúpido, gruñe Ibarra, agarrando a McMillan con fuerza. Luchan el uno contra el otro, McMillan agitándose y tratando de luchar contra Ibarra y su propio estado de desorientación. Caen sobre una mesa y McMillan se golpea la cabeza contra la esquina del hogar de la chimenea. Está inmóvil, pero sigue respirando. Indignado, Amador se levanta y cede a su rabia irrefrenable.

Años de cavar, plantar y acarrear en los viñedos proporcionan a Amador la fuerza y la resistencia que se necesitan para cargar y enterrar un cuerpo. Un cuerpo que es unos centímetros más alto y unos kilos más pesado que él. Ahora que McMillan está entorpecido y mareado por el sedante que Amador le puso en la bebida, y aturdido aún más tras golpearse la cabeza, no puede ofrecer resistencia. Con musculosa determinación, Ibarra se mueve con sigilo en la oscuridad. Levanta, carga, deja caer y hace rodar a McMillan hasta la zanja abierta donde se han colocado enormes tuberías de agua. La zanja pronto será cementada, dando los últimos toques a la ostentosamente elaborada réplica de la Fuente de la Fama de Segovia, construida en el patio de la finca de Ibarra. El magnífico lugar donde pronto se casará su hija.

El último aliento de McMillan es sofocado por una masa de tierra, alisada y golpeada con la suficiente firmeza como para enterrar el problema del hombre que sellaría el destino de Anabel como iniciadora de incendios asesinos y expondría la culpabilidad de Miguel como delincuente que se da a la fuga.

DIECISÉIS

La cena de Marc con Ben Parker es una agradable distracción que ha tardado demasiadas semanas en llegar, cada uno esclavo de su propia y estresante agenda. El destino ha querido que ambos ejerzan la abogacía penal, pero en lados opuestos de la sala, con Marc como abogado defensor de oficio y Ben como ayudante del fiscal.

En sus días en Berkeley, Ben estaba empeñado en el derecho corporativo para una carrera lucrativa, mientras que Marc no había vacilado en su deseo de trabajar en el derecho penal. Incluso habían hablado de convertirse en socios de un bufete de abogados, un sueño que nunca se haría realidad, pero su amistad perduró.

Años más tarde, Ben se desvinculó del mundo del derecho corporativo, asqueado por los tiburones y los estafadores. Fueron los estafadores de Wall Street, que despojaban a la gente buena de su dinero, haciéndoles perder sus casas y los ahorros de toda una vida y sin sentir ningún remordimiento, los que hicieron que Ben se decantara por el derecho penal. El hecho de que ninguno de los artífices del gran colapso finan-

ciero fuera procesado o enviado a la cárcel le hizo enrojecer de
furia. Su fantasía de venganza los imaginó a todos cumpliendo
una dura condena en la máxima seguridad, y ahora trabaja dili-
gentemente para asegurarse de que un engaño tan masivo no
vuelva a ocurrir.

Esta noche, Ben aborda con suavidad cuestiones que
podrían romper el vínculo entre dos amigos. "Escucha, amigo",
comienza Ben, entre bocados de un filete de Nueva York.
"Sabes que no me gusta meter las narices en tus asuntos
personales".

—Ja. ¿Desde cuándo? Marc está a favor de la dieta South
Beach y saborea el salmón a la parrilla.

—Sí, lo sé. Pero me siento responsable de lo que te has
metido.

—¿De qué hablas? Da un sorbo a un vino que le ha reco-
mendado Anabel.

La salva inicial de Ben se siente como una incongruencia
teniendo en cuenta hacia dónde necesita que vaya la conversación. "Fui yo quien te empujó a ir a esa galería de arte donde
conociste a esa mujer con la que ahora sales".

—¿Te refieres al amor de mi vida? ¿La mujer con la que
pretendo casarme? Y sí, estás invitado a la boda. Debería darte
las gracias todos los días.

—Puede que no lo hagas, después de oír lo que sé. Ben toma
un trago de su Manhattan para darse el valor que normalmente
tiene de forma natural.

Marc se encoge de hombros confundido. *"¿Qué es lo que
sabes?"*

Ben deja el cuchillo y el tenedor. "Cuando estaba en ese
pantano corporativo un montón de quejas y demandas judiciales cruzaron mi escritorio. Algunas de ellas tenían que ver
con la Bodega Ibarra".

—¿Demandas? ¿Seguro que es *esta* Bodega Ibarra?

—No hay otra por estos lares. Para abreviar, he tenido que indagar en sus antecedentes, en toda la familia. Me temo que no es una imagen bonita.

—Deja de dar vueltas. Fuera con eso.

Ben respira profundamente ahora. Vamos a ir al grano. "El padre tiene un largo historial de comportamiento sin escrúpulos desde España hasta California. También está bastante conectado. Sacó a su hijo de un montón de problemas muchas veces, algunos pequeños, como peleas de bar o problemas de mujeres. Papá siempre se encargaba de las cosas con grandes donaciones o con amenazas directas, pero nada que pudiéramos colgarle".

Las manos de Marc se levantan en un gesto de "aguanta ahí". "¿Qué tiene que ver esto con Anabel?"

—No estoy seguro de que esté involucrada en nada turbio. Pero hubo algunos asuntos que surgieron cuando era joven. Mueve su cuerpo en la silla, sintiendo como si hubiera pinchos clavándose en su culo. Sigue adelante, bajando la voz, "problemas médicos".

Marc siente que le arde la piel y se le contraen los músculos del cuello. "Sabes que los historiales médicos están protegidos, Ben. Especialmente en el caso de un niño menor de edad. Esto suena bastante poco ético, y eso no es propio de ti".

—No pudimos conseguir los informes completos, por supuesto, pero había vagas referencias a los abusos.

—¿Alguien abusó de ella? Marc aparta su plato, muerto de apetito. Está tan horrorizado como aturdido de que una información tan personal pueda ser obtenida bajo cualquier circunstancia. "Espera. ¿Crees que su padre abusó de ella? ¿Es eso lo que intentas decirme?"

—Alguien, o... algunos de sus tratamientos fueron por quemaduras.

Marc está atónito. "¿Crees que su padre hizo eso? ¿La quemó?" Piensa: *"Entonces, por eso le desagrada tanto"*.

—No. Creen, que lo hizo ella misma. Que inició el fuego. Ha pasado mucho tiempo y ha estado recibiendo terapia por ello.

—¿Se lo hizo ella misma? ¿Cómo, en nombre de Dios, conseguiste toda esta información personal, Ben? ¿Cuándo estabas en la empresa?

—No. Sí. Algo de eso. No podíamos estar seguros de si eran ciertos o sólo rumores.

—¿Qué clase de rumores te harían comprobarlos? ¿Y por qué? Resiste el impulso de lanzarle un tenedor a Ben.

Ben baja la voz aún más. "Hubo una gran fusión hace un tiempo, la compra de una distribuidora de Ibarra en Barcelona. El comprador quería salir a bolsa, por lo que se requería una comprobación completa de los antecedentes en cuanto a violaciones de la cláusula moral y cosas por el estilo. Así que tuvimos que investigar a fondo. Cuando llegué a la oficina del fiscal había otras denuncias. Estamos comprobando si son ciertas o simplemente fantasía".

—Creo que todo esto es una fantasía. Si no fueras mi mejor amigo te ficharía por difundir teorías conspirativas.

—Es porque eres mi mejor amigo que me atrevo a sacar el tema. Tal vez ella es una completa inocente aquí, y su padre es la verdadera escoria.

—Anabel es una inocente. Ella y su padre no coinciden en casi nada. Si él tiene un pasado turbio, es por él, no por ella.

Ben asiente, queriendo calmar la ansiedad de su amigo, aunque no puede soltarlo del todo. "Estoy preocupado por ti, Marc. Cuida tu espalda".

———

Es un fenómeno bajo la tierra que se intuye antes de sentirse, y se siente antes de convertirse en un terror reverberante. Las placas tectónicas bajo tensión, al igual que los humanos, deben encontrar alivio o se romperán. Cuando lo hacen, pueden oscilar de lado a lado y causar relativamente poco daño. O pueden moverse furiosamente unas sobre otras y sacudir el suelo violentamente.

Las paredes traquetean, la vajilla se rompe en pedazos, los productos enlatados se caen de las estanterías y desordenan los pasillos de las tiendas. Las estructuras no construidas para resistir los terremotos sufren el derrumbe de los tejados o fracasan por completo y entierran vivos a sus habitantes. Las carreteras desarrollan fisuras sin fondo que se tragan cualquier cosa en sus fauces.

Los edificios de las Bodegas Ibarra han sido acondicionados para resistir los traumas de la naturaleza, y el personal de la mansión está preparado para proteger tanto los objetos de valor como a ellos mismos cuando se produzca el temblor.

Anabel y su madre están consultando a los planificadores y diseñadores de bodas para crear la ceremonia perfecta al aire libre, cuando el inesperado y violento temblor las desequilibra y se aferran la una a la otra desesperadamente. Cuando cesa, se sienten aliviadas de que nadie haya resultado herido y de que el cemento de la calzada circular sólo haya sufrido pequeñas grietas. Éstas se subsanarán fácilmente.

Lo que no habían previsto es el diluvio de agua procedente de la rotura de las tuberías que rodea la enorme fuente que está casi terminada, un monumento al exceso, pero el telón de fondo perfecto para una boda de cuento. Anabel y su madre conducen al personal de planificación al interior de la casa, donde se quitan los zapatos mojados y se secan con una toalla.

Los obreros se apresuran a cerrar la fuente de agua y a evaluar rápidamente los daños. Se traen herramientas para romper el cemento agrietado y se emplean en un esfuerzo por revelar las tuberías rotas.

Amador se precipita hacia el lugar en su carro eléctrico y trata de gritar por encima del ensordecedor taladro del martillo neumático. "¡Para! Para". Pero el operario lleva protectores para los oídos y no se da cuenta del frenético hombre que agita los brazos. Unos segundos más de taladro desvelarán el secreto mortal de Amador. Agarra el brazo del operario y lo sobresalta hasta el punto de que casi le arranca el pie con un taladro.

—¿Qué? El hombre apaga el taladro y se quita el casco. "¿Qué estás haciendo? Eso es peligroso, hombre. ¿Quién es usted?"

—Soy el dueño de esta propiedad y exijo que deje de perforar ahora.

—Pero tenemos que reparar esta tubería. Podría inundar su casa.

—Espere. Espera un momento, Amador está frenético de preocupación más allá de unas tuberías rotas. "Estás arruinando la fuente".

—No tengo opción, señor. Ya casi he terminado. Apártese.

—¡Señor Ibarra! El capataz de la obra se apresura y guía a Amador lejos del taladro. "Lo siento. Pero a menos que podamos reparar la tubería no tendrá agua y, lo que es peor, no habrá boda. Estamos seguros de que la fuga está justo debajo de este lugar. Haremos lo posible por mantener la perforación en una zona pequeña".

Anabel y Madalena vuelven a salir al exterior con Anabel angustiada por los daños, pero más por la intromisión de Amador. Podría retrasar la boda y ella no lo va a permitir. "Deja que lo arreglen, papá. Deja que hagan su trabajo".

La réplica a escala de la grandiosa fuente de La Fama (llamada acertadamente "Fuente de la Fama") es el sueño de Amador, el símbolo de su propia fama como viticultor. Está exquisitamente esculpida y adornada con querubines y diosas de bronce. Mientras que la original puede lanzar agua a treinta y seis metros de altura, la fuente de Amador genera un impresionante géiser de quince metros. Junto a la fuente hay un Templo de la Música del tamaño de un hombre que, como en la original, hace funcionar la música cuando la fuente está activa, y que tocaría durante la ceremonia de Marc y Anabel. Con el pretexto de salvar su preciado símbolo, Amador está dispuesto a inundar la casa principal antes que desenterrar su último crimen.

Tras unas cuantas sacudidas más del martillo neumático, el cemento se rompe y los obreros empiezan a retirar grandes bloques para poder excavar en la tierra y llegar a la tubería. Saltan hacia atrás, asombrados por lo que encuentran. La tela de un traje, una mano, un brazo, un rostro. El trabajo se detiene. No se atreven a seguir cavando.

—¡Dios mío!

—Jesús.

—¡Qué demonios!

—¡Que alguien llame al 911!

—No tengo ni idea de quién es, —jura Amador al detective en la escena. "Estoy tan conmocionado como todos los demás".

Anabel se pone histérica mientras el equipo de CSI retira los escombros por completo. Madalena rodea a su hija con sus brazos. Abuela sale corriendo de la casa hacia el lado de su nieta. La respiración se le atasca en la garganta. Se persigna.

—¿Conoce a este hombre? El detective dirige su atención a una llorosa Anabel y a su abuela.

—Es el doctor McMillan", —dice Anabel con dificultad su nombre.

—¿De qué lo conoce?

—Es el médico de Anabel, —explica Abuela. Lanzando

miradas a su hijo, murmura con tristeza: —¿Qué has hecho, Amador?

Indignado por la insinuación, Amador grita: "No he hecho nada. No sé quién es ese hombre. No tenía ni idea de que mi hija iba a ver a un médico. Habrá venido a verla y le habrá atacado alguien".

—Lo siento, señor Ibarra, pero tendrá que ir a la comisaría y responder a algunas preguntas. Al igual que usted, señorita Ibarra.

—Por favor, le ruega Madalena, "no puede llevarse a Anabel. Está muy angustiada. Ha estado conmigo y con su abuela toda la noche y el día. Ella no podía saber nada de esto".

—Eso habrá que determinarlo. Hasta que no sepamos la hora de la muerte, todos aquí son sospechosos. Entrevistaremos a todo su personal y veremos si podemos obtener algunas respuestas.

—¡Mamá, por favor, llama a Marc! Quiero que Marc esté conmigo.

Caminando desde el edificio de la administración del condado hasta la calle Ash, pasando por Columbia de camino al juzgado del condado, Marc siente que el pavimento se tambalea bajo él. Tropieza con la derecha y la izquierda varias veces. Ignorando el temblor como un riesgo más de vivir sobre una falla, empieza a marcar el número de Anabel, pero le interrumpe una llamada urgente.

—Ahora mismo voy.

Marc se abre paso a través de la Jefatura de Policía del centro de la ciudad para encontrar a su prometida siendo interrogada. "No digas nada más, Anabel". Al detective, Marc le miente: "Soy su abogado y este interrogatorio ha terminado. Por favor, déjeme hablar con mi cliente a solas".

En privado, Marc intenta consolar a Anabel. "¿De verdad

necesito un abogado, Marc? No he hecho nada. No sé nada de un asesinato".

—¿Qué les has contado, Anabel? ¿Qué saben ellos?

—Sólo que se encontró un cuerpo enterrado en una zanja cerca de la fuente. Yo no sabía nada y se lo dije. Estuve todo el día con mi madre y mi abuela haciendo planes de boda. Estábamos fuera cuando se produjo el terremoto. ¡El terremoto! ¿Estás bien, Marc?

—Sí, sí. No me ha pasado nada. Sólo me he sacudido un poco, como todo el mundo. ¿Qué más? ¿Te hicieron alguna pregunta?

—Me preguntaron si sabía quién era el muerto.

—¿Lo sabes?

Empieza a temblar y se le saltan las lágrimas. "Sí. Oh, Dios. No puedo creerlo".

Él le sujeta los hombros para calmarla. "¿Quién es?"

—Mi... mi médico. Mi terapeuta. El Dr. McMillan.

Como si se defendiera de un puñetazo en el estómago, Marc aparta su cuerpo de ella. No es posible. "¿El Dr. McMillan era tu terapeuta?"

—Sí. Debería haberte dicho que estaba viendo a alguien, por mis pesadillas. Eso es todo. ¿Cómo pudo pasar esto? ¿Qué voy a hacer ahora?

Aunque aturdido, los instintos de abogado de Marc regresan. "No te preocupes. No creo que seas sospechosa. Voy a ver si puedo llevarte a casa".

Interrumpiéndolos, el detective anuncia: "Tenemos una noticia que creo que debe conocer. Estamos deteniendo a su padre como sospechoso del asesinato".

—¿Qué? ¿Cómo?

—El laboratorio ha encontrado unos pelos en la víctima que coinciden con los del señor Ibarra. También hay algunas fibras en el cuerpo que se cotejarán con su ropa. Hemos emitido una orden de registro en su casa.

Anabel entierra su rostro en el pecho de Marc, sin dejar de sollozar.

—¿Sabes cuándo murió? ¿Y cómo?

—Hace unos dos días. Se asfixió. Enterrado vivo.

DIECISIETE

AMADOR IBARRA ES DETENIDO FORMALMENTE POR EL asesinato del Dr. Víctor McMillan. Se le toman las huellas dactilares y se le hace una prueba de ADN, se le procesa y se le mantiene en una celda durante toda la noche, y se fija su comparecencia para la mañana siguiente.

—Por favor, —implora Anabel a Marc. "Tienes que representar a mi padre. Él no pudo haber hecho esto".

—No puedo hacerlo, Anabel. Lo siento. Soy un abogado de oficio y tu padre necesita el mejor abogado que el dinero puede comprar, un abogado penalista de alto nivel.

Con la rapidez que sólo el dinero puede comprar, el abogado penalista de alto poder de Amador pide que sea puesto en libertad bajo su propia responsabilidad. "Mi cliente tiene profundos lazos con la comunidad, tiene un negocio que dirigir y no es un riesgo de fuga. No tiene antecedentes penales. Las pruebas en este momento son circunstanciales, por lo que pido que se fije una fianza razonable".

La Fiscalía protesta: "El señor Ibarra es nativo de España, mantiene un domicilio familiar allí, tiene pasaporte para salir del país, por lo que existe riesgo de fuga. Además, tenemos pruebas forenses, Señoría. Fibras de pelo y ropa de Ibarra en el cuerpo de la víctima".

—Pudo haberlas conseguido en cualquier lugar. Estaba en la propiedad sin autorización y lo más probable es que entrara en la casa sin ser detectado.

—El Dr. McMillan también tenía alcohol y drogas en su sistema.

—Era un médico y tenía fácil acceso a los medicamentos. Tal vez todo fue un accidente. Estaba bebiendo y se cayó en la zanja.

—¿Y se cubrió con una lona y se echó un montón de tierra encima hasta asfixiarse?

El juez los detiene a ambos con una mano levantada. "Pueden presentar todo esto en el juicio dentro de dos semanas".

Amador paga fácilmente la fianza de un millón de dólares, renuncia a sus pasaportes y sale del juzgado con una tobillera y una orden de arresto domiciliario.

———

—Hola, fiscal Parker. Enhorabuena por tu nombramiento.

—Gracias, Dante. Es todo un mundo nuevo en la persecución penal. ¿Y adivina qué caso me toca nada más salir del paracaídas?

—No podría empezar a adivinar.

—El asesinato de McMillan. Arrestamos a Amador Ibarra por ello y necesito tu ayuda.

Dante se queda momentáneamente sin palabras. La petición telefónica de Ben Parker no es inusual, ya que ha utilizado a Dante para ayudar en las investigaciones en el pasado. Pero ahora esto se ha convertido en una tríada de investigaciones demasiado cercanas para su comodidad.

Ben ignora la pausa de Dante y se explaya: "Dante, quiero que registres el despacho de McMillan. Repasa con un peine fino cualquier cosa que los forenses puedan haber pasado por alto".

—¿Sigue habiendo cinta de la escena del crimen por todas partes?

—Sí, pero está bien. Ya no hay ningún oficial de guardia allí, pero si ves a alguien dile que te envío yo.

Ahora es el momento de revelar todo, se da cuenta Dante. "Ben, creo que no te das cuenta del lío en el que estoy metido. He hecho investigaciones para la esposa de Ibarra, así como para Marc Jordan. Estoy caminando una línea fina aquí con también proporcionar servicio a tu oficina".

—No estaba al tanto, —responde Ben tras un minuto de reflexión. Luego, siempre pragmático, sugiere: "Hablemos de esto. ¿Has encontrado algo que comprometa los casos de tus otros clientes? ¿Alguna conexión?"

—Hasta ahora no. Madalena Ibarra parecía interesada sobre todo en las infidelidades y los negocios de su marido, y en saber si su hijo tuvo alguna vez problemas legales. El caso de Marc tiene que ver con un cliente que podría haber sido condenado injustamente por un delito hace años. Hasta ahora ninguno de los dos casos conecta. Pero Marc está comprometido con la hija de Ibarra. Así que eso es un poco arriesgado.

—Aun así, Ben es decisivo, —quiero que se registre el despacho de McMillan. Eso determinará cómo procederemos a partir de ahora.

Casi todo lo que hay en el escritorio de McMillan ha sido retirado: teléfono, ordenador, tarjetero, papeleo, agenda. Los forenses probablemente todavía están revisando lo obvio, supone

Dante, pero podrían volver a por más si no encuentran lo que buscan. Está allí para recoger la escena aún más limpia, si es posible, y recoger cualquier cosa por pequeña o benigna que parezca.

Detrás del escritorio, encima del aparador, hay un cuadro que está bien sujeto a la pared. Sigue intacto, así que lo más probable es que los forenses lo hayan pasado por alto. Dante sabe instintivamente que hay algo detrás de ese cuadro y, con destreza, toca la palanca de desbloqueo que le permite separarlo de la pared. La caja fuerte que descubre está llena de grabaciones de clientes. Lo que facilita aún más su trabajo es que no hay una cerradura con combinación, sino con llave, y la llave está en el cajón central del escritorio de McMillan, bajo un fondo falso. Pasando por alto todas las cintas confidenciales de los otros pacientes de McMillan, Dante coge la que está marcada como "A.I." Anabel Ibarra. Rápidamente guarda el casete en el bolsillo de su chaqueta y se lo lleva directamente a Ben.

—¿Lo has escuchado ya?

—No, le asegura Dante.

—Bueno, vamos a escucharlo juntos.

Dante y Ben se quedan embelesados mientras McMillan guía a Anabel hacia un estado hipnótico, ambos se inclinan con fuerza hacia lo que están escuchando ahora:

—*Háblame del incendio, Anabel. El que te está causando tanto dolor, el que te trajo aquí a buscar tratamiento.*

—*No tenía que ser tan malo, —dice soñadoramente. "Sólo quería un pequeño fuego. Estaba tan enfadada con mi padre y echaba tanto de menos a mi madre..."*

—*¿Dónde estás, Anabel?*

—*En la cueva de envejecimiento, donde se guardan los barriles de vino.*

—*¿Y qué ocurrió? ¿Cómo empezó el fuego?*

—*Encendí una cerilla y toqué con la llama uno de los barri-*

les. De alguna manera, la llama saltó de un barril a otro. Había una lata abierta de metanol (estúpidos conserjes) pero de repente se encendió todo y era grande y hermoso y no podía dejar de mirarlo.

—¿Cómo te hizo sentir, ver tal peligro potencial, tal destrucción?

—Oh, no se sintió peligroso o destructivo en absoluto. Fue celestial, apasionado, me envolvió, me sedujo. Sentí como si las llamas me invitaran a entrar en su calor, como si unos brazos de oro y rojo intentaran abrazarme. Pero no podía moverme.

—¿Entonces qué sucedió?

—Alguien me levantó de repente y me sacó del almacén.

—¿Qué quería?

—Quería apagar el fuego, la emoción, pero no podía dejar que lo hiciera. Tuve que detenerlo.

—¿Qué hiciste para detenerlo?

—Él... tiró de la manguera hacia el almacén para apagar el incendio, pero no podía dejarle hacer eso. Lo único que se me ocurrió fue cerrar la válvula de agua.

—Sabías lo que pasaría si hacías eso.

—Sólo pensé que el agua se detendría y el fuego seguiría adelante.

—Pero eso no es todo lo que pasó.

—No. No. De repente oí un grito, en algún lugar de la distancia. No parecía real. Estaba perdida en mis pensamientos y mis sentimientos.

—¿Quién gritaba, Anabel?

—No lo sé. No pude reconocer la voz...

—Piensa. ¿Con quién estabas en el almacén? Era alguien que conocías y en quien confiabas.

—Creo que era Franco. Franco gritaba pidiendo ayuda. Pero yo no podía moverme. No quería moverme.

—¿Qué pasó con Franco, Anabel?

—*Él... él...*

—*¿Qué le pasó a Franco, Anabel? ¿Por qué gritaba?*

—*Él... él... no podía verlo más allá de las llamas.*

—*Se quemó vivo en el fuego, ¿verdad?*

—*Sí. Eso es lo que me dijeron.*

—*¿Cómo te sentiste cuando supiste que Franco había muerto?*

—*No podía creerlo. Franco era mi amigo, como un padre para mí. Siempre estaba ahí para protegerme y consolarme.*

—*¿Cómo te sentiste, Anabel?*

—*Quería estar enferma. No Franco. No más Franco. Anabel grita, buscando en vano a su amigo. "Vuelve, Franco..."*

—*¿Quién era Franco, Anabel? ¿Qué hacía en la bodega?*

—*Era el gerente de la bodega. Franco Jourdain, el gerente de la bodega. Franco, mi amigo. Mi único amigo. Yo amaba a Franco. ¡Y lo maté!*

Ben apaga la cinta y se hunde en su silla. Sus ojos se cierran y expulsa aire en una mezcla de ira y dolor. El padre de su mejor amigo fue asesinado por su prometida. Intentó advertir a Marc sobre la familia Ibarra, e incluso sobre Anabel, pero eso provocó una casi ruptura entre ellos. ¿Cómo puede soltarle esto? ¿Qué hace él con esta revelación?

—Yo tampoco sé qué hacer con esto, Ben. Dante está sorprendido hasta la médula. "¿Se lo digo a Madalena Ibarra? O ella ya lo sabe. ¿Lo sabe toda la familia?"

—Creo que deben saberlo, —decide Ben, sintiéndose agotado y, al mismo tiempo, furioso por el hecho de que los Ibarra se hayan salido con la suya con tanto engaño y criminalidad sin consecuencias. Jura que sufrirán un ajuste de cuentas, aunque sea lo último que haga.

—Creo que hay más en esta cinta, —dice Dante, compartiendo la agitación interior de Ben. "¿Estás dispuesto a escucharla ahora mismo?"

—No tengo otra opción. Temiendo que haya algo aún más doloroso que escuchar, Ben vuelve a encender el reproductor.

Después de que Anabel cuente el horrendo incendio que mató a Franco Jourdain, McMillan la despierta de su trance. Pero ella no ha terminado. En un estado de agitación despierta, sigue hablando de su hermano Miguel, de todos los problemas en los que siempre se metía. McMillan la guía suavemente de vuelta al trance...

—¿Qué atropello, Anabel?

Ella respira con fuerza, luego suavemente. "Una mujer fue atropellada por un coche y el hombre que lo hizo la dejó allí y se marchó".

—¿Por qué crees que tu hermano está involucrado?

—*Oh, siempre se mete en problemas. No me sorprendería que supiera algo, pero no quisiera admitirlo. Sólo recuerdo que una noche llegó a casa después de una pelea y tenía un corte horrible en la cara. Tuvo una cicatriz durante mucho tiempo. Entonces un día se fue. Cuando volvió su cara estaba mejor. Todo en él era diferente.*

—Pausa la cinta, Ben. La petición de Dante es urgente. "Cuando Madalena Ibarra me contrató para que investigara los negocios de su familia, fue algo imprecisa, pero quería estar segura de que su hijo no había cometido ningún delito. Y cuando entrevisté a Victoria, la cocinera de la familia, recordó que Miguel había llegado a casa una noche, muy angustiado, con sangre en la cara. Llamaron a un tal Dr. Ruiz para que viniera a la casa a tratarlo".

—Esto se pone cada vez mejor, ¿no? Aun así, no tengo nada con lo que inculpar a Miguel Ibarra ni que sirva de motivo para que Amador matara a McMillan.

—Puede que sí lo tengas. Dante le entrega a Ben un sobre que también estaba en la caja fuerte, que contiene el artículo del periódico sobre el atropello de Ángela Bolane. "He comprobado la identidad de Ángela. Era la hermana de Víctor McMillan".

¡Ben está estupefacto! Ahora tiene lo suficiente para acudir a un juez para que condene a Ibarra por el asesinato de McMillan. Tiene un motivo: el médico fue a ver a Ibarra para revelar lo que Anabel dijo en su sesión de hipnoterapia, e Ibarra lo mató para callarlo.

Dante siente curiosidad. "¿Pero por qué no se deshizo del cuerpo en otro sitio?"

—Probablemente no tenía tiempo o no quería que nadie lo viera. Así que enterró el cuerpo en su propia propiedad, en una zanja que pronto sería cementada, pensando que el cuerpo nunca sería encontrado.

El incendio, el asesinato de McMillan y ahora la implicación de Miguel Ibarra en el caso de Clive Parsons. ¿Cuánto puede soportar Marc? ¿Qué podría decirle Ben a su amigo, y cuándo?

—Marc ciertamente tiene derecho a conocer información que podría exonerar a su cliente, —dice Ben. "Pero necesito algo realmente concreto para identificar a Miguel. Todo empieza a tener sentido, pero aún faltan demasiadas piezas. Tenemos que armar este rompecabezas pronto".

Asintiendo con la cabeza, Dante informa a Ben: "Tengo que ocuparme de un breve asunto fuera de la ciudad durante un par de días. Pero volveré a tu caso tan pronto como pueda".

—Creo que puedo prescindir de ti por ahora. Tengo que escribir unos informes.

—Y no le digas nada a Marc todavía.

—Por supuesto. Llámame tan pronto como vuelvas y pensaremos en un plan.

DIECIOCHO

Tras buscar cirujanos estéticos en la zona de nombre Ruiz con una clínica en algún lugar al sur de la frontera, Dante no tarda en llegar a Ciudad de México. Refugio de ricos y famosos, la Clínica Del Río es elegante y clandestina. La puerta de la clínica se encuentra discretamente dentro de un vestíbulo que conduce a múltiples oficinas que no tienen placas que indiquen los nombres de los médicos, sólo un número. Secreto total.

En el interior, la sala de espera luce el habitual despliegue de álbumes con fotos del antes y el después de las intervenciones más populares: rinoplastías, mastopexias, braquioplastías, aumento de glúteos. Nariz, pechos, brazos y culos, y lo más de moda: la cirugía de transferencia de grasa, donde quieras.

Para relajar a los pacientes en espera, hay vino en copas de cristal y música meditativa que suena como si viniera de las nubes celestiales. Ningún paciente está programado al mismo tiempo que otro, no hay solapamiento de citas.

—¿Cree que el médico podría hacer que me pareciera a este

tipo? Dante le pregunta a Heather, la recepcionista, de una manera coqueta que la hace sonreír.

Ella mira la foto fotocopiada de Michael Barron y luego a Dante, cuyos rasgos son agradablemente redondos, pero que no podrían ser reestructurados para tener los rasgos cincelados de la estrella de la televisión.

—Bueno, eso no lo puedo decir yo, —responde ella. "Podemos dejar que el médico lo decida".

—¿Él hizo el trabajo en este tipo? Si es así, hizo un gran trabajo. Es un genio. Leí en alguna revista de famosos que tuvo un grave accidente hace años y salió con una fea cicatriz. Seguro que ahora no se ve.

—No lo hubiera sabido si no me lo hubieras dicho. Pero no puedo hablar de nada que tenga que ver con pacientes que hayamos tratado o no.

Heather es, obviamente, una paciente además de una asistente de oficina. Con unas cejas perfectamente arqueadas que casi le llegan al pico de viuda, una cara tensa como un tambor por el bótox y los rellenos, pero no poco atractiva, y unos pechos que nunca insinúan ningún movimiento bajo su fino jersey, las ventajas del trabajo incluyen obviamente cualquier mejora estética que desee.

Suena el timbre de su interfono. "Por supuesto, doctor. Le traeré los archivos". A Dante le dice: "Por favor, tome asiento. Ahora mismo vuelvo para ayudarle con una cita".

Dante le hace caso y finge leer una revista sin perder de vista a Heather, que está examinando carpetas en el armario que hay detrás de su mesa. Cuando ella se retira a la habitación de atrás y cierra la puerta tras de sí, Dante se dirige rápidamente al armario y se sorprende de su buena suerte. Heather se había olvidado de cerrar bien el cajón. El primer archivo del cajón M está marcado como "M.B. / M.I.". Lo saca, determina que es el correcto y escapa rápidamente de la oficina antes de que Heather regrese.

De vuelta en su coche, Dante abre la carpeta que contiene las fotos del antes y el después. Una vista lateral revela que antes, aunque seguía siendo juvenilmente guapo, su cara tenía una cicatriz desde la mejilla hasta la barbilla. Las fotos desde distintos ángulos y en distintas fases de su tratamiento durante unos años identifican positivamente a Miguel Ibarra y a su personaje famoso, Michael Barron.

Las alarmas de "conflicto de intereses" suenan ahora con fuerza para Dante y se encuentra en un dilema sobre cómo manejarlo. ¿Quién recibirá esta información primero? ¿Madalena Ibarra? Seguro que ella conoce la cara de Miguel y que ahora es Michael Barron. Lo más probable es que le dé las gracias y le entregue sus papeles de salida; ya no se necesitan tus servicios, Dante Monroe, tu cheque está en el correo. ¿Marc? No hay pruebas de que Miguel sea la persona de interés en el caso de Clive Parsons, nada que se pueda sostener en un tribunal en este momento. ¿Y cómo podría explicarle a Marc, su cliente, lo que le llevó a investigar para implicar al hermano de su prometida sin desenmascarar a Ben Parker?

Ben mira fijamente las fotos. "Gracias por traérmelas antes de dárselas a Marc. Aunque creo que tendrá mi pellejo, y el tuyo, cuando se entere, así que mantén nuestra asociación en secreto durante un tiempo".

—Silencio es la palabra. Por ahora. Pero tengo que llevarle este archivo pronto. Tiene mucha importancia en el caso Parsons, pero no en el tuyo en este momento.

—Todavía no. Tal vez nunca.

—¿Qué hay de la admisión grabada por Anabel de que mató al padre de Marc?

—Ese es un dilema de otro color. Deja que lo piense un poco. Puede que me cueste mi mejor amigo.

———

Marc mira fijamente las fotos del antes y el después del expediente médico y no le gusta adónde le llevan ahora sus pensamientos. Es él: el hombre que está junto a su madre muerta, el hombre con la cicatriz que nunca olvidará, el hombre que ahora es Michael Barron, hermano de Anabel, la mujer con la que piensa casarse.

—¿De dónde sacaste esto, Dante?

—Tengo que ser sincero ahora, Marc. Antes no importaba porque no había conexión entre el trabajo que estoy haciendo para ti y el que hacía para Madalena Ibarra.

Marc levanta la vista, sorprendido. "¿Madalena Ibarra? ¿La madre de Anabel? ¿Qué tipo de trabajo? ¿Y cuándo?"

—Fue antes de que me contrataras. Quería husmear un poco sobre su familia, su marido, sobre todo, y sólo algunos antecedentes que no podía conseguir en los periódicos. Vive en España, creo que lo sabes.

—Sí. Aun así, eso no explica estas fotos. Historial médico. ¿Las pidió ella?

—No, no. Fue sólo el seguimiento de una conversación que tuve con la cocinera de los Ibarra, Dante matiza un poco la verdad, —una mención casual de que Miguel Ibarra tuvo que ir a México a buscar tratamiento de un cirujano plástico, por una cicatriz en la cara. Cuando me contrataste para el caso Parsons, me acordé de ello, y quise hacer mi debida diligencia. Por ti.

—Tiene que ver con algo más que el caso Parsons, Dante. Puede que me hayas ayudado a resolver otro caso.

—¿Otro caso? ¿Cuál?

—El asesinato de mi madre.

Dante se sienta con fuerza en la silla frente al escritorio de Marc, su mente se tambalea mientras Marc describe aquel horrible día, cuando encontró a su madre muerta en su cocina, y todo lo que puede recordar es un hombre joven arrodillado sobre su cuerpo, la vista lateral de su cara, y esa cicatriz, exactamente igual a la que tiene Miguel Ibarra en las fotos médicas. Durante años no tuvo un lugar donde centrar su intensa ira, nadie a quien culpar excepto ese rostro sin nombre con una cicatriz.

Tan simbólica. Le marcó, le hizo ciego a todo lo profundo y significativo. Jugaba en los bordes de la vida, pretendiendo realizarse como abogado, pero, como señaló el juez Larimer, era un sonámbulo entre los casos, temeroso de dar un salto hacia algo de mayor sustancia. En la vida, en la abogacía y en el amor. Hasta que llegó Anabel.

Conmovido por el descubrimiento de esas fotos por parte de Dante, ya sea por accidente o por designio, Marc trata de racionalizar, de poner excusas, de convencerse de que es sólo una coincidencia. Sólo ha visto de reojo la cara de Miguel. Cualquier joven podría haberse parecido a él en ese breve momento. Podría haber sido otra persona por completo. Es posible. Todo es posible. Y tal vez, con suerte, Anabel no sepa nada de eso, no sepa nada de lo que Miguel pudo haber hecho hace tantos años. Quizá toda la familia no tenga ni idea de lo que hizo. No había ninguna pista, nada que llevara a la policía a la puerta de la finca de Ibarra, nada que implicara a Miguel como el asesino de su madre.

—No te adelantes, Marc, intenta Dante suavizar el golpe. "Todo suena demasiado extraño para ser verdad. Por tu bien, espero que todo sea una casualidad, algo circunstancial. Podría haberse hecho esa cicatriz al caerse de un árbol cuando era niño, o algo inocente como eso", añade Dante, dándose cuenta nada más decirlo de lo inverosímil que suena.

Aun así, la inquietante intuición de Marc cuando vio a Barron en la casa de los Ibarra durante la cena de compromiso. Los destellos de la memoria. La portada de la revista con una

159

lágrima dentada que Bulldog estaba leyendo. El instinto de Marc le enviaba pistas.

—Hay otra persona que necesita ver estas fotos.

Marc mira a Dante de forma interrogante.

—Clive Parsons.

DIECINUEVE

Ben apaga la grabadora y no espera a que el abogado de Ibarra, Herman Farmer, responda.

—Haré un trato: homicidio involuntario. Un padre angustiado que se enfrenta al médico que destruiría la vida de su hija, comienza Ben. "Y si me dice dónde encontrar a Miguel para poder interrogarle sobre el atropello, e interrogar a Anabel sobre el incendio que mató a Franco Jourdain, podría inclinarme a pedir una sentencia más leve. Tal vez".

—Defensa propia en la acusación de McMillan, y tal vez se lo plantee a mi cliente. Farmer es inflexible en las condiciones. "Pero, desde luego, no le dará ninguna información que implique a su hija y a su hijo en algún delito del que no sepa nada".

—Mira, —miente Ben, —probablemente el plazo de prescripción se haya terminado y es posible que no sean procesados.

—No soy tonto, —dice el abogado, dispuesto a zanjar el asunto. "Amador se niega a hablar de ningún acuerdo sobre el asesinato o el homicidio. En cuanto a Anabel, tal vez estaba teniendo un brote psicótico, imaginando cosas. Quizá McMillan le metió esas ideas en la cabeza mientras estaba bajo su hechizo".

—Hay pruebas, le recuerda Ben. "El recorte de periódico encontrado en el escritorio de McMillan. El doctor también tenía un sedante en su torrente sanguíneo, estaba drogado antes de morir. Creemos que Ibarra lo puso en su bebida".

—Era médico, —interviene Farmer, —podría haberlo tomado para calmar sus nervios.

—¿El mismo sedante que toma Ibarra para calmar los suyos?

—Pura coincidencia. Millones de personas toman el mismo medicamento.

—Farmer, hay pruebas de sobra para encerrar a su cliente de por vida, o incluso conseguir la pena de muerte. Tiene el deber de llevar mi oferta a su cliente.

Cuando Farmer lo hace, Amador se muestra recalcitrante, como siempre. "Encuentre la manera de sacarme de esto", exige.

—La verdad es que no sé si podré. Si llevamos esto a un jurado seguro que lo condenan. Las pruebas son bastante incriminatorias, Amador. Ningún jurado creería que fue en defensa propia. Especialmente si permiten esa cinta como evidencia.

—Entonces, ¿cómo lo ocultamos de un jurado?

Ben Parker y Farmer se reúnen en el despacho de la jueza Zoey Hiller y van a por todas.

—Mi cliente desea renunciar a su derecho a un juicio con jurado, Su Señoría.

—¿Qué demonios? A Ben casi le hace gracia la idea.

La jueza Hiller, bastante seria tras sus modernos lentes bifocales de montura roja, no lo está. "¿Y por qué, señor Farmer? ¿Piensa que seré más fácil para él?"

—Prefiere que su caso no se vea en público. Está mortificado por su familia y es malo para el negocio.

Ante esto, Ben suelta una sonora carcajada, pero se contiene cuando el juez le lanza una mirada de advertencia. Ahora serio, Ben ridiculiza: "Cree que puede comprar una absolución".

Farmer se pone furioso. "Ahora me toca a mí, Parker. ¿Qué demonios? ¿Eres juez?"

Hiller señala con un dedo bien cuidado y pulido en rojo en dirección a Farmer, pero mira directamente a Ben. "Sí, Parker. Lo que ha dicho. ¿Tiene pruebas de que Ibarra compra jueces?"

—No son pruebas, Señoría. Sólo una corazonada.

—¿Basado en qué?

—Se sabe que compra su camino, para conseguir favores personales y ventajas comerciales, por así decirlo.

Farmer se muestra inflexible. "Eso no es comprar jueces, se llama negociar tratos. Además, eso no tiene nada que ver con este caso".

—Sí, volvamos a este caso, asiente la jueza Hiller. "El acusado tiene derecho a renunciar a un juicio con jurado si lo ha pensado bien. Aunque no haya jurado y esté cerrado al público, el juicio seguiría siendo público. ¿Es esto algo que ha aconsejado a su cliente?"

—Le dije que era una opción, —afirma rotundamente Farmer.

—Probablemente porque ambos saben que un juicio con jurado resultará en una condena, —añade Ben elocuentemente.

—Sin duda puedo presentar una defensa ganadora, Parker.

—Tendrás que hacerlo. A la jueza Hiller, Ben añade: "Tengo más pruebas, señoría. Me ha llegado una grabación que contiene pruebas del motivo de Ibarra".

—¿Está usted al tanto de esta cinta, señor Farmer?

—Sí, lo estoy. Pero no es relevante, ni admisible, —decreta Farmer. "Y usted lo sabe, Parker".

La jueza asiente y se reclina en su silla. "Tiene razón, hasta cierto punto. ¿Qué hay en la cinta?"

—Sólo los desvaríos de una chica muy enferma, sometida a hipnoterapia con su médico, Farmer usurpa el momento de Ben. "Ella está hablando de cosas que no tienen nada que ver con este caso. De verdad, Señoría".

Impulsando su punto, Ben explica: "Una grabación que el doctor McMillan hizo de la sesión de terapia de Anabel Ibarra que contiene pruebas de uno, tal vez dos, crímenes, en cuyo caso puede considerarse admisible."

—Ella no ha accedido a la publicación de esta cinta, así que no puedes presentarla, Ben. Es una violación de la LPISP (Ley para la Protección de la Información de la Salud del Paciente) como mínimo.

—¿Qué tiene que ver con el caso McMillan? Hiller se tira de un pendiente de oro, señal de que se está impacientando.

Ben describe el contenido, Farmer protesta y la jueza reflexiona sobre los pros y los contras. "Me gustaría escucharlo. Pero el Sr. Farmer podría tener razón. Podría ser totalmente inadmisible".

Esa débil esperanza es totalmente despreciada por Farmer. "Por favor, jueza. Esto es muy irregular".

—Tal vez. Pero yo seré el juez.

En California, el "derecho a un juicio con jurado será garantizado a todos, y permanecerá inviolado". Se puede renunciar a un juicio con jurado en todos los casos penales, con el consentimiento de ambas partes, expresado en audiencia pública por el acusado y su abogado.

Ahora, ante la jueza Hiller, Amador Ibarra acompaña a su abogado y solicita personalmente la renuncia a un juicio con jurado.

—Se da cuenta, señor, de que una renuncia a un juicio con jurado, hecha voluntaria y regularmente, no puede ser retirada después, salvo a discreción del tribunal, —instruye al acusado.

Ibarra mira a Herman Farmer en busca de una señal. Farmer asiente. "Así es, Señoría".

—Si le parece al Tribunal, —interviene Ben Parker, —la acusación quiere que se pronuncie sobre la admisión de la grabación como prueba.

Nuevamente, la defensa se opone. "Es inadmisible por el hecho mismo de que la señora Anabel Ibarra ha presentado un requerimiento contra la divulgación de un expediente personal y médico que no tiene nada que ver con el delito que se le imputa a su padre'".

—Pero aquí hay delitos cometidos, como se insinúa en la cinta, —implora Ben, —que serán investigados por la Fiscalía: la muerte de un empleado de Ibarra en un incendio sospechoso que ella misma admitió haber iniciado, y la implicación de Miguel Ibarra en la muerte por atropello de la hermana del doctor McMillan, Angela Bolane. Como mínimo, la existencia de las palabras grabadas de Anabel Ibarra indican un motivo por parte del acusado para matar al Dr. McMillan, para proteger a sus hijos de la acusación.

—Si quiere abrir un expediente a la hija y al hijo, está en su derecho, señor Parker. Pero hasta que el tribunal no apruebe o deniegue la petición de la Sra. Ibarra de un requerimiento judicial, no puedo permitir que la cinta se presente como prueba, ni puedo escucharla yo misma. Podemos proceder con el testimonio de los testigos y otras cuestiones a partir de mañana por la mañana.

La sala está inquietantemente vacía, salvo por el fiscal, el acusado y su abogado. Lo único que se oye es el zumbido de los ventiladores del techo en este húmedo día en el que el sistema de aire acondicionado está estropeado. Aun así, el alguacil se ve obligado a hacer lo suyo: anunciar que la jueza va a entrar, pedir a todos que se pongan de pie para mostrar respeto a la jueza, al tribunal y a la ley diciendo "Todos de pie. Este tribunal entra en sesión".

No hay testigos que llamar que puedan arrojar luz sobre la culpabilidad o inocencia de Amador Ibarra, y la Defensa destaca casi con regocijo esta falta de pruebas incriminatorias. Estipulando hechos concretos, Farmer describe dos declaraciones de testigos ausentes.

—La compañía de taxis que llevó a McMillan a la finca de Ibarra las dos noches antes de que se le encontrara muerto en la zanja de la fuente testificó sólo en una carta en la que se indicaba la fecha, la hora, el número de taxi y la identificación del conductor. Más allá de eso, el taxista se marchó y se dirigió a otra llamada momentos después. Farmer entrega el documento al juez Hiller.

—En una declaración escrita prestada por Carmela, el ama de llaves, afirma que esa noche abrió la puerta a un "hombre que dijo que era *muy importante*" que viera al señor Ibarra. Informó de ello a su patrón, que le dijo que se encargaría de ello. A continuación, Carmela salió por la entrada de la servidumbre y se fue a su casa; no fue testigo de lo que ocurrió después, y no tenía idea de si el Dr. McMillan llegó a entrar en la casa. Se entrega otro documento al juez.

Después de que Ben haga desfilar al personal de los servicios públicos que perforó el cemento para dejar al descubierto las tuberías de agua rotas tras el terremoto, que sólo pudo atestiguar el espantoso hallazgo de un cadáver, nadie (ni el personal ni la familia de Ibarra) tiene ningún testimonio ocular que señale a Ibarra como asesino.

Salvo quizá uno.

—Llamo al estrado a la señora Consuela Ibarra, —anuncia Ben.

Entra en el tribunal por la puerta de atrás, caminando con

una dignidad y una calma que contradice la inquietud que hay en su alma. Se sitúa en el estrado y, sosteniendo su cruz de plata en la mano izquierda, coloca la derecha sobre la Biblia. "Lo juro".

—Por favor, diga su nombre para el tribunal, le indica Ben.

—Consuela Ibarra.

—Usted es la madre del señor Amador Ibarra, ¿correcto?

—Así es. No reconoce a su hijo ni su mirada enfurecida.

—¿Y usted estaba en la finca el día que se encontró el cuerpo del doctor McMillan?

—Estuve, pero sobre todo estuve dentro con mi nieta, Anabel, y la mujer de Amador, Madalena. Estábamos trabajando en los planes de boda de Anabel.

—¿Qué más pasó ese día?

—Bueno, el terremoto sacudió bastante la casa.

—¿Qué hicieron todos cuando ocurrió?

—Primero, nos aseguramos de que nadie estuviera herido. Nadie lo estaba, gracias al cielo. Luego entramos a calmarnos y a secarnos los pies, que se habían mojado por una tubería de agua rota.

—¿Qué pasó después?

—Bueno, afuera había un alboroto porque el terremoto había provocado la rotura de tuberías que podrían inundar la casa. Unos obreros subieron corriendo y empezaron a perforar el cemento. Querían encontrar las tuberías y repararlas.

—El señor Ibarra se enfrentó a los obreros. ¿A qué se debió?

—Quería que se detuvieran porque iban a dañar la fuente. Pero los obreros le dijeron a mi hijo que tenían que desenterrar las tuberías rotas para evitar que el agua entrara en la casa.

—Y él se opuso. Enérgicamente.

—Se podría decir que sí. Sí.

—Pero continuaron.

—Sí.

—¿Entonces qué sucedió?

—Anabel salió para convencer a su padre de que les dejara hacer su trabajo. Dijo que la fuente se podía reparar y que no quería retrasar la boda. Los hombres siguieron perforando y cuando el cemento se rompió encontraron...

—¿Un cuerpo?

—Sí.

—Su nieta estaba allí. ¿Cómo reaccionó?

—Se puso histérica. Fue entonces cuando salí a ver por mí misma.

—¿Qué dijo su hijo?

—Protesto, Su Señoría, —interrumpe Farmer. "Rumores".

—Lo permitiré.

—Juró que nunca había visto al hombre, que estaba tan sorprendido como todos los demás.

—En ese momento ya había un detective. Y le preguntó si sabía quién era.

Consuela asiente. "En realidad, se dirigió a Anabel".

—¿Y ella lo identificó?

Ella asiente.

—Por favor, responda en voz alta.

—Sí. Le dijo que era el doctor McMillan, su médico.

—Entonces dijo algo más, ¿no?

Consuela vacila y Ben presiona: "¿No es así?"".

Farmer vuelve a objetar: "Acoso, su Señoría".

—Podría llamar al detective, pero no es necesario, —dice Ben al tribunal. "Tengo su declaración escrita aquí". Se la entrega a Hiller.

—Objeción denegada.

—¿La leo, señora Ibarra?

Consuela baja la cabeza, incapaz de hablar, sabiendo que sus palabras podrían sellar el destino de su hijo como asesino.

—Detective Markowitz: Después de que Anabel Ibarra

identificara al fallecido, le preguntaron: "¿De qué lo conoce?" Consuela respondió entonces: "Es el médico de Anabel". Entonces se dirigió a Ibarra y le preguntó: "¿Qué has hecho, Amador?"

Consuela se sienta rígida en su silla, rezando en silencio a la Virgen, mientras su hijo Amador sufre la punzada de la traición de su propia madre.

—Usted creía que él era el responsable, ¿verdad, señora?

—¡Protesto, Señoría! La acusación sólo está pescando y está declarando por su propio testigo.

—He terminado, por ahora, termina Ben la investigación.

—El testigo está excusado, —dice la jueza Hiller. "Se levanta la sesión por hoy. Tengo algunos asuntos judiciales que atender mañana, así que nos reanudaremos el miércoles a las 10 a.m.".

VEINTE

—DIME ALGO, MARC. SIEMPRE ME HE PREGUNTADO POR QUÉ *eres abogado defensor y no fiscal. Pensaría que perseguir a los criminales sería una reacción normal a la rabia que sientes por el asesinato de tu madre.*

—Me lo he planteado durante mucho tiempo, —responde Marc, apelando a sus propios argumentos personales y típicos temas de conversación. "Decidí que el sistema de justicia penal está apilado contra los pobres y los oprimidos. Necesitan un defensor".

—¿Esperas encontrar al asesino de tu madre defendiendo a estos clientes? —sugiere el terapeuta.

Marc se lo piensa y asiente ante la posibilidad. "Sigo esperando que quizá ese tipo entre en mi despacho y confiese, sin saber quién soy".

—Quizá lo haga. Cuando menos lo esperes.

La conversación de Marc con McMillan meses antes se repite en su cabeza como una pista de audio en bucle. Por la puerta de atrás, "ese tipo" apareció, no en su despacho con una confesión, sino a través de su cliente Clive Parsons y su pelea en el bar con el chico que Marc está seguro que era Miguel Ibarra. Pero no hay pruebas sólidas. Incluso después de ver las fotos del antes y el después, Clive Parsons sólo *pensó* que podría ser Miguel. Fue hace tanto tiempo que no podía estar seguro. El caso Parsons está ahora en un punto muerto. Marc no puede encontrar las pruebas definitivas que demuestren su inocencia o la culpabilidad de Miguel por el atropello de Angela Bolane.

Tampoco tiene ninguna prueba real de que Miguel haya asesinado a su madre o haya sido cómplice de alguna manera. Helena tenía una aventura con alguien. Desde luego, no con Miguel. Apenas era mayor que Marc en ese momento y su madre nunca se dejaría seducir por un chico joven.

Marc inspecciona cuidadosamente las cajas en el almacén que contienen efectos personales de la vida en común de sus padres. Fotos de Helena de joven latina, con el rostro fresco, sin maquillaje, pero con rasgos de belleza clásica. Algunas joyas (de fantasía sin duda) que revelan el gusto de una mujer que apreciaba los accesorios coloridos y festivos.

Hay algunas cartas de Franco a Helena y de ella a él, cartas de amor de sus días de cortejo, envueltas en una cinta de lavanda y todavía con la tenue fragancia de un perfume no reconocido. En realidad, pétalos de rosas secas prensados entre las páginas.

La tarjeta de condolencias de Franco, de diseño sencillo y con la cita "Yo soy la resurrección y la vida", golpea el corazón de Marc. Las lágrimas brotan, los sentimientos de pérdida y vacío aparecen con más frecuencia, la pérdida se mezcla con una culpa que no puede describir ni diseccionar. Su padre, vivo y no; su madre, viva y no. ¿Cómo es posible? Ninguno de los dos tuvo una muerte pacífica. Ambas fueron violentas, castigos inmerecidos de algún lugar infernal, alguna deuda kármica de vidas pasadas. Coloca la tarjeta de condolencias en su bolsillo para poder emparejarla con la del funeral de su madre. De alguna manera, siente que los unirá de nuevo, ahora en paz, en amor por la eternidad.

Muchas otras fotos, de los tres cuando Marc era un niño, con el cabello despeinado y sonriendo para mostrar los dientes delanteros que le faltaban. Qué varonil era Franco, pero con un semblante que destilaba simpatía y amabilidad. Fue su padre quien animó a Marc a ponerse en forma, a ir de excursión juntos por las colinas que dominaban los numerosos viñedos de la zona, y a correr luego el uno contra el otro hasta su casa. Lo compartían, pero no el trabajo de Franco, pues su padre no quería que su joven hijo se acercara al alcohol hasta que fuera un hombre.

A Marc le emociona que sus padres guardaran sus boletines de notas, demostrando que era un niño estudioso cuya asignatura favorita era la historia, especialmente la Segunda Guerra Mundial, sobre todo por las misiones de vuelo de su abuelo en bombarderos que ahora se consideran primitivos. Su corazón se agita cuando encuentra en la caja una maqueta de avión, con la que jugaba ese día, ese día. *¿Qué ocurrió ese día?* Intenta valientemente recordarlo, y anhela fervientemente olvidarlo...

Estaba en su habitación, volando un nuevo avión a escala, dejándolo volar por la ventana del dormitorio. Funcionaba perfectamente, hasta que empezó a caer en picado hacia el suelo. *"No, no, no. Mierda". Abre la puerta de su habitación y baja las escaleras de dos en dos hasta el salón. Se detiene en seco al pie de la escalera. Unos sonidos desconocidos llaman su atención y se vuelve hacia la cocina.*

—*¿Mamá?* —llama él.

—*¿Mamá? A través de la puerta abierta ve movimiento. Un*

hombre se arrodilla junto a su madre, que está tumbada en el suelo. No reconoce al intruso, pero en ese instante se da cuenta de la cicatriz que tiene en el lado izquierdo de la cara, un feo tajo desde la mejilla hasta la barbilla. Luego, el hombre desaparece rápidamente de la vista. ¿Y luego qué? ¿Qué? ¿Por qué no puedo recordar?

Marc vuelve a meter el avión en la caja y la aparta. Dirige su atención a un cubo de plástico que contiene algunos artículos domésticos. En ella hay un estuche decorativo de madera con cierre. Parece hecho a mano, la madera oscura lacada, las bisagras de latón pulido. Lo abre para ver un juego de cuchillos de cocina grabados, con las iniciales HM, que ahora ve con ojos nuevos. Nunca los contó antes de que él y su tía Rosa los guardaran, y desde luego nunca comprobó que faltaba un cuchillo de trinchar, el más importante del juego para cualquier cocinero. Hace poco vio uno igual, en el puesto de trinchado de la casa de los Ibarra. Es extraño que el cocinero tuviera un cuchillo similar. Tal vez HM es el grabado de la marca, considera, sólo una identificación genérica. Hasta que la nota dentro de la caja pide ser leída:

—Para mi querida Helena. Felicidades por convertirte en una chef profesional. Estos cuchillos son el pilar de todo maestro culinario, y he hecho grabar tus iniciales en los mangos para que nunca los pierdas, y siempre recuerdes lo orgullosa que estoy de ti. Con cariño, mamá.

La cocina. Su madre cocinando. Ese día. Está jugando con su nuevo avión a escala. Sale volando por la ventana de su habitación. Aterriza de golpe en la acera, pero sigue de una pieza. Tiene que ir a buscarlo. Baja las escaleras de dos en dos... su madre le llama... él grita: *"Espera un momento. Primero tengo que tomar mi avión".*

Vuelve a entrar en la casa. *"Bien, mamá, aquí estoy..."*

Se detiene en seco en la puerta. Hay dos hombres, uno joven y otro mayor. Se gritan algo entre ellos. Movimientos frenéticos. El mayor huye por la puerta trasera. El más joven está arrodillado junto a su madre... un hombre con una cicatriz... Marcus se queda helado. "¿*Mamá*?" El hombre de la cicatriz corre tras el mayor... "¿*Mamá*?" Ve la sangre, la mirada de los ojos muertos... retrocede... no persigue a los hombres, no ve si su madre está viva o muerta, no es capaz de procesar lo que está sucediendo, excepto que sabe que tiene que correr. Corre, Marcus, corre, tan rápido como puedas, tan lejos como puedas.

¿Acudió a un vecino? ¿Llamó a la policía? ¿Hizo algo más que correr? Escapar. Escapar del trauma. Escapar de la culpa. Escapar de la vergüenza.

—Sólo tenías 16 años, intenta consolar Ben a su amigo después de que Marc se desahoga. "Lo que viste fue aterrador. No podías haber hecho nada. Dos hombres, tu madre muerta. Podrían haberte matado a ti también".

—Debí haberla protegido. ¿Cómo puedo olvidar? Desearía no haber recordado nunca. Todos estos años no pude recordar nada más que a ese hombre con una cicatriz. Años de terapia con McMillan y nada.

—¿Dijiste McMillan? ¿El Dr. Víctor McMillan? ¿El tipo que encontraron muerto en la casa de Ibarra? Era el médico de Anabel Ibarra.

—Sí. Pero nunca lo supe. Y nunca supo que yo lo veía al mismo tiempo. Por favor, Ben. No me des lecciones sobre Anabel o su familia. Ahora no.

Viendo el tormento que soporta su amigo, Ben no se atreve a divulgar aun lo que escuchó en la cinta, lo del incendio, lo de Miguel, lo de la familia podrida y traicionera que son los Ibarra, tal como intentó advertir a Marc antes. Cuál sería el propósito de decírselo ahora, salvo romperle aún más el corazón. La cinta podría no ver nunca la luz del día. Todavía está esperando la sentencia sobre su admisibilidad. Sin embargo, promete alejar a Marc de los Ibarra, especialmente de Anabel. La oportunidad se presentará, está seguro de ello.

—No lo haré, —promete Ben. "Pero hazte un favor y aléjate de la sala y del juicio de Ibarra. Puede ser doloroso".

VEINTIUNO

Ben consigue que un juez federal levante la medida
cautelar y la grabación puede ser admitida como prueba.
Normalmente, una grabación no sería admisible si la parte
grabada no lo sabía o no había dado su permiso. Para mayor
riesgo, se trataba de una sesión de psicoterapia privada, prote-
gida por la confidencialidad médico-paciente. Sin embargo, el
médico que grabó la sesión fue víctima de un asesinato, y es
posible que se considere que la cinta contiene pruebas de
delitos cometidos por la parte grabada y otras partes interesa-
das. Por lo tanto, el tribunal se pronunció en contra del requerimiento.

Sin embargo, Ben sabía que las pruebas podían estar conta-
minadas; Dante estaba trabajando para Madalena, Marc y Ben
al mismo tiempo que adquiría la cinta para la Fiscalía, y podía
haber un conflicto de intereses.

En privado, Dante y Ben lo discuten en un diálogo, ofre-
ciendo pros y contras, en caso de que Dante sea llamado como
testigo.

—No hay ninguna prohibición legal de trabajar para varios

clientes buscando información sobre las mismas personas por motivos dispares.

—Lo que sí puede estar prohibido éticamente a un investigador es utilizar, —profundiza Dante, —la información aprendida mientras trabaja para una de las partes de una controversia para beneficiar o favorecer a la otra parte.

—Curiosamente, —replica Ben, —en realidad tampoco hay ninguna ley que lo prohíba, pero un investigador privado podría ser fácilmente demandado por una u otra parte por incumplimiento de contrato o abuso de confianza si lo hiciera.

—Y perder su licencia si la información compartida violara el privilegio abogado-cliente.

—Hasta ahora, nada de esto ha ocurrido en el caso Ibarra, —dice Ben, ligeramente aliviado. "Nada de lo que has compartido con Madalena Ibarra sobre las actividades de su familia se cruza con el caso McMillan. ¿Lo hace?"

—No.

—¿Sigues teniendo un contrato con ella?

—No. He cerrado su caso y le he informado de ello.

—¿Y el caso de Marc? ¿Compartiste con él alguna información sobre la participación de Miguel Ibarra en el atropello por el que Parsons fue a la cárcel?

—No, nada. Número uno, no he podido encontrar pruebas contundentes de la implicación de Miguel, independientemente de lo que dijera Anabel en la cinta. Y Número Dos, Marc está aún más centrado en que Miguel haya participado en el asesinato de su madre. Pero todo lo que tiene son las fotos médicas del antes y el después de Miguel, que ahora es Michael Barron. Y, aun así, eso no es una prueba que se sostenga en un tribunal.

Ben se echa hacia atrás y mira al techo, en parte aliviado por la valoración de Dante, en parte inseguro de que de alguna manera no se haya producido un conflicto o una violación ética. Pero debe actuar como si no fuera así.

En una discusión ex parte entre la jueza Hiller y Ben Parker, el jurista pregunta cómo obtuvo Ben la cinta. "Sé que el tribunal superior la declaró admisible, pero aún no estoy seguro de cómo encaja en el caso, así que aún no la he escuchado".

Ben explica que hizo que su investigador buscara en la consulta del médico cualquier prueba que el equipo forense pudiera haber pasado por alto.

—Quiero escuchar a su investigador y dar a la Defensa la oportunidad de repreguntar.

Dante jura su cargo y se sienta en la silla de los testigos. El abogado de la defensa se dirige a él: "Diga su nombre al tribunal, por favor".

—Dante Monroe.

—Y usted es un investigador privado con licencia en el condado de San Diego. El abogado afirma más que pregunta.

—Sí, lo soy.

—¿Y cómo es que le llamaron de la oficina del fiscal para trabajar en el caso McMillan?

—Yo había hecho otras investigaciones para el señor Parker, algunas cuando estaba en Derecho Corporativo, haciendo búsquedas de antecedentes y activos. Así que estaba familiarizado conmigo y con mi reputación.

—¿Y lo primero que le da es un caso de asesinato, y una directiva para encontrar pruebas que pueden o no existir?

—Protesto, Señoría. La suposición de la defensa es engañosa.

—Retirada, acepta Farmer. "¿Qué, Sr. Monroe, se le pidió que hiciera para el asistente de fiscal en este caso?"

—El Sr. Parker me pidió que buscara en la oficina del Dr. McMillan para ver si había alguna evidencia que los forenses pudieran haber pasado por alto.

—Así que el Sr. Parker creía que usted era un investigador privado superior, mejor que los que trabajan para la policía o la oficina del fiscal.

—Objeción. De nuevo, especulación.

—Aceptada. Vaya al grano, Sr. Farmer.

—De acuerdo. Vayamos al grano. Usted fue a la escena del crimen - autorizado por el Sr. Parker, por supuesto - para buscar en esa oficina, y encontró algunos recortes de prensa en el escritorio del Doctor. Luego fue más allá, y abrió una caja fuerte de la pared, usando una llave que encontró en el escritorio, y encontró exactamente la grabación de un paciente que casualmente era pariente del acusado. ¿Correcto?

—Suena bien.

—Exactamente correcto, Sr. Monroe. Dígame, ¿cómo sabía que era la cinta correcta?

—Bueno, no sabía que era la cinta 'correcta', porque no tenía ni idea de lo que había en ella. Pero según el informe policial, la señora Anabel Ibarra había admitido conocer al fallecido cuando se encontró su cuerpo en la finca de su padre (el acusado) y admitió que era su médico. No tenía ni idea de que existieran grabaciones, no hasta que abriera la caja fuerte.

Ben ha tenido suficiente. "Su Señoría, el Sr. Farmer está en una expedición de pesca. Ya hemos estipulado que el Sr. Monroe fue dirigido por mí para hacer la búsqueda, y hemos presentado las pruebas adquiridas a la Defensa y al Tribunal."

—Mis disculpas, Su Señoría. Famer esperaba esta objeción, pero se digna a construir un caso contra Monroe y Parker. "Si le place al Tribunal, tengo sólo una pregunta más y luego prometo que he terminado, por ahora".

—Bien, proceda, Sr. Farmer. Pero terminemos con esto.

—¿Sabía usted, Sr. Monroe, algo en absoluto sobre Anabel Ibarra o Amador Ibarra o la familia Ibarra, el negocio familiar u otra información antes de ser intervenido por la Fiscalía para este caso?

—¡Protesto! Este es un territorio peligroso y Ben no puede dejar que Dante responda. "De nuevo, la pesca. Esto no tiene nada que ver con el caso que nos ocupa. Los Ibarra son bastante conocidos en California y esta pregunta es irrelevante".

—Se acepta. Ha terminado, Sr. Farmer.

—No tengo más preguntas para el Sr. Monroe, Su Señoría.

—El testigo puede retirarse. Llame a su siguiente testigo, Sr. Farmer.

—La defensa llama a la señora Madalena Ibarra.

Ben se sobresalta. "No la vi en la lista de testigos, Su Señoría. Y no fui informado de esta adición de última hora. Ya hemos tomado declaración a la señora Ibarra y hemos comprobado que no vio nada más allá de lo que ya declararon otros testigos."

—Ha sido de última hora, señoría, porque creo que ella tiene otra información que podría tener una relación directa con el caso de la Fiscalía contra mi cliente, y con algunas de las pruebas que aún no se han presentado.

—¡Protesto! Ben está bloqueado. "¿Cómo puede interrogarla sobre pruebas que aún no se han presentado y de las que no tengo conocimiento?"

Hiller está de acuerdo. "Sí, esto es muy inusual, Sr. Farmer. ¿Le ocultó su comparecencia a la Fiscalía y ahora quiere presentar una prueba sorpresa?"

—En realidad no es una sorpresa en ese sentido. Tiene que ver con la grabación que, aunque ha sido declarada admisible, su señoría podría opinar de otra manera al reproducirla en esta sala después del testimonio de la señora Ibarra.

—Está usted muy atado aquí, señor Farmer. Le cerraré el paso en un instante si se sale por alguna tangente que no tiene importancia.

—Gracias, jueza.

Madalena es llamada a la sala. Entra a grandes zancadas con un único propósito: proteger a sus hijos y evitar que la sesión de psicoterapia de Anabel se haga pública. "Amador es culpable de más delitos de los que usted conoce", le había dicho a Farmer, suplicándole que la llamara como testigo, "me importa un bledo, pero debo proteger a mis hijos. No puede dejar que esa cinta los incrimine de ninguna manera".

—Señora, comienza Farmer, —¿ha conocido a Dante Monroe, el investigador privado de la Fiscalía?

—Sí, lo he hecho. En realidad, en conversaciones telefónicas.

—¿En qué circunstancias?

—Trabajó para mí, durante un tiempo.

—¿Como investigador?

—Sí.

—¿Cuál era la naturaleza de sus investigaciones?

—Llevaba mucho tiempo separada de mi familia, exiliada en España por mi marido, Amador Ibarra.

—Protesto. Irrelevante.

—Lo dejaré pasar, por ahora, Sr. Parker. Pero Sr. Farmer, ha escuchado mi advertencia de estar concentrado aquí.

—Sí, Su Señoría. A Madalena: "Y la naturaleza de su necesidad de sus servicios".

—Quería saber de primera mano cómo estaba mi familia, cómo estaban mis hijos, qué hacía su padre. Reconozco que fue por interés propio.

—Y para abreviar, ¿el Sr. Monroe le informaría de cualquier cosa que encontrara que pudiera ser preocupante?

—Sí.

—¿Y lo hizo?

—No. No había nada que pudiera decirme que no hubiera leído en las noticias o escuchado de Consuela, mi suegra.

—¿Esperaba que encontrara algo? ¿Quería herir a su marido de alguna manera?

—Reconozco que soy muy rencorosa y no perdería el sueño si Amador hubiera hecho algo por lo que debiera ser castigado, pero sobre todo quería estar segura de que mi hijo y mi hija no corrían peligro alguno.

—Así que contrató a Dante Monroe. ¿Sabía que también trabajaba para otras partes que podrían querer información sobre su familia?

—No, no en ese momento.

Ben salta a la palestra. "Esto no nos lleva a ninguna parte. ¿Cuál es el objetivo de este testigo?"

La jueza Hiller también quiere saberlo. "Tiene una oportunidad más aquí, Sr. Farmer".

—Entonces, ¿no sabía que Dante Monroe también trabajaba para el abogado Marc Jordan, que es el prometido de su hija, y para el fiscal Ben Parker que lo consignó para trabajar en el caso contra su marido?

—No. No hasta hace poco.

—De nuevo, me opongo. No es inusual ni va en contra de las reglas que un investigador privado trabaje para múltiples clientes que pueden o no tener un interés compartido en la información que puede ser revelada.

—Lo es, —replica Farmer, —si la información aprendida mientras se trabaja para una de las partes de una controversia se utiliza para beneficiar o favorecer a la otra parte.

—No tengo ni idea de lo que está hablando, Farmer. Y francamente, usted tampoco. Todo este testimonio no relacionado debería ser eliminado del acta.

"¡Caballeros!" La paciencia de Hiller está al límite. "Esta testigo está excusada y les veré a ambos en mi despacho".

Farmer acusa a Dante de segundas intenciones, de conflicto de intereses personales y profesionales, y exige que la cinta que adquirió sea considerada fruto del árbol venenoso.

—Se trata de un motivo, señoría, —argumenta Ben su propio caso. "Amador Ibarra mató a Víctor McMillan porque tenía pruebas contra sus hijos, en delitos que cometieron hace años".

—La Fiscalía sólo está posando y especulando sobre hechos que no están en las pruebas. La grabación no puede ser considerada como motivo porque el señor Ibarra nunca había escuchado la cinta hasta hace poco.

—Pero supo que existía después de que McMillan se enfrentara a él en su casa.

—¡Eso no lo sabe a ciencia cierta! De hecho, no puede presentar ningún hecho que apoye su premisa.

—Sólo los hechos de que el cuerpo del doctor McMillan fue encontrado bajo treinta centímetros de tierra y cemento en la finca de Ibarra y que su ropa contenía pelo y fibras pertenecientes a Amador Ibarra. El hecho es que mi investigador encontró el recorte de prensa sobre la muerte de la hermana de McMillan en un atropello, el mencionado en la grabación que implicaba al hijo de Ibarra, Miguel.

—¡Me opongo a esta diatriba, jueza! Farmer está ahora con la cara roja. Hiller se mueve para detener a Ben, pero éste continúa un apasionado monólogo.

—Por no hablar de un crimen muy espeluznante cometido por su hija, Anabel. Fue un encubrimiento, puro y duro. Qué más vamos a encontrar si seguimos indagando en las transgresiones de esta familia. Por qué hasta Madalena Ibarra tenía sus dudas sobre la pureza e inocencia de su marido e hijos, tantas dudas que contrató a Dante Monroe para que los investigara. Creo que, si le volvemos a preguntar, bajo juramento, dará fe de que ese fue su verdadero motivo para contratar a un investigador privado.

Farmer gruñe: "Ahora el fiscal está dando un argumento de cierre. Vamos, Su Señoría. Todo esto debería ser anulado".

—Quiero escuchar la cinta por mí misma y luego decidiré. Suspenderé el juicio por hoy.

Ben lucha con su decisión: interrogar a Madalena o simplemente dejarla pasar. Si la interroga más a fondo, podría exponer el paralelismo entre el trabajo de investigación de Dante para ella y para Marc, poniendo así en peligro el caso Parsons. ¿Cuál es exactamente el caso de Marc? ¿Hay alguna prueba de que Miguel es realmente el hombre que, de joven, atropelló a Angela Bolane, la hermana de McMillan, matándola? Ruega que Dante encuentre algo pronto, y que sea sólido e irrefutable.

Ben le había prometido a Marc que mantendría a Anabel fuera del estrado, que sólo utilizaría su declaración como testimonio, a menos que se produzca algo que requiera que la llamen al juzgado. Hasta que la jueza Hiller permita que la cinta se convierta en testimonio, puede abstenerse de subir a Anabel al estrado y salvar a Marc de la verdad para otro día.

La jueza Hiller escucha atentamente la grabación, toma notas a veces, hace muecas ante la narración de la inmolación de Franco Jourdain, y luego se sienta cuando todo ha terminado para procesar el contenido. Ha escuchado descripciones mucho más perturbadoras en su sala, de crímenes obscenos y horripilantes cometidos por psicópatas contra víctimas inocentes. Pero no es frecuente que escuche las cavilaciones personales de un paciente mientras está bajo hipnosis. Podría tratarse de meras fantasías por parte de Anabel, de alucinaciones o incluso de deseos depravados mientras está en un estado alterado. No hay forma de saberlo realmente, no con el psiquiatra muerto y Anabel posiblemente ni siquiera recordando lo que dijo mientras estaba en trance.

Más allá de ser el prometido de Anabel Ibarra, Zoey Hiller se pregunta cuál es el interés y la implicación de Marc Jordan en todo esto, y qué tipo de investigación realizó Dante Monroe para él. El caso Clive Parsons contra el Estado de California está siendo juzgado por el juez Larimer, por lo que la jueza Hiller pide una cita con su colega jurista para informarse.

—Tenemos casos que se cruzan de forma extraña, —admite Larimer. "Hasta ahora no hay ninguna prueba, ningún testigo ocular, que corrobore quién fue el verdadero conductor del coche en la muerte por atropello de Angela Bolane, que resultó ser la hermana del doctor McMillan. Jordan y su investigador privado siguen investigando".

—Y no hay nada en la grabación de Anabel Ibarra que incrimine específicamente a su hermano en ese crimen, —añade Hiller. "Ella sólo insinúa, debido a su comportamiento irresponsable y a la afición de su padre por sacar a Miguel de problemas, que él podría estar involucrado de alguna manera. Es obvio que la rivalidad entre hermanos está en juego".

Larimer reflexiona sobre esto y mueve la cabeza de un lado a otro sopesando los pros y los contras de admitir la cinta. "Podría ser", está más o menos de acuerdo con la teoría de la rivalidad entre hermanos. "Pero, por otra parte, podría ser una pistola humeante que hiciera saltar por los aires ambos casos. Me inclinaría por ver a dónde nos lleva, pero es su decisión".

VEINTIDÓS

"Encuentro", informa la jueza Hiller a las partes que se encuentran ahora ante ella, "que Dante Monroe no tenía ningún conflicto al trabajar para Madalena Ibarra, ya que la información que le reportó era benigna y no tenía conexión con el caso Parsons o el caso McMillan. Sin embargo, al trabajar simultáneamente para el fiscal Jordan y el ayudante del fiscal Parker, sus conclusiones de la investigación podrían poner en peligro a las partes nombradas, ya que un conjunto de conclusiones en un caso podría tener implicaciones para las partes en el otro caso. No puedo permitir que la grabación sea introducida como evidencia aquí. Tendrá que continuar con las pruebas que tiene, Sr. Parker. Si no lo hace, tendré que decretar un juicio nulo en California contra Amador Ibarra por la muerte del Dr. Víctor McMillan".

Ben Parker y Herman Farmer tienen cada uno sus propias objeciones a un fallo de nulidad. Farmer quiere una absolución total, y alega la defensa propia como la razón por la que su cliente causó la muerte de Víctor McMillan. Ben Parker quiere la opción de volver a juzgar el caso si se convoca un juicio nulo. Ibarra tenía muchos motivos para matar al médico y llamarlo defensa propia después de haber enterrado al hombre en una zanja de su propiedad es absurdo.

—No puedo absolver en este momento, —afirma Hiller. "Hay demasiadas áreas grises. Sí sugiero a la Fiscalía que trabaje duro para encontrar pruebas sustantivas que vayan más allá de la suposición subjetiva de que la grabación de las declaraciones de Anabel Ibarra son causa de motivo del acusado para asesinar a Víctor McMillan.""

—Declaramos que se aplicará la doble incriminación si la Fiscalía decide volver a juzgar el caso, y lo plantearemos como defensa.

—No nos adelantemos, abogados. Les daré a ambos un intento más para argumentar su caso. Nos volveremos a reunir el próximo lunes a las 10 de la mañana. Se levanta la sesión.

———

Clive Parsons sólo pudo decir: "Bueno, fue hace quince años. Pero podría ser él". Vuelve a examinar las fotos del antes y el después. "Podría ser él. Pero no puedo jurarlo. Ojalá pudiera. Sería divertido acabar con este mocoso y arruinar su carrera como él arruinó mi vida".

—¿Y estás seguro de que no hubo testigos que corroboraran tu historia? —pregunta Dante.

—Nadie encontró ninguno. Estaba oscuro, casi a medianoche, así que no me sorprende.

—El camarero llamó al 911, —afirma Dante. "No hubo más llamadas, según los informes."

—Eso es lo que dijo la policía.

—Disculpen un momento, se disculpa Dante cuando suena su teléfono móvil. Una expresión de "Aleluya" en la cara del detective privado hace que Parsons se incline hacia delante, alerta.

—Siento que haya tardado tanto, —dice la amiga de laboratorio de Dante. —Estoy muy atrasada. Pero he vuelto a analizar la mancha de la camisa y la he comparado con algunos resultados recientes de ADN de otros casos. Ha salido una coincidencia "familiar" con el ADN de Amador Ibarra, lo que significa que no es él personalmente sino un pariente cercano.

—¿Cómo de cercano?

—Padre e hijo.

—¡Te quiero, Hannah! Pregúntale a tu novia si puedo invitarte a una copa. O un BMW.

—¿Qué es? Clive está impaciente por saber.

—Un descanso, mi amigo. Dante recoge los archivos y choca los cinco con Parsons al salir de la sala de visitas. Parsons está eufórico, pero no tiene ni idea de por qué.

El desguace de Whitey fue desmantelado por el propio Whitey hace algunos años, cuando su "actividad secundaria" estaba recibiendo demasiada atención y demasiados registros sin orden judicial que, afortunadamente, no dieron frutos para la policía. Gracias a que siempre dirigió un taller de chapa y pintura legítimo a la intemperie, y a que su trabajo era de última generación, pudo mantener un negocio rentable.

La entrada trasera, una puerta automática ancha y alta que antes se accionaba con un código para dejar entrar a la gente, está ahora totalmente abierta para revelar varios puestos grandes donde los técnicos reparan, pintan y restauran diversas marcas y modelos, todo ello pagado legalmente por los exorbitantes gastos de mano de obra de los clientes de Whitey.

Dante encuentra a Whitey ocupado en su trabajo, cuadrando las cuentas, no maquillándolas como antes. Se presenta y le muestra al hombre de los coches las fotos del archivo Parsons, de un Pagani Zonda C12S.

—Se encontró en un callejón a unas manzanas de tu tienda la noche en que el coche estuvo implicado en el atropello y fuga de una joven, a la salida del bar que frecuentaba Clive Parsons.

Whitey se encoge de hombros. "¿Por qué debería importarme?"

—No finjas que no lo recuerdas, porque sé que Clive Parsons te llevó el coche esa noche, después de robarlo, con la esperanza de conseguir algo de dinero rápido y esperando que el coche desapareciera.

—Es un paseo único, —admite Whitey. "¿Cómo podría olvidarlo?"

—Este coche es único, es ilegal de conducir en los Estados Unidos. ¿Sabes por qué?

—Ilumíname.

—Porque, —relata Dante como si leyera un manual de reglamento, —nunca fue sometido a pruebas de choque por la ANSV (Administración Nacional de Seguridad Vial), que es un requisito en Estados Unidos para que todos los coches sean legales para la venta. ¿Por qué te vas a arriesgar?

—Mira, no sé lo que buscas aquí. Pero no tengo tiempo para esta expedición de pesca. Además, fue hace quince años. Apenas puedo recordar lo que hice la semana pasada. Whitey gira su silla e intenta ponerse de pie para terminar la conversación.

Dante se mueve con fuerza para bloquearlo y, con un dedo índice clavado en el esternón, le indica que no está de humor para volear. "No estoy pescando, Whitey. Sé que vendiste este coche a Amador Ibarra para su hijo, Miguel. Sólo eso es una infracción que podría cerrar tu tienda".

—Mira, —agrega Whitey, —ahora soy legal...

—Exactamente. Dante le da tranquilamente una salida, y se sienta. "Así que dime lo que necesito saber, o puedes decírselo al fiscal".

—Sí, de acuerdo. Cuando ejercía mi anterior profesión, Whitey casi canta las palabras, —hacía venta de coches. Ibarra era un cliente. Quería un símbolo de estatus, para su hijo. Era un coche Kit, no un auténtico Z. Así que no me puedes pillar ahí por violar ninguna (lo pone entre comillas) "norma de la ANSV". Ibarra me pagó 100000 dólares. Los auténticos cuestan casi 4 veces más. No le importaba. Era la imagen que buscaba. Me sorprendió bastante cuando Bulldog (así es como le llama la gente) lo trajo a mi tienda. Apenas podía creer la historia que me contó sobre cómo lo había conseguido, y ahora estaba mendigando dinero.

—Pero Clive nunca cobró. Lo detuvieron a la mañana siguiente después de que la policía encontrara el coche abandonado. Ahora, ¿por qué alguien abandonaría esta belleza? ¿Por qué no desmontarlo y vender las piezas por un dineral? O... ¿por qué no avisar a Ibarra de que lo tenía?

El silencio de Whitey y su lenguaje corporal le dicen a Dante lo que quiere saber. "Lo llamaste, ¿verdad? Y él te dijo lo que tenías que hacer, ¿no? El coche estaba limpio como una patena, con las huellas dactilares borradas, la matrícula eliminada y el número de identificación quemado. Por alguna razón querías que el coche fuera encontrado y que Clive fuera el chivo expiatorio. ¿Ibarra te pagó para incriminar a Clive y cubrir a su hijo?"

—Mira, no tenía ni idea de que el coche estuviera implicado en un atropello mortal, se lamenta Whitey. "Sólo le hice un favor a un cliente cuyo hijo tenía problemas. Me dijo que el chico estaba borracho, chocó con un coche y alguien lo vio, así que huyó. Y aparece Bulldog para cargar con la culpa. Y como dijiste, lo limpié para que nadie pudiera comparar las huellas de nadie".

—Olvidaste el exterior. El capó tenía una huella de mano, una ensangrentada. Creo que la dejaste ahí a propósito. Una huella limpia para identificar a Clive Parsons. Fuiste cómplice después del hecho de un delito. Podrías ser acusado de obstrucción a la justicia, sin mencionar las penas por operar un desguace. Estás en un mundo de problemas, Whitey.

—Es la palabra de Clive contra la mía, ¿no?

—Tú lo sabes mejor. Mira, no es a ti a quien persigo. Clive es inocente y ha pasado quince años en la cárcel. Y tú ayudaste a ponerlo ahí. Quiero que testifiques en su audiencia. Se lo debes.

Whitey gira de un lado a otro en su nuevo y bonito sillón de cuero acolchado, sopesando todas las consecuencias, calculando todos los costes y beneficios. Examina su lujoso taller de reparaciones y pintura con un equipo nuevo y reluciente, a diferencia de la mazmorra de mala muerte que antes regentaba. Piensa en todas las mujeres atractivas y dispuestas que tiene en su libreta de direcciones ahora que está lleno de dinero. Todo podría desaparecer, y él también, en la cárcel durante años. Mira a Dante directamente a los ojos. "Sólo por un trato".

"Veré lo que puedo hacer".

VEINTITRÉS

Una masa de esperanzados jugadores se agolpa en la sala del casino, una cacofonía de pitidos de máquinas tragamonedas y sirenas exigen pagos. Los números de lotería, juegos de dados y la Ruleta son anunciados y los crupieres sacan más dinero para la casa. Lejos del estruendo, en el interior de las puertas cerradas de la sala de espectáculos principal, cientos de aficionados atemperan su expectación con alcohol y una ruidosa charla. El esperado concierto de la estrella del pop latino Michael Barron comienza con una oleada de música orquestal, luces de colores coreografiadas y una explosión de pirotecnia que hace que el público se levante con una ovación colectiva.

Barron baila sobre el escenario, desgrana un éxito tras otro y bebe la adoración como el néctar de los dioses. No se puede negar su carisma y su talento. No se puede negar que su rostro, una vez cicatrizado, es el rostro que Marc Jordan pasa como una película por su mente. Y ahora, en primer plano, en gigantescos monitores de vídeo, ese rostro es impecable, tal y como aparecen en las fotos posteriores de su expediente médico.

—¿Estás seguro de que quieres estar aquí para esto? Dante mira a Marc con preocupación, apenas comprendiendo lo difícil que será para él ver al hermano de su prometida sacado esposado en cuanto termine el espectáculo.

—Se lo debo a mi cliente. *Y a Angela Bolane, y al Dr. McMillan. Y a mi madre.*

Los detectives encubiertos sacan a las fans y a los tramoyistas del camerino, confundiendo a Barron y a su agente.

—¿Quiénes son ustedes? ¿Qué está pasando aquí?

Muestran sus placas, generando expresiones sombrías y corazones palpitantes. "¿Es usted Michael Barron, también conocido como Miguel Ibarra?"

—¿De qué se trata?

—Por favor, responda a la pregunta, señor, ¿es usted Michael Barron, también conocido como Miguel Ibarra?

Barron se pone de pie, arroja su toalla de maquillaje. "Lo soy".

—Tiene derecho a guardar silencio. Si renuncia al derecho a guardar silencio, todo lo que diga puede y será utilizado en su contra en un tribunal. Tiene derecho a hablar con un abogado y a que éste esté presente durante cualquier interrogatorio.

—Vamos chicos, Roberto intenta interponerse entre los agentes y su cliente, pero le ordenan que se aparte. "Si se trata de alguna queja por insinuaciones sexuales o de algún fan decepcionado que no pudo conseguir un autógrafo..."

Le ordenan a Barron que ponga las manos en la espalda y le ponen las esposas. "Queda detenido por la muerte por atropello de Angela Bolane".

—¿Quién demonios es Angela Bolane? Michael, ¿qué es esto? ¿Conoces a esta persona?

—No tengo ni idea de quién es, Roberto. Llama a mi abogado.

Tras una comparecencia, Barron queda en libertad bajo

fianza, sin poder salir del estado, y permanece en arresto domiciliario en la finca de Ibarra. La prensa sensacionalista se vuelve
loca con conjeturas y especulaciones sin fundamento. Se
desvela la verdadera identidad de Michael Barrón y su relación
con Amador Ibarra, todavía bajo sospecha por el asesinato de
Víctor McMillan, empaña sus logros como animador, que tanto
le ha costado conseguir.

—Maldito seas papá, —jura Miguel, —y tú también, mamá.
¿Cómo has podido dejar que esto ocurra? Te pedí ayuda y lo
has arruinado.

—Esto no es culpa mía, Miguel. Nada de eso. Tú y tu padre
hicieron algo horrible desde el principio, encubriendo este
crimen en lugar de acudir a la policía. Por no hablar de que me
mentiste al respecto y rogaste por mi ayuda. Ahora, tienen tu
ADN, tus huellas dactilares y, gracias a tu padre, fuiste identificado. Y no olvides que otro hombre fue a la cárcel por ti,
durante quince años, por algo que hiciste.

—Nunca quise eso. Sólo le pedí ayuda a papá. Nunca quise
matar a nadie. ¡Y nunca quise que alguien más pagara por mi
crimen!

—Sólo que no querías pagarlo tú, como siempre.

—Si no fuera por la locura de mi hermana y sus desvaríos
en esa cinta nadie habría sospechado de mí en primer lugar."

—Habría salido a la luz tarde o temprano. Ahora tenemos
que pensar qué hacer, determina Madalena.

—No es lo único que tenemos que resolver, mamá. Estás
guardando algo que podría meterme en más problemas, si es
que eso es posible.

—Está en un lugar seguro. Por ahora, le asegura ella. "Pero
dime la verdad, Miguel. Soy tu madre y te quiero, pero sigo sin
saber nada de muchas cosas. Por favor, cuéntame lo que pasó de
verdad".

Miguel le cuenta todo lo que sabe sobre el día en que murió

Helena Morales, cómo encubrió a su padre, para pagarle por haberle sacado del atropello.

—¿Están tus huellas en el cuchillo, Miguel? ¿Te pueden atrapar también por ese asesinato?

—No, no. Lo juro. No toqué el cuchillo. Lo recogí con la toalla.

—Y dejaste las huellas de tu padre en él. Lo guardaste todos estos años, para usarlo como una especie de ventaja sobre él. ¿Para qué?

—No lo sé. Algo estúpido. Sólo quería que me dejara en paz con lo de trabajar en la bodega, que dejara de despreciar mi carrera como algo indigno de un Ibarra.

Estúpido y egoísta, piensa Madalena. De tal palo, tal astilla. Egoísta, conspirador, amoral. Y ahora ambos empiezan a ver las consecuencias de sus horribles acciones. Sin embargo, Miguel es su hijo y quiere ayudarle desesperadamente, como siempre quiso ayudar a Anabel. ¿Debe tirar el cuchillo o, al igual que Miguel, utilizarlo como ventaja contra Amador? Pero cómo hacerlo sin implicar a Miguel es algo que aún no ha descubierto.

—Miguel. ¿Por qué estabas allí en primer lugar? ¿Cómo sabías que tu padre estaba en la casa de Helena? ¿Le seguiste?

—Sí. No era la primera vez. Siempre supe que estaba tonteando. Había muchas mujeres. Pero, esto fue peor. Aprovecharse de una mujer después de que Anabel hubiera matado a su marido. Qué enfermo es eso. Sobre todo, odiaba lo que te estaba haciendo. Iba a detenerlo ese día, a decirle que no podía verla más. No llegué a tiempo. Y por eso lo lamentaré el resto de mi vida.

———

—¿Qué le pasa, Srta. Starr? Sólo pedí unos pequeños ajustes en el diseño y ya me está sacando la cabeza. Esto no es propio de usted. Y no me gusta ser el objeto de su desprecio, no después de todos los negocios que le he enviado.

Normalmente fría y confiada, y experta en complacer y apaciguar a los clientes, hoy Anabel se muestra grosera y ofensiva y no se toma las últimas críticas a su trabajo con gentileza.

—Bueno, sus ajustes, como usted los llama, son como mínimo cursis. Pensaría que confía en mi criterio después de todas las campañas exitosas que he creado.

—Normalmente, lo hago. Pero está fuera de juego con esta. Sólo estoy siendo honesto. No le estoy dando un ultimátum, pero espero que se hagan los cambios. Cálmese y consúltelo con la almohada. La llamaré por la mañana.

La mirada de Anabel es desafiante, sus ojos no parpadean mientras siguen a su cliente por la puerta del despacho. Está nerviosa. Lo ha estado desde la muerte de McMillan. No tiene a nadie con quien hablar, nadie que la ayude a navegar por sus sentimientos, que son tortuosos y amenazan su cordura. Y ahora Miguel, su irresponsable hermano, vuelve a tener problemas y eso interfiere en su relación con Marc.

El alto jarrón de metal es un recipiente perfecto. Hace una bola con el boceto rechazado y lo echa dentro. Con un encendedor que guarda en el cajón de su escritorio, enciende una barrita de incienso y la echa en el jarrón. Las modestas llamas son suficientes para satisfacerla, pero desearía que fueran más grandes, lo suficientemente grandes como para quemar la oficina. Al principio son altos brotes azules y amarillos que asoman por encima del jarrón, luego se asientan en una fragancia humeante de lavanda y romero, subiendo en suaves espirales grises. Relajante. Tranquilizante.

Anabel se sienta en la silla giratoria de felpa, de color rosa intenso, y ve sus reflejos una docena de veces en los cristales biselados y los espejos dorados que cubren las cuatro paredes. Siente que todo su duro trabajo y sus ambiciosos logros se le escapan. Se quita el pañuelo verde de Hermes del cuello; se está asfixiando, al menos eso es lo que siente. Se aparta su larga melena morena de la cara y el cuello; tiene calor y anhela que entre una brisa fresca por las ventanas que no se abren.

—¿Qué es eso? ¿Se está quemando algo? Marc hace una visita sorpresa y asoma la cabeza en su despacho. El olor de algo ardiendo le alarma.

Sobresaltada, pero tan delirantemente feliz de verle, deja caer su pelo delicadamente hasta los hombros. "Oh, eso. No, sólo estaba quemando un incienso y se me cayó un papel por accidente. No pasa nada. Se quemará solo".

Marc se acerca a ella y ella a él en un suave abrazo. "Sé que debes estar abatida por todo lo que ha pasado últimamente". Le coge la cara con la mano y la mueve para acariciarle el pelo. "Sólo quería ver cómo estabas e invitarte a cenar". Le planta un suave beso en la frente.

—Sí. Sí. Me encantaría. Vayamos a un lugar tranquilo donde sólo escuche el sonido de tu voz.

—Por supuesto. Tal vez deberíamos pedir comida para llevar y volver a mi casa. Allí sí que es tranquilo. Y podemos hablar. Tenemos que hablar. A Marc se le revuelven las entrañas, pero se empeña en proyectar una conducta serena por el bien de ella. Ella sigue siendo la mujer que él ama apasionadamente, desesperadamente, y no puede concebir perderla a pesar de toda la confusión que su familia ha infundido en su vida.

Anabel quiere hacer algo más que hablar. Quiere borrar de su mente todo lo que está pasando. Le aterra haber empezado a provocar incendios de nuevo. Por pequeños que sean, podrían despertar fácilmente su deseo de algo más grande y peligroso.

Necesitan alejarse. Sí, eso es. Se irán a su lugar feliz donde el aire es limpio, la ligera brisa, y transformativa a su alma.

—Será difícil alejarse, pero creo que yo también lo necesito, Anabel. Antes de que se desate el infierno.

La afición de Marc por el Ferry de Coronado hace que la velada con Anabel sea más romántica. Antes de que se construyera el puente de Coronado, que une San Diego con la isla de Coronado, el único modo de viajar directamente era el ferry. 15 minutos de tranquilidad, una vista panorámica de la costa de San Diego, un viaje sin estrés repleto de la refrescante niebla del océano y el suave vaivén del barco. Conducir por la histórica extensión de un puente es un viaje tedioso, a menudo como el de una tortuga, con más coches de los deseables, atascos y un ocasional suicida atascando las cosas.

Desde el Ferry Landing toman un taxi hasta el Hotel Del, un entorno de cuento de hadas donde la realidad se encuentra en otro universo, y el mito y la magia del hotel transforman a cada visitante.

—Habitación 3327, le dice Anabel al recepcionista.

—Ah, la suite Kate Morgan, —dice, identificando la habitación más solicitada del hotel. "Tiene suerte de que esté disponible. Hemos tenido una cancelación esta noche, algo que casi nunca ocurre."

—¿No es ahí donde se suicidó esa mujer? Marc contorsiona la cara, sólo medio en broma.

—En realidad, le corrige el ascensorista, —se suicidó en las escaleras que llevan a la playa. Se pegó un tiro en la cabeza, deprimida por una relación amorosa que salió mal, según la leyenda.

La leyenda también describe numerosos avistamientos del fantasma de Kate Morgan en varias habitaciones y pasillos del hotel desde su muerte en 1892. En su suite, los visitantes han experimentado luces parpadeantes, un televisor que se enciende y se apaga solo, brisas procedentes de la nada, olores y sonidos inexplicables, objetos que se mueven por sí solos, puertas que se abren y se cierran aleatoriamente, cambios bruscos en la temperatura de la habitación y pasos y voces inexplicables.

—Siempre he querido quedarme en esta habitación, se desmaya Anabel y se deja caer en la cama, en una pose de ángel en la nieve. "Adoro la leyenda de Kate Morgan. Espero que la veamos. Era una dama, hermosa, reservada y bien vestida, pero problemática y muy melancólica".

Marc se coloca con cuidado encima de ella. "¿Alguna vez ha perseguido a los invitados masculinos?"

—No, creo que odia a los hombres. Es la razón por la que se suicidó; su amante la dejó plantada.

Marc se revuelve sobre su espalda. "Me alegro de que odies las armas".

Anabel se sienta sobre el codo y le mira. "Nunca me dispararía si me dejaras, mi amante. Probablemente me adentraría en el océano y me entregaría al profundo y oscuro mar".

—No sabes nadar.

—Mi punto de vista es exactamente. ¿Y qué harías tú si te dejara? ¿O si tuviera una aventura con otro hombre? ¿O si dejara de amarte?

Él la envuelve en sus brazos y ella acurruca su cabeza en su pecho. "Haré todo lo que pueda para no darte nunca una razón para dejarme, o tener una aventura, o dejar de amarme".

—¿Empezando ahora?

—Empezando ahora.

Pieza a pieza, su ropa se convierte en un estorbo, pronto se deposita en el suelo, y sus cuerpos se entrelazan para convertirse en uno, transportados a vertiginosas alturas de éxtasis. Kate Morgan envía una suave brisa hacia ellos, agitando las cortinas y dejando que la pareja disfrute de su pasión sin público.

Anabel, normalmente fuerte y decidida, tiene momentos de vulnerabilidad que la hacen aún más entrañable para Marc. Esta noche es uno de esos momentos. Está durmiendo con dificultad, emitiendo suaves gemidos como los de un niño que tiene pesadillas. Los gemidos van en aumento hasta que grita. Marc la sacude para que se despierte: "¿Qué sucede?"

—Es una luz, —grita ella, —una luz cegadora, una explosión... no sé qué significa.

—Shhh. Es sólo un sueño. Ahora estás a salvo. La envuelve con el edredón y la abraza con unos brazos que se niegan a soltarla. ¿Se pregunta si esto es una visita de Kate Morgan? ¿Sus celos por ver a dos amantes felices en su alcoba personal?

—No me dejes nunca, —suplica Anabel. —Pase lo que pase. ¿Lo prometes?

—No lo haré. Estoy aquí. No me voy a ninguna parte.

Marc se siente bien siendo su protector. ¿Por qué no pudo proteger a su madre?

VEINTICUATRO

ERAN LAS 11:35 P.M. DE LA NOCHE DEL 10 DE JULIO, cuando Miguel y Bulldog Parsons tuvieron su sangrienta pelea de bar. A las 11:45 p.m. Miguel salió corriendo del bar perseguido por su oponente, se subió a su coche, atropelló a Angela Bolane y la mató. Huyó de la escena. La llamada al 911 llegó a las 11:55pm de parte del gerente del bar. En 5 minutos y 5 segundos sería el 11 de julio, el 18 cumpleaños de Miguel Ibarra.

—Al ser menor de edad en ese momento, plantea con sorna el abogado de Miguel al juez en una audiencia preliminar, — este caso debería ser enviado al Tribunal de Menores.

—Lo acusaremos como adulto, —promete el fiscal.

—Lo siento, pero ha prescrito el delito de tráfico...

—Delito de atropello y fuga. Y creemos que el "peaje" se aplica aquí, Su Señoría. Miguel Ibarra abandonó la ciudad en numerosas ocasiones para ir a México a operarse y someterse a otros tratamientos para arreglar su cara, por no hablar de los conciertos y otras actividades de entretenimiento en las que trabajaba por todo el país. Eso reduce considerablemente el tiempo de prescripción.

—Pero no lo suficiente. Farmer está preparado para esta suposición. "Con todo, si se quiere, esas ocasiones en México y en las giras sólo sumaron dos años como máximo".

Ben desbarata la táctica de defensa de Farmer. "Los plazos legales no comienzan hasta que se descubre un delito, y como acabamos de descubrir su comisión, el reloj está ahora en marcha".

—Buen intento, Sr. Parker, le responde Farmer al argumento de Ben. "Los plazos legales comienzan no sólo cuando se descubre un delito, sino cuando 'debería haberse descubierto'. Esto ocurrió hace 15 años. Debería haberse descubierto en ese momento, durante la investigación inicial de la muerte de Angela Bolane. No lo fue".

Deseoso de poner el último clavo en el ataúd de la acusación, Farmer añade con suficiencia: "No se puede demostrar que el Sr. Ibarra condujera el coche que atropelló a la víctima. Fue el Sr. Parsons quien fue visto de pie junto a la víctima, para luego subirse al coche y marcharse".

Exasperado porque se le escapa la victoria, Ben intenta un Ave María. "El caso del señor Parsons se está juzgando ahora, señoría, y la fiscalía está trabajando para demostrar que era Miguel Ibarra quien conducía cuando la señora Bolane fue atropellada y asesinada, y que Clive Parsons fue condenado erróneamente."

—Ese es un tema aparte, juez, —replica Farmer, dejando de lado la táctica de Ben. "Pedimos que desestime los cargos por falta de pruebas, por no haber testigos que corroboren la afirmación del fiscal de que el señor Ibarra conducía, y porque el plazo de prescripción se agotó hace más de nueve años para este tipo de delitos".

—Me temo que tengo que estar de acuerdo con el abogado

defensor, Sr. Parker, pero sólo por un estrecho margen. Si la Fiscalía presenta algún testimonio que lo corrobore o presenta una moción para impugnar la Ley de Prescripción, puede acusar al Sr. Ibarra.

————

Clive Parsons finalmente tiene su día en la corte. Su petición para anular su condena por un delito de atropello y fuga que lo envió a prisión de 20 años a cadena perpetua está siendo escuchada por fin. Está en la corte del juez Larimer y Marc Jordan está bien armado y listo para rodar. Las pruebas que él y Dante han descubierto están seguras de que van a liberar a su cliente y enviar a Miguel Ibarra a la cárcel. No se trata de un juicio, por lo que no hay abogado de la parte contraria. Sin embargo, Marc puede interrogar a los testigos y presentar pruebas para exponer su caso.

Después de entregar al juez la declaración escrita del camarero como prueba de la cronología del altercado de Ibarra y Clive en el bar, y de los sucesos en el exterior que condujeron a la muerte de Ángela Bolane, Marc llama al estrado a su testigo clave.

—Por favor, diga su nombre para el tribunal.

—Harold Whiteman. Pero me llaman Whitey.

—Para aclarar al tribunal, usted accedió a testificar porque el fiscal le ofreció un trato: inmunidad judicial. ¿Es eso cierto?

—Sí, lo es.

—Por favor, haga su declaración, Sr. Whiteman.

Whitey cuenta su historia sobre la noche en que Clive Parsons llegó a su garaje con un coche de lujo que quería vender por algo de dinero rápido. Establece que reconoció el coche, un deportivo Zonda, como uno que vendió a Amador Ibarra para su hijo, Miguel. Afirmó que Clive estaba todo revuelto por una pelea en un bar y su camisa estaba manchada de sangre por la pelea que dijo haber tenido con "un chico". Admitió haber robado el coche después de que "el chico" (al que nunca había visto) atropellara a una mujer y la dejara muerta en la calle.

—¿Qué hiciste con el automóvil?

Whitey relata su acuerdo con Amado Ibarra para eliminar cualquier evidencia de que Miguel condujera el Zonda y asegurarse de que Clive Parsons fuera identificado, y llevar el coche a algún lugar donde fuera encontrado por la policía.

—Gracias, Sr. Whiteman. Puede retirarse.

—Señoría, tengo pruebas definitivas que demuestran que el chico del bar con el que se peleó el Sr. Parsons era, efectivamente, Miguel Ibarra, y si le parece al Tribunal, me gustaría presentárselas.

—Vamos a verlo, aprueba Larimer.

Marc saca de la caja la camiseta que Parsons llevaba aquella noche, un estampado de corbata con una mancha de sangre.

—Tengo un informe oficial del laboratorio forense que verifica, mediante el análisis del ADN de la sangre, que es una coincidencia de padre e hijo con el ADN recogido de Amador Ibarra, que está siendo juzgado por el asesinato del doctor Víctor McMillan. Esto, junto con la declaración del señor Whiteman, es una prueba de que Miguel Ibarra es el responsable de la muerte por atropello de Ángela Bolane hace quince años.

—Durante todos estos 15 años, Clive Parsons ha declarado su inocencia. Ha admitido haber robado el coche y haber intentado venderlo ilegalmente, delitos menores que sólo le habrían reportado unos pocos años de cárcel como máximo, y quizá incluso una condena suspendida.

—Aun así, abogado, Larimer detiene el resumen de Marc,

—no existe la prueba fehaciente que sitúe a Miguel Ibarra al volante, aunque sea lo que usted deduce que ocurrió.

—No tengo ninguna duda de que Ibarra es culpable. Pero para usted, como mínimo, hay una montaña de dudas razonables de que Clive Parsons haya cometido este crimen. Sigan el hilo de las pruebas, la cronología de los hechos. Apelo a este tribunal hoy, para que anule la condena del Sr. Parsons por el cargo de delito grave y lo ponga en libertad por el tiempo cumplido por los delitos menores, y para que lo compense por la excesiva sentencia que recibió.

———

—¿Está bromeando, Sr. Jordan? ¿Realmente me están dando dinero por el tiempo que pasé en prisión?

—Menos los años que cumpliste legítimamente por el robo, por abandonar la escena de un accidente, por robar a la víctima y por intentar vender el coche a un desguace. Sí.

Se le saltan las lágrimas. Clive se queda casi sin palabras. "No sé cómo agradecértelo".

—No es necesario. Es una victoria para mí también.

—Sin embargo, tengo un problema.

—¿Cuál es, Clive?

—No sé qué hacer o dónde ir.

—Bueno, con esta cantidad de dinero puedes hacer o ir a casi cualquier sitio.

—Años encerrado, he perdido el contacto con todos los que conocía. O están muertos o encerrados ellos mismos.

—¿Y tu familia? ¿Sigues en contacto con ellos?

—No. Todos se desentendieron de mí hace años. No sé dónde están. No es que quiera saberlo, de todos modos.

Marc recuerda el conmovedor recitado del abogado del PIC que tanto le impactó hace años y que trazó su destino: "Las personas condenadas, aunque sean inocentes se ven privadas de su libertad, su dignidad, su humanidad. Con reputaciones arruinadas, familias arruinadas, vidas arruinadas... esperan la redención, la exoneración y una vida con un propósito renovado. Sobre todo, buscan el perdón para sí mismos y para quienes han hecho de su vida un infierno".

Clive Parsons es uno de los arruinados. A pesar de su historial de burlar la ley y romper las normas de la sociedad, Marc sabe que este hombre, aunque ahora está libre de las puertas de la prisión, sigue siendo un prisionero, de la soledad, y está sin propósito.

—¿Cuándo saldré realmente?

—"Muy pronto. Lo único que queda es un poco de papeleo y asegurarnos de que tienes un lugar al que ir.

—Espero que tengas alguna idea al respecto, porque yo seguro que no la tengo.

—Veremos qué podemos hacer al respecto.

VEINTICINCO

—ME HICISTE SENTIR ORGULLOSO EN ESA SALA, MARC Jordan. El caso Parsons te dio la patada en los pantalones que necesitabas. Encontrar pruebas que nunca se descubrieron durante su acuerdo original fue un triunfo al estilo Perry Mason.

Una vez más, su reunión a puerta cerrada es interrumpida por Larimer desenvolviendo un sándwich de charcutería, y disfrutándolo con gusto. Marc vuelve a negarse a participar, pero disfruta de una cerveza fría.

—Sobre todo gracias a mi investigador, Dante Monroe. Tiene una buena reputación en lo que se refiere a la investigación forense y no se detiene hasta que encaja todas las piezas del rompecabezas. Estas pruebas estaban tan enterradas que ni siquiera el PIC fue capaz de encontrarlas. Sólo lo hice por la conexión con la mujer con la que me voy a casar. Al menos, aún lo espero.

—No estoy seguro de que esté muy contenta de tener a su padre y a su hermano implicados en una actividad criminal, supongo.

—Espero que entienda que estaba haciendo mi trabajo, representando a mi cliente.

—Te das cuenta, Larimer cuantifica su decisión en el banquillo, —Parsons está libre ahora gracias a ti y a Monroe.

—De alguna manera creo que hubo algo más en juego aquí, Juez. Algo como la divina providencia, algo inspirado.

Larimer deja de masticar. "¿Ha encontrado la religión?"

—No en el sentido teológico. Pero necesito saber por qué insistió tanto en que tomara este caso. ¿Por qué yo? No puede ser sólo que quisieras que tuviera un caso desafiante que tratar.

Larimer se limpia la cara y deja su almuerzo a un lado. "Yo era el policía en el caso original de Parsons".

Marc deja su cerveza sobre el escritorio, sin querer escuchar lo que viene a continuación. "¿Le dijiste que se declarara culpable?"

—No, no. Fui perezoso y ambicioso al mismo tiempo. Estaba desbordado de casos. El fiscal de la época me animó a que dejara pasar éste, que dejara que otro se hiciera cargo, y me dio un caso más grande pero que era más fácil de ganar, un acusado simpático. Más tarde me enteré de que Parsons había sido engañado. No hubo ningún delito real, sólo una acusación injusta y agresiva. El fiscal también tenía ambiciones y creo que quería impresionar a un gran donante.

—¿Crees que ese donante era Amador Ibarra? Marc se inclina hacia delante en su silla a la espera de una confesión bomba.

—No lo sé. Nunca lo he averiguado.

—¿Y el fiscal? ¿Quién era?

—Ya no importa. Ya ha tenido su justa recompensa. Pero siempre lamenté no haber seguido con este caso. Cuando volvió a surgir, cuando Parsons lo solicitó y llegó a mi sala, necesitaba una oportunidad de redención. Tú eras el único abogado en el que confiaba para llevarlo a cabo.

Desconcertado, Marc hace la pregunta legal obvia. "¿No deberías haberte recusado? ¿Manipulará esto la exoneración de Clive?"

—No. Técnicamente no tuve ninguna participación real, y no tengo ningún conflicto para presidir.

—No sé qué decir. Le agradezco que me cuente esto, juez. Debe haberle pesado todos estos años.

—No se preocupe por ello. Todo salió bien. Usted y Monroe hacen un buen equipo.

—Sí. Espero que nuestras colaboraciones ayuden a la fiscalía a conseguir por fin justicia para Angela Bolane y Víctor McMillan.

—Eso podría ser un reto hercúleo teniendo en cuenta el fallo del juez Hiller de hoy. Hambriento de nuevo, Larimer muerde. Se limpia los jugos de la boca, limpiamente, con una servilleta.

La botella de Dos Equis de Marc se detiene en el aire. "¿Cómo ha fallado?"

Cuando se presenta un error procesal, legal o probatorio fundamental que no puede ser subsanado por una instrucción al jurado y que perjudica al acusado, se puede declarar un juicio nulo. Ejemplos de ello son las pruebas indebidamente admitidas y altamente perjudiciales o los comentarios muy impropios de un fiscal en su alegato final.

En el caso de California contra Amador Ibarra por el asesinato de Víctor McMillan, no hay jurado y el juicio sin jurado no ha pasado a la fase de alegatos finales. Pero después de escuchar la grabación de una sesión de psicoterapia entre el médico y el paciente, y de saber que el investigador Dante Monroe trabajó simultáneamente con tres partes implicadas: Madalena Ibarra, Marc Jordan y Ben Parker, la jueza Hiller dictamina que la grabación es fruto del árbol envenenado y declara la nulidad del juicio.

Amador Ibarra ha esquivado una bala jurídica.

Nadie está más sorprendido y consternado que Madalena por el hecho de que el caso contra Amador haya terminado en un juicio nulo. Esperaba que su marido mentiroso, tramposo y asesino recibiera por fin su merecido y muriera en la cárcel por el asesinato de la psiquiatra de Anabel. Él es la razón por la que su hijo es un patán inmaduro e irresponsable, y por la que su hija exterioriza sus problemas de abandono provocando incendios. No sólo sus vidas están arruinadas, otras personas inocentes han sido víctimas de su malevolencia. No es el menor de ellos Marc Jordan, el hombre que Anabel ama y cuyo padre mató, y el hombre cuya madre asesinó Amador.

Sólo hay una cosa que hacer.

———

MARC ABRE el sobre acolchado y da un salto hacia atrás, como si el mero hecho de tocarlo fuera a transferirle su contenido mortal. No se atreve a sacar la toalla ensangrentada de la bolsa de plástico. Podría ser una parte del cuerpo, un arma o una prueba en un crimen que no debe comprometerse.

—¿Cuándo llegó esto? —pregunta Ben Parker, dispuesto a desenvolver el extraño bulto.

—Esta mañana. Fed Ex.

—¿Dirección del remitente?

—De un servicio de apartado postal. Sin nombre.

La cámara del teléfono de Ben hace clic con cada revelación, creando la documentación de la cadena de custodia. La última revelación, el cuchillo de hoja dentada con las iniciales "H.M." en el mango, hace que la sangre salga de la cara de Marc. Se tambalea y cae en la silla más cercana.

—¡Marc! ¿Qué sucede?

Incapaz de hablar o incluso de respirar, Marc no sabe si su

primera emoción serán las lágrimas, una rabieta furiosa o su desayuno estallando sobre el escritorio de Ben. Por fin, exhala en una ráfaga: "Es el cuchillo. El cuchillo que mató a mi madre".

—Jesús, Marc, Jesús. Con urgencia, Ben llama al laboratorio forense para que recoja y analice el paquete, por dentro y por fuera. "Apura esto. Quiero los resultados hoy".

La capa marina sobre la costa se infiltra más hacia el interior, oscureciendo aún más el ánimo de Marc. El sol, como si se burlara de él, aparece con poca frecuencia como un remanente brumoso de su deslumbrante ser habitual. La visibilidad se ve obstaculizada. No es bueno para volar, así que corre. Corre por Broadway, cruza la autopista de la costa del Pacífico, llega a Seaport Village, corre por la acera de la bahía todo lo que puede, en dirección al puente de Coronado.

Con una cadencia enérgica, los pasos de Marc golpean el suelo con fuerza. Los compradores y los turistas son imágenes borrosas de la curiosidad, la fragancia de la bahía es de pescado y agua salada. Todos sus demonios se derraman a través del sudor. Su cabeza, un revoltijo de emociones y preguntas, siente las endorfinas y comienza a despejarse. Se deja caer en una parcela de hierba aislada y jadea su fatiga para que las lágrimas salgan, y los sollozos que se desprenden de su corazón se los lleva el viento.

Ama a Anabel, pero no puede imaginar cómo podrán superar el hecho de que su padre, Amador, asesinó a su madre. ¿O fue Miguel? El ADN coincide. Padre e hijo. Ambos deben ser examinados. Gracias a Dios, Ben se está ocupando de eso en este mismo momento. ¿Son los dos hombres que vio en la cocina esa mañana? Recuerda al hombre de la cicatriz y sabe que era Miguel. ¿Quién hizo qué? ¿Quién encubría a quién?

El encubrimiento fue tan meticuloso, tan vigilado. ¿Y Madalena y Abuela? ¿Lo sabían? ¿Son cómplices? No podían ser tan crueles como para ocultarle la verdad todo este tiempo. No pueden serlo. Está enamorado de Anabel, profundamente enamorado. ¿Ciego? Se obliga a creer que ella es inocente, que no sabía nada. Ella jura que no lo sabía. ¿Cómo podría saberlo?

¿Cómo no iba a saberlo?

Marc no puede creer lo que Ben le había contado sobre ella, lo que ahora le cuenta sobre ella.

Ben, empeñado en derribar a los Ibarra y en salvar a su mejor amigo de la siniestra enfermedad de Anabel, cumple con el deber más doloroso de su vida. Le pone a Marc la cinta en la que Anabel confiesa haber asesinado a su padre.

———

—¿Aquí? A Marc apenas le salen las palabras cuando se enfrenta a Anabel en la mansión Ibarra. "¿Esta es la bodega en la que trabajaba mi padre? ¿Aquí es donde murió? ¿Me arrastraste por este lugar, me dejaste venir aquí una y otra vez guardando este secreto todo este tiempo?"

—Yo... era muy joven. Lo había olvidado. Fue un accidente, habla en un volumen tan bajo que ambos saben que se avergüenza de decir la palabra.

—¿Olvidaste que encendiste la cerilla? ¿Que intentó salvarte? ¡Salvarte! Tú cerraste el agua. ¡Habría salvado su vida! Pero miraste las llamas, perdida en algún éxtasis enfermizo, mientras el fuego envolvía el cobertizo y explotaba en un millón de pedazos... ¡y quemaba vivo a mi padre!

—Yo no... No pude... Ella se aleja de Marc cuando éste se acerca a ella, con una voz en un tenor que nunca había oído antes y que la asusta.

—Dime que no eres tú, Anabel. Dime que no es tu voz la que aparece en esa cinta. Que no pudiste ni hiciste algo tan monstruoso. Está llorando y rezando y esperando contra toda esperanza a la vez, deseando la respuesta que alivie su corazón y absuelva a la mujer que ama.

—¡No lo sabía! No sabía que era tu padre.

—¿Eso hace que esté bien? ¿Sabes lo que me has robado? ¿De mi madre? ¿Con tu trastornada fantasía sobre el glorioso simbolismo del fuego, de las llamas?

Ella está mareada, con náuseas, histérica y se disculpa desesperadamente, tratando de aferrarse a él, revolcándose en el arrepentimiento. Pero él se aparta con una furia tan feroz que ella cae de rodillas.

—Enciende un fuego más, Anabel. Ese en el que ardes en el infierno.

———

—CUANDO NACISTE TUVE TANTA ALEGRÍA, tanta esperanza en mi corazón. Su recuerdo aviva el rostro envejecido de Consuela como si su nacimiento estuviera ocurriendo en este mismo momento. "Tu padre y yo teníamos tantos planes y sueños para ti".

Todos ellos murieron cuando su marido Ángelo, el padre de Amador, murió por su propia mano (detrás de su amada mula en la viña, se pegó un tiro en la cabeza) al no querer afrontar la ruina económica. Ángelo dejó a su hijo desamparado y a la deriva, sin saber ni importarle lo que la vida le ofrecía. No tenía una figura paterna ni un modelo a seguir y Consuela se sentía incapaz de ayudarle con sus urgencias y confusiones masculinas.

—Pronto vi cómo el dulce muchacho que había parido y criado se volvía hostil y ensimismado, sin importarle los sentimientos de nadie, decepcionándome una y otra vez con su insensibilidad. Oh, sí, mi corazón se llenaba de orgullo y alegría cada vez que proclamabas tu amor por mí. Nunca dudé de que fuera cierto.

—Y cuando te casaste, tuve fe en que te enderezarías. Y lo hiciste durante un tiempo. Tuviste hijos, te centraste en tener éxito, encontraste tu posición en la vida. Salvaste nuestra casa en España trabajando y siendo ambicioso. Creí que habías dado un giro, sacando lo bueno de ti. Pero te alejaste, de Madalena, de tus hijos, de mí. Tu ambición se convirtió en un desprecio despiadado por la moral o los principios y la ética.

—Tú misma lo has dicho, mamá. No tuve un padre que me guiara. Se rindió ante el fracaso, y eso me hizo querer ser lo contrario. Ser fuerte y exitoso. No iba a perder nuestro hogar, a convertirme en la desgracia que fue mi padre. Sí, era y soy ambicioso. No hay otra manera de tener éxito en los negocios. A veces significa que tienes que ser despiadado.

—Vi lo que hiciste para extorsionar a tu patrón encubriendo sus crímenes y robando sus tierras en California como propias. Tus indiscreciones maritales devastaron a Madalena y la alejaste. Fuiste demasiado duro con Anabel...

—¿Demasiado duro con Anabel? Me quitó el único amigo que tenía. Mató a Franco y nunca se lo perdonaré. Pero es mi hija y no podía dejar que fuera a la cárcel.

—Conozco los crímenes y los encubrimientos, el dolor y la angustia que causaste a todos. Cómo corrompiste a Miguel, cómo lo protegiste y luego lo explotaste para protegerte. Mataste, Amador, mataste. A cuántos, no lo sé. No quiero saberlo. Pero a quien realmente asesinaste, por quien seguramente arderás en el infierno es por la madre de Marc Jordan.

—Fue un accidente, mamá. Créeme.

—Sólo Dios lo sabe, Amador. Pero Anabel nunca debe saber nada de eso. Asesinato, accidente. Nunca debe saberlo. O si no, te mataré yo mismo.

—Haré cualquier cosa para mantener ese secreto. Pero no

creas que no pesa en mi corazón. Yo amaba a Helena. No sé qué hacer. ¿Qué debo hacer?

Las lágrimas de su hijo parecen vacías de remordimiento y llenas de lástima egoísta. La reprimenda a su hijo y a su amoralidad se convierte, para esta mujer piadosa e incondicional, en un lamento. Consuelo sólo puede ofrecer un remedio. "Confesión, Amador. Ve a ver al cura. Porque seguramente si mueres sin hacerlo, tu alma se condenará para siempre".

VEINTISÉIS

Pero el secreto ya no puede ocultarse a Anabel ni a nadie en el mundo. Sus huellas, su sangre, su ADN están en el cuchillo, confirmado por el laboratorio forense. El cuchillo que faltaba en el juego de cocina de Helena Morales, cotejado con los cuchillos que Marc guardaba en un almacén. El cuchillo enviado a la oficina de Marc por Fed Ex de algún anónimo que pretende implicar a Amador Ibarra como el hombre que asesinó a su madre.

Esta vez, por consejo de su abogado, Herman Farmer, Amador no renuncia a su derecho a un juicio con jurado. Aunque la jueza sigue teniendo un papel importante a la hora de determinar qué pruebas puede considerar el jurado, ésta es la encargada de determinar los hechos, y sólo puede "encontrar" los hechos a partir de las pruebas legalmente admisibles.

—Los jurados pueden ser poco fiables. A menudo son poco inteligentes y no pueden evaluar las pruebas con eficacia. Y si tienen prejuicios o son parciales, —explica Famer, —los eliminaré durante la vista preliminar. Me opondré en todo momento para sacar a Ben Parker de su juego, y hacerte

216

aparecer como una figura simpática, en lugar de la figura patética que eres.

Amador se eriza ante esto y grita: "¿De qué lado estás, bastardo pomposo? Te pago una fortuna y me insultas. ¿Crees que eso no se va a notar en la sala?"

—Cuando termine, los tendré llorando a mares. Tendremos una absolución o un jurado en desacuerdo. Te lo prometo. Pero tienes que hacer todo lo que te diga.

—Mi cliente se declara No Culpable, Su Señoría, por razón de Defensa Propia.

Ben Parker sacude la cabeza ante la ironía, pero no ofrece ninguna objeción, pues se siente seguro de poder destruir la estrategia de Farmer con hechos y pruebas y con la declaración de testigos, incluso hostiles, durante el juicio real. La jueza Hiller accede a su petición de no conceder fianza e Ibarra queda en prisión preventiva. Ver al hombre que mató a la madre de su mejor amigo esposado y conducido a la cárcel después de su comparecencia da a Ben una sensación agridulce de una primera victoria, una de las muchas que está decidido a conseguir. Por Marc. Por Helena.

En el juicio, Ben Parker ofrece una meticulosa declaración inicial, en la que promete al jurado que las pruebas son irrefutables en cuanto a la culpabilidad de Amador Ibarra en el asesinato de Helena Morales. Farmer sigue con una declaración hábil, segura y solícita en cuanto a las trágicas circunstancias, con "no una, sino dos víctimas", y la creencia de que el jurado no tendrá más remedio que declarar a su cliente no culpable.

El primer testigo de Ben es Victoria Núñez, la cocinera de Ibarra, que admitió en su declaración que colocó un cuchillo con las iniciales "HM" en el mango en la estación de trinchado durante la cena de compromiso de Marc y Anabel.

—¿De dónde sacaste el cuchillo? Sra. Núñez. "Recuerda que estás bajo juramento en esta sala".

Victoria retuerce un pañuelo en sus manos, reacia a implicar a su querida amiga y antigua empleadora. —Me llegó en una caja marcada como "No abrir hasta que llegue". La señora Madalena me pidió que le hiciera un favor esa tarde con lo que había en la caja. La abrimos juntas. Ella dijo que era sólo una broma, que el cuchillo no era realmente real, ni dañino. Sólo un accesorio o algo así. Realmente no sé por qué quería que lo hiciera, pero haría cualquier cosa por ella, así que acepté.

—Pero entonces, la insta Ben, —lo quitaste poco después, de la estación de tallado.

—Sí.

—¿Y qué hiciste con ella?

—Bueno, lo escondí en el bolsillo de mi delantal durante un tiempo, y más tarde se lo devolví a la señora. Nos reímos un poco de lo tonta que era la broma. Pero todavía no sabía por qué.

—¿No tenías idea de por qué ella quería que hicieras esto?

—No. Creo que sólo quería engañar al señor Amador. Hacerle creer que estaba loco por ver algo que no existía.

—Protesto. Pura conjetura.

—Se acepta.

Ben pregunta: "Victoria, ¿te dijo la señora Ibarra específicamente que quería hacer creer al señor Ibarra que estaba loco?"

—No específicamente. Pero no la culparía, después de todo lo que le ha hecho, se lamenta Victoria.

—Protesto.

—Todos podemos decir que es un comentario editorial, señor Farmer, —dice Hiller. "Denegada".

Farmer declina interrogar a Victoria, sabiendo que es una testigo simpática y creyendo que el jurado no podría tolerar que la sometieran a un interrogatorio agresivo. Además, los hechos eran los hechos, de todos modos.

Cuando Dante Monroe sube al estrado, repite que, trabajando como investigador del fiscal, pudo localizar al fabricante de cuchillos en Barcelona, España, que hizo una réplica del cuchillo de cocinero de Helena Morales a petición de Madalena Ibarra. Luego lo envió por correo a Victoria Núñez a un apartado de correos en Estados Unidos. Indagando más, Dante pudo rastrear un paquete enviado por correo a Madalena en Barcelona, España, de un tal José Méndez, desde una oficina de correos en San Diego.

—¿Y quién, has determinado, es José Méndez?

—En realidad es Miguel Ibarra, ahora conocido como Michael Barron, usando uno de sus muchos alias.

—Su Señoría, debo objetar este testimonio, se queja Farmer. "Es casi un juego de manos con este investigador que hace lo imposible por rastrear todas estas supuestas pruebas. Son puras conjeturas por su parte".

—Y sin embargo, —replica Ben, —no son conjeturas. Todo está confirmado en los testimonios de los testigos, en las declaraciones y en los documentos que se han compartido con el señor Farmer y el tribunal.

—Yo misma estoy fascinada por la destreza investigadora del Sr. Monroe, comenta la jueza Hiller, inclinándose en su silla hacia Dante, como si quisiera ver algún polvo mágico que se cierne sobre su cabeza. "Objeción denegada. ¿Tiene preguntas para este testigo, Sr. Farmer?"

—De hecho, las tengo. Farmer se acerca suavemente a Monroe, luego se gira y se enfrenta al jurado. "Sr. Monroe, es usted todo un detective, ¿verdad?"

—Investigador privado. Con licencia y totalmente equipado con robustas botas de cuero. De cuero italiano.

Algunas risas del jurado. Farmer cede, con notable sorna. "No se ofenda, Sr. Monroe. Pero, ¿cómo ha determinado que Michael Barron, de nombre Miguel Ibarra, es también José Méndez? Es un gran salto".

—Michael Barron mantiene un condominio en San Diego, usando el nombre de José Méndez por anonimato. Pero también es uno de los alias que utiliza en una identificación falsa, cuando realiza transacciones en ciertos lugares, como un banco donde tiene una caja de seguridad.

—¿De verdad? ¿Y cómo has obtenido esta información? No legalmente, supongo.

Ben se opone a la inferencia de ilegalidad.

—Tomo nota, —dice Hiller. —Pero me reservo la decisión. El testigo puede responder.

—Soy bueno en mi profesión, —dice al Sr. Farmer. "Cuando investigo las actividades de un sujeto, sigo cada pista, cada hilo".

—¿Y usted sigue a la gente? Las espía.

Ben se levanta para objetar, pero Hiller le hace un gesto para que no se mueva.

—Es pura semántica, —responde Dante. "Pero tuve ocasión de vigilar a Miguel Ibarra a petición de su madre, Madalena Ibarra, y fui testigo de cómo salía de su piso con varios disfraces. Hice fotos y le seguí hasta su banco un día. Pude usar las fotos para mostrárselas a la empleada del banco y ella identificó una foto como José Méndez."

—Entonces, ¿qué? Farmer se encoge de hombros, dando una pista al jurado: "Los famosos suelen disfrazarse para proteger su intimidad. Parece que tienen que protegerse de los investigadores privados como usted."

—Protesto.

—Se acepta. Con la objeción pendiente también Sostenida.

Con un pretencioso giro de su mano, Farmer vuelve a la mesa de la Defensa. "He terminado con este testigo, Su Señoría".

—¿Alguna redirección, Sr. Parker?

—Sí, gracias. Sr. Monroe, cuando la empleada del banco

identificó la foto de José Méndez, ¿dijo por qué estaba allí ese día?

—Fue a su caja de seguridad.

—¿Se fijó si salió del banco con algo?

Dante asiente. "Entró y salió con su maletín, en realidad una cartera de cuero suave. Le seguí un rato hasta una oficina de correos cercana. Sacó un paquete de la cartera y lo envió por correo a Barcelona, España, según el empleado de correos."

—Donde vive Madalena Ibarra.

—Sí.

—Sr. Monroe, usted también trabajó en un caso para Marc Jordan para ayudarle a exculpar a un cliente suyo de un delito de atropello.

—Sí, eso es correcto.

—¿Encontró algo en ese caso que estuviera relacionado con Miguel Ibarra?

Ante esto, Farmer se levanta de la mesa de la Defensa como un géiser. "¡Protesto! ¡Protesto! ¡Esto es completamente irrelevante! Ese caso no tiene nada en absoluto que ver con el motivo por el que estamos hoy en esta sala."

—Mostraré la relevancia, Su Señoría, —promete Ben, —si me permite continuar con esta línea de interrogatorio.

—Le daré un poco de margen aquí, acepta el juez, pero advierte: "Manténgalo en el punto o lo cerraré y haré que se borre todo del registro".

—Gracias, jueza. Continuando, Ben vuelve a hacer la pregunta a Monroe.

Monroe relata de forma concisa el caso, la pelea que Clive Parsons tuvo con un joven hispano, el corte en la cara, la sangre del chico en su camisa, y que los forenses mapearon el ADN de la camisa con el ADN tomado de su padre, Amador Ibarra cuando fue detenido por matar al Dr. Víctor McMillen.

—¿Y la conexión con este caso? Ben pregunta.

—Marc Jordan ha declarado que el hombre que vio arrodillado sobre su madre muerta tenía una cicatriz en la mejilla izquierda, igual que Miguel Ibarra tras el altercado con Clive Parsons. La cocinera de los Ibarra también me dijo que Miguel tenía una herida sangrante en la cara que fue atendida por el médico de la familia, el doctor Ruiz.

—Y recordó que esto ocurrió hace quince años".

—Sí, bastante bien.

Farmer echa humo y comienza a levantarse. Hiller levanta la mano indicando que Farmer se siente.

—Y ahora sabemos, —concluye Ben, —que Miguel tenía el cuchillo que mató a la madre del señor Jordan, lo escondió en una caja de seguridad, se lo envió por correo a su madre, que luego se lo entregó de forma anónima al señor Jordan. Y aquí estamos hoy.

—¡Eso es todo!" Farmer gruñe. "La Fiscalía está dando un resumen ahora. Y me opongo firmemente".

—Está bien, Jueza, acepta Ben. "He terminado con el Sr. Monroe.

—Sí, así es, acepta Hiller y anuncia que harán un receso para almorzar y —volverán a reunirse hoy a las 2 p.m..

A puerta cerrada, Amador echa humo contra Farmer por haber permitido este testimonio perjudicial. "Me estás matando y mi hijo es ahora cómplice. ¿Por qué no está Madalena en el estrado? ¿No puedes llamar a esa zorra al estrado y destrozar su historia?"

—Cálmate. Cálmate. Tendremos nuestra oportunidad de presentar nuestro caso y rebatir todo este testimonio. Quiero que estés tranquilo y convincente cuando te suba al estrado. ¿Tienes una pastilla que puedas tomar? Si es así, tómala ahora.

—Señoría, —proclama Ben, —mi siguiente testigo habría sido Madalena Ibarra, una testigo hostil, que se ha acogido a sus derechos de la Quinta Enmienda en cada una de las preguntas de la declaración. He proporcionado esas transcripciones al Sr. Farmer y ahora al tribunal para añadirlas a las pruebas que el jurado debe examinar.

—Miguel Ibarra, alias Michael Barron, está acusado de obstrucción a la justicia por su participación en la ocultación de pruebas en este caso, y por consejo de su abogado ha rechazado su citación para ser llamado al tribunal hoy, invocando su privilegio de la Quinta Enmienda. Ben presenta los documentos al juez.

—Tomaré en cuenta estas dos declaraciones de los testigos y determinaré si están en desacato al tribunal. Puede continuar Sr. Parker.

Marc es el último testigo de la acusación y cuenta lo que recuerda. Ha recuperado buena parte de su memoria, pero, aun así, no vio el enfrentamiento, no vio realmente cómo asesinaban a su madre ni que Amador Ibarra empuñara el cuchillo. Tampoco puede afirmar con certeza que Miguel fuera algo más que un inocente que llegó a la escena.

Marc recuerda haber visto el cuchillo en la finca de Ibarra con las iniciales HM. Admite que no lo registró en ese momento, no hasta que fue a su almacén a buscar entre las cosas de sus difuntos padres.

—Por favor, cuente al jurado y al tribunal, —dice Ben, — cómo determinó la procedencia del cuchillo.

—En uno de los contenedores de almacenamiento, encontré una caja de madera, algo elegante con un pestillo. La abrí y había un juego de cuchillos, todos con las iniciales HM en los mangos. Faltaba uno, el cuchillo de cocinero con hoja dentada, el que ahora tiene en evidencia.

—¿Y cuándo volvió a ver este cuchillo?

—Cuando llegó a mi oficina, en una caja de Fed Ex, envuelto en una toalla ensangrentada. Se lo entregué a usted.

—He marcado esta prueba para el tribunal, —ofrece Ben, —

y tenga en cuenta que ha sido examinada por los forenses en busca de ADN y huellas dactilares, antes de entregarla hoy.

—Marc, volvamos a aquel horrible día de hace quince años, cuando vio a tu madre muerta en el suelo de la cocina, con la sangre acumulándose a su alrededor, y a Miguel Ibarra inclinado sobre ella...

—Protesto, Su Señoría. Es perjudicial. No se ha establecido que fuera Miguel Ibarra.

—Se admite la objeción.

—Lo diré de otra manera. Cuando usted vio a su madre muerta en el suelo, dijo que había un joven arrodillado sobre ella, un hombre con una cicatriz en la cara. ¿Vio o escuchó a alguien más?

—Creo que había dos hombres allí. No vi al otro, pero oí dos voces.

—Y durante años usted bloqueó todo esto de la memoria hasta hace poco. Sr. Jordan, ¿cómo está usted, quince años después, tan seguro de que el joven que vio aquel día, con una cicatriz en la mejilla izquierda, era realmente Miguel Ibarra?

—Lo que finalmente me convenció, —responde Marc, —son las fotos médicas del antes y el después, encontradas por Dante Monroe en la clínica del doctor Ruiz en Ciudad de México...

—¡Robadas! —acusa Farmer.

—¿Estas fotos? Ben ignora el exabrupto del abogado defensor, y presenta las fotos a Marc y luego al jurado.

—Sí.

—Me opongo a que se presenten como prueba estos expedientes médicos tan privados. Farmer había previsto que se presentaran, pero se aventura a apelar al jurado, en esencia *¿Cómo se sentiría usted si sus fotos tan privadas fueran utilizadas sin su permiso?*

Hiller se abstiene de tomar una decisión, pero fija una audiencia sobre la moción para la mañana siguiente. El efecto en el jurado, cuyas expresiones varían al pasar las fotos, no ha pasado desapercibido.

—Marc, ¿qué pasa por su cabeza ahora después de todos estos años? Sólo puedo imaginar que fue un shock horroroso para un chico joven ver morir a su madre, de la forma en que lo hizo. ¿Qué siente ahora? La simpatía de Ben por su amigo es palpable. Un silencio se apodera de la habitación, como si el mundo estuviera conteniendo la respiración para la respuesta.

—La peor parte, comienza Marc, primero mirando hacia abajo, con los ojos cerrados, y luego recuperándose con palabras airadas. "Lo peor es que ninguno de ellos la ayudó. A ninguno de los dos les importó. Podrían haberla salvado con sólo pedir ayuda. No lo hicieron. No llamaron al 911. Simplemente corrieron".

VEINTISIETE

—Sr. Jordan. Usted dijo que creía que había dos hombres. Ninguno de ellos la ayudó. ¿Lo hizo, Sr. Jordan? Farmer ataca a Marc en la cruz. "¿Qué hizo usted? ¿Intervino, llamó al 9-1-1? *Tu* podrías haber salvado a su madre si hubieras acudido antes, si la hubieras ayudado, si la hubieras defendido, en lugar de estar más preocupado por un modelo de avión, un juguete."

Ben se pone en pie. "Protesto, Señoría. Esto es acosador y deplorable. El testigo era sólo un niño en ese momento".

—Estoy de acuerdo, —dictamina el juez Hiller. —La objeción se mantiene. Déjelo, Sr. Farmer.

—Mis disculpas, su Señoría. Pero, Sr. Jordan. ¿No es cierto que usted no recordaba nada de que este misterioso hombre tuviera una cicatriz hasta que vio las fotos del antes y el después de Miguel Ibarra? ¿Y que estaba usted tan empeñado en acusar a alguien, a cualquiera, ¿que se lo inventó todo?

—¿Por qué demonios iba a hacerlo?

—Tal vez por culpa, tal vez porque su recuerdo no era más

que un sueño, algo que sólo imagino durante tanto tiempo que se hizo real para usted.

—¡Fue real! Es real

—Esta supuesta realidad suya no sólo fue reprimida por usted durante quince años, sino que nadie en todo ese tiempo encontró jamás prueba alguna de quién cometió este crimen, y mucho menos de que Miguel Ibarra o Amador Ibarra fueran cómplices. ¿Por qué, Sr. Jordan?

—Para mí también era un misterio, —responde Marc, con la mirada perdida en algún lejano espacio incongruente. "Pero cuando empezaron a aparecer las piezas del rompecabezas, y el cuadro que exponía a los dos Ibarra como implicados, y la aparición del cuchillo con las iniciales de mi madre, y luego vinieron los forenses y el ADN, quedó claro que mi recuerdo del hombre de la cicatriz era muy real, de hecho."

—¿No es cierto? Cambia Farmer el foco de su interrogatorio, —que estaba comprometido con Anabel Ibarra, la hija de Amador y la hermana de Miguel.

—Sí, es cierto. Estábamos comprometidos.

—Y ese compromiso se ha roto desde entonces, ¿no?

—Sí.

—¿Y su relación con la señora Ibarra ha quedado dañada irremediablemente?

—Podría decirse que sí.

—Y como usted fue despechado, desechado, conjuró toda esta fantasía de cómo su madre fue asesinada.

—Acosando al testigo, —interviene Ben, deseando poder retorcerle el cuello a Farmer por menospreciar la integridad personal de Marc y explotar su dolor personal.

Pero Marc se recupera, y se defiende con el mismo aplomo. "Entonces, ¿por qué su cliente alega defensa propia y admite haber matado a mi madre? No lo he inventado".

Un estruendo de voces en la sala hace que Hiller baje el tono varias veces. "Orden. O será expulsado de la sala".

Marc es retirado y el verdadero espectáculo va a comenzar. La defensa está lista para presentar su caso y Farmer disfruta del protagonismo.

—Porque no hay testigos de lo que realmente sucedió ese día, además de Marc Jordan cuya memoria es vaga en el mejor de los casos, y la propia Helena Morales, que lamentablemente está muerta... Un jadeo colectivo se escucha en la sala ante el contundente comentario de Farmer.

—¿Abogado?" Hiller levanta las cejas hacia Farmer en un gesto de advertencia.

—Lo siento, Señoría. Ha sido una insensibilidad por mi parte. Me disculpo. Sabiendo perfectamente que no está obligado a declarar en su propia defensa, Amador Ibarra ha accedido, no obstante, a subir al estrado y relatar su relación con la fallecida.

Vestido con un traje azul sin pretensiones, sin su habitual chaleco de seda rojo y zapatos de cuero italiano, Amador sube al estrado. Con un rosario en la mano izquierda, coloca la derecha sobre la Biblia para jurar. Su madre, Consuela, sentada en la primera fila, reza un Ave María silencioso, no para proteger a su hijo sino para pedirle perdón por su blasfemia; nunca ha tocado un rosario desde que era un niño.

—Señor Ibarra, usted admite haber tenido una relación con la fallecida. ¿Puede decirnos cómo surgió eso?

—Sí. No la conocía de nada hasta que murió su marido, Franco. Franco era el gerente de mi bodega, y mi mejor amigo.

—Así que murió, le incita Famer con cuidado de excluir los detalles escabrosos de la muerte de Franco a manos de su hija. "Y entonces quiso darle el pésame".

—Protesto, —dice Ben, —guiando al testigo.

—Se admite.

Ibarra cuenta cómo conoció a Helena Morales en el funeral de Franco. Le daba pena que fuera viuda y que criara sola a un hijo pequeño, así que la visitaba para ver cómo le iban las circunstancias. Pronto, sus visitas se convirtieron en algo más que encuentros amistosos. Se volvieron íntimas y se enamoraron.

—En ese momento usted estaba casado, —afirma Farmer.

—Sí, pero separado durante mucho tiempo. Mi mujer se había trasladado a España.

—Entonces, adorna Farmer la historia, —usted y esta amable y encantadora mujer se convirtieron en amantes. Y quiso cuidar de ella, hacerles la vida a ella y a su hijo más fácil tras la pérdida de Franco, que era también su mejor amigo. Se sentía solo y necesitaba consuelo.

—Sí.

—Mantuvo esta relación en secreto durante bastante tiempo. ¿Por qué no se divorció y se casó con Helena Morales?

—Siendo católico, el divorcio está prohibido. Además, no quería avergonzarla en la comunidad. Ella estaba bien considerada en su profesión de cocinera y yo nunca haría nada que pusiera en peligro su reputación.

—Así que el día en cuestión, usted la visitó y ocurrió algo que tuvo graves consecuencias. Háblenos de ese día.

—Me alegré mucho de verla, gira Amador, —pero por alguna razón ella estaba molesta. No me quiso decir por qué. Cuando intenté consolarla, se enfadó aún más. Nunca la había visto así. Siempre era tan agradable, tan feliz de verme. Quise abrazarla, pero me apartó, diciéndome que me fuera y no volviera, que lamentaba haberse involucrado conmigo. Se me rompió el corazón. Se pellizca el puente de la nariz como si quisiera contener las lágrimas.

—Luego me amenazó con el cuchillo que llevaba en la mano (creo que cuando llegué a su casa estaba usando el cuchillo para preparar algo para uno de sus clientes), pero ahora se volvió contra mí y se abalanzó sobre mí. Me eché atrás. Me sorprendí. Entonces intenté quitarle el cuchillo. Luchamos por él. Era bastante fuerte, aunque era delgada y femenina. Perdimos el equilibrio y rodamos por el suelo, cada uno tratando de controlar el arma. Me hice algunos cortes en las manos y nuestra sangre se mezcló. Fue terrible.

—No quería hacerle daño, pero entonces estaba luchando por mi vida. Volvimos a rodar y el cuchillo se interpuso entre nosotros. De repente, ella se quedó callada y se quedó sin fuerzas. Vi la sangre. Fue un accidente. Lo juro. Lo juro por mi madre. Mira hacia Consuela, que está sentada estoicamente, mordiéndose el labio.

—Tome, señor Ibarra, le ofrece suavemente Farmer una caja de pañuelos de papel para que se limpie las lágrimas que llora en el momento.

—Usted se ocupó de ella, —dice Farmer con una voz tan suave como la mantequilla, —la ayudó con dinero tras la muerte de su marido. E incluso creó un fideicomiso para su hijo.

Amador asiente.

—Helena amenaza con matarlo con su cuchillo de cocinero, —recita Ben mientras se acerca al testigo, sosteniendo el arma aún en su funda de pruebas. "Usted lucha. Ella cae sobre el cuchillo y éste le atraviesa la caja torácica. Ambos lucharon y, a pesar de que usted es diez centímetros más alto y kilos más pesado, y más fuerte por los años de trabajo en los campos de su propio viñedo, quiere hacernos creer que de alguna manera la hoja encontró su camino hacia su estómago y atravesó sus órganos vitales."

—Fue en defensa propia, —dice Amador. "Ella vino hacia mí con el cuchillo".

—Dijo que fue un accidente. Ahora dice que fue en defensa propia. ¿Cuál es?

—Las dos cosas, alcanza a decir Amador mansamente.

—Pero ese día se pelearon. Ella estaba enfadada y usted no sabía por qué. ¿Es porque la engañó como engañó a su propia mujer?

—Protesto.

—Lo permitiré.

—Ni siquiera tiene que responder, Ben rechaza cualquier respuesta. "Su reputación es bien conocida. La verdad es que tuvo una aventura ilícita con ella después de que su marido fuera asesinado. Ella era vulnerable y usted se aprovechó. Finalmente se hartó de ello".

—Ella estaba más que dispuesta, se defiende Amador. "Yo la quería y ella a mí también. La cuidé".

—Sí que la cuidó, le ataca Ben, —intentando comprar su afecto con dinero sucio, sabiendo que su propia hija asesinó al marido de Helena, el padre de Marc Jordan, quemándolo vivo en un incendio que provocó deliberadamente en su bodega.

El jurado jadea audiblemente y Farmer hace un gesto amplio para objetar. "¡Asume hechos que no están en evidencia y son completamente irrelevantes, Jueza!"

—Se acepta. Manténgase en el punto, Sr. Parker.

—Después de *defenderse* del ataque con cuchillo de Helena Morales, se burla Ben del testigo, —¿qué hizo? ¿Intentó ayudarla?

—Yo... estaba asustado. Por un momento no sabía qué hacer. Estaba en shock.

—Pero entonces entró alguien. Su hijo, Miguel. Para ayudarte a encubrirlo. Y corrió, como un cobarde.

—No. No fue así. Dijo que llamaría al 911 y me dijo que me fuera, para proteger la reputación de Helena. Para proteger la mía. Pensé que la ayudaría.

—Pero Miguel tampoco llamó a alguien. Envolvió el cuchillo ensangrentado en una toalla, se aseguró de que todo quedara limpio de su presencia, y dejó a Helena tirada en un charco de su propia sangre, para que su hijo la descubriera. Luego huyó, igual que usted, sólo que no se deshizo del cuchillo, sino que lo guardó, en una caja de seguridad, para usarlo como ventaja contra usted. Y ese secreto permaneció oculto durante más de quince años. Hasta ahora.

Esta vez, la crisis nerviosa de Amador es auténtica. Farmer se alegra.

VEINTIOCHO

Los paparazzi y los periódicos sensacionalistas devoran la historia de Michael Barron. El extraño apetito de sus lectores, locos por las celebridades, por el escándalo y la sensación, se ve estimulado por cada detalle repugnante. En lugar de ser condenado al aislamiento, Barron es una estrella más grande que nunca. No es el culpable sino la víctima de las teorías de la conspiración, la víctima del comportamiento sin escrúpulos de su padre, el objeto de la envidia y los celos. No había abusado de ninguna chica joven ni había faltado al respeto a la gente de color; al fin y al cabo, él mismo lo era. Entonces, había conducido bajo los efectos del alcohol; ¿no lo había hecho todo el mundo?

Las fotos de la escena del crimen del cuerpo de Angela Bolane tirada en la calle y los restos de Víctor McMillan desenterrados de la fuente de Ibarra aparecen en la sección central de los periódicos y revistas en colores sangrientos, sobrepuesto con el rostro apuesto e inocente de Michael Barron mientras es captado por las cámaras a cada paso, en cada situación pública y privada. Su fama crece. Sus CD vuelan de las estanterías y sus canciones se descargan por millones. Los programas de tele-rrealidad exigen entrevistas. Hollywood, que al principio se resiste a acogerlo, empieza a discutir un acuerdo de desarrollo para una película de televisión sobre su vida.

Miguel Ibarra, en el papel de Michael Barron, recorre lugares remotos de Sudamérica, aprovechando la distancia para eludir la citación de Ben. En cuanto llegue a un país que lo extradite a California, se ejecutará la citación. Madalena Ibarra, tratando de escudarse en la Quinta Enmienda, recibe la orden de declarar, pero sólo lo hará cuando Miguel regrese. Ambos son declarados en desacato por la jueza Hiller, y Ben los acusa a ambos de obstrucción a la justicia.

Durante días, la agonía de esperar la decisión del jurado es profunda, y Ben y Marc se apoyan mutuamente. Entonces llega la decepción de sus vidas: el jurado está indeciso. La mitad cree que la muerte de Helena fue un terrible accidente en el que Amador trató de defenderse y no quiso matarla; la otra mitad considera que hay una duda razonable porque no hay testigos del asesinato real y porque fue hace mucho tiempo.

—¿Y después de haber deliberado fielmente para llegar a una decisión unánime, no tienen esperanza de reunirse?

—No, Señoría.

Anabel está angustiada por la desgarradora ruptura con Marc. Está sumida en una profunda depresión y apenas sale de su habitación. Pero un día, escucha voces familiares. ¡Es Marc! *Ha venido después de todo. Me perdona.* Baja lentamente las escaleras, pero duda en el primer rellano al escuchar algo que no tiene nada que ver con el perdón.

—Te agradezco que hayas venido a verme, Marc. Sé lo difícil que debe ser vernos después de todo lo que ha pasado.

—Va en contra de mi buen juicio, pero quería escuchar de primera mano lo que tenías que decir, cómo vas a distorsionar e retorcer la verdad.

Abuela asiente en un gesto de compasión y comprensión por su angustia. Esperando contra toda esperanza, le ofrece su ruego.

—Anabel te quiere es un alma atormentada. Estamos arrepentidos más allá de las palabras y sabemos que nunca podrá perdonarnos por ocultar secretos tan vergonzosos. Lo creas o no, Amador quería a tu madre y está destrozado por lo ocurrido. Era el mejor amigo de tu padre.

—Un mejor amigo que sedujo y luego mató a su viuda.

—Haremos lo que sea para ayudarte. Podemos ponerte en una práctica privada, una lucrativa. No más casos pro bono, o asignaciones de defensores públicos. Puedes tener una vida mejor sin preocupaciones financieras.

Marc se queda con la boca abierta y su silencio es tomado por Abuela como una señal de esperanza. Pero Marc se horroriza y casi se ríe de la audacia de su oferta.

—¿Crees que aceptaría tus favores, tu trato, después de todo lo que tu familia ha hecho a la mía?

—Por favor, Marc. Es nuestra forma de hacer enmiendas. A pesar de lo que crees, Amador quería a Franco y sólo quería ayudarlos a ti y a tu madre después de su muerte. Por eso creó un fideicomiso para tu educación. Así que ya has tomado nuestros favores, nuestro dinero. Sin él no habrías podido ser abogado.

Fideicomiso. De Amador. Era el amante de Helena. Anabel se enfrenta a su padre en un ataque fulminante, tirando todo lo que puede poner en sus manos, empujando papeles y libros al suelo. "Yo empiezo los incendios por tu culpa. Enviaste a mi madre lejos, te negaste a que me trataran. Si no fuera por Abuelita nunca habría encontrado al Dr. McMillan. Él me estaba ayudando. Te lo llevaste y ahora me quitas a Marc".

—Por favor, Anabel. No lo entiendes. La fanfarronería de

Amador está agotada y sus palabras no tienen importancia ni sinceridad para Anabel.

—Yo SI lo entiendo. Tú tomas lo que quieres, los demás que se vayan al diablo. *Nosotros* sufrimos. *Somos* castigados. Pero a TI nunca te castigan, por NADA, —grita. Luego su voz, casi inaudible, "Hasta ahora".

Anabel sale a grandes zancadas del estudio donde se encuentra Amador, mortificado y desesperado por primera vez en su vida. Todo lo que ha construido se desmorona a su alrededor. Sus clientes ya no le respetan, su familia ya no le teme. Todavía podría ir a la cárcel si Ben Parker decide volver a juzgarlo. Desea morir.

En la cocina, Carmela está preparando la bebida nocturna de Amador, una copa de brandy, una cosecha que calienta el paladar y que él toma con un somnífero. Antes de que Carmela pueda llevar la bandeja a su patrón, Anabel interviene y se ofrece amablemente a llevársela.

—Mi padre no se encuentra muy bien. Me gustaría reconfortarle antes de que se acueste por la noche. Carmela, ya puedes irte a casa. Has tenido un día muy largo. Y dile al personal que también pueden irse. Los quiero a todos, ya lo saben. Nunca olvidaré su amabilidad conmigo. Anabel abraza a Carmela, que se encariña a su vez, pero se sorprende de los brazos casi amorosos que la estrechan por un momento.

—Gracias, señorita Anabel. Por favor, duerma bien. ¿Nos vemos mañana?

—Sí, por supuesto.

En una bandeja de plata hay ahora dos copas de brandy, pero sólo una contiene un potente tranquilizante lo suficientemente fuerte como para abatir un rinoceronte. Anabel ofrece la copa a su padre, asegurándose de que toma la correcta, y finge disculparse por su arrebato. "Pensé que los dos necesitábamos un poco de calma, papá. Sigues siendo mi padre y no es buena idea para ninguno de los dos quemar puentes. Ahora hasta el fondo".

Ambos dan un largo trago, cuando normalmente se toma un sorbo; Anabel para armarse de valor, y Amador para aplacar a su hija. Ella finge rumiar los buenos momentos que compartieron, escasos pero memorables. Amador asiente con la cabeza, sin apenas reconocer sus ensoñaciones infantiles. Pronto, su copa está vacía y su cabeza se inclina hacia el pecho.

Moviéndose, casi deslizándose, por la habitación, Anabel enciende una serie de velas, dispuestas en un patrón ritual. Velas, candelabros, apliques, cualquier cosa con mecha que pueda encontrar llenan la habitación. Pone barricadas en las puertas y atenúa las luces. Una por una, inclina una vela hasta que los manteles y las cortinas de las ventanas se incendian. Pequeños brotes de llamas blancas y azules lamen la tela con avidez e iluminan la oscura habitación. Las chispas rojas saltan en el aire y caen sobre la alfombra buscando un hilo que prender, pero se reducen a brasas humeantes. Impávido, el fuego encuentra nuevo combustible y furia y Anabel se siente a la vez exultante y en paz viendo cómo las llamas queman todos los dolorosos recuerdos de la infancia causados por la crueldad de su padre.

Inconsciente por el sedante, Amador inhala profundamente el humo nocivo y mortal. Anabel se encuentra en las puertas francesas abiertas que dan al jardín. Medio en el aire nocturno que salva vidas, y medio en el interior del estudio, Anabel asiente con la cabeza con aprobación mientras los hipnotizantes colores rojo y naranja saltan a los muebles, envolviendo pronto la silla donde su padre duerme un sueño interminable. Contenta con su venganza, toma la silla frente a Amador y lo observa serenamente arder como las brujas de Salem.

"Franco nunca tuvo la piedad de un opioide para aliviar su dolor. Sintió cada segundo de agonía mientras su carne se desprendía de sus huesos, sabiendo que no había escapatoria, nadie que lo sacara de su miseria. Esas llamas eran para ti, no para Franco. Quería quemar tu preciosa bodega, la que construiste sobre las espaldas y la sangre de tantos inocentes. Y ahora, me regocijaré de que nunca despertarás, de que nunca más volverás a respirar para mentir, para engañar, para hacer daño a nadie. Me alegraré de saber que por fin he conseguido incinerarte en tu propio castillo".

En algún lugar de su cerebro, Anabel oye el estridente lamento de los camiones de bomberos y las sirenas de las ambulancias. El estudio es destruido, pero ella es llevada a un lugar seguro mientras se entrega a una inconsciencia sin sueños.

A pesar de sus heridas, Anabel está lo suficientemente lúcida como para escuchar la advertencia de Miranda. Responde: "Sí". Las esposas la sujetan a la cama del hospital y un agente la vigila fuera de su habitación. Se la acusa de provocar un incendio, de intentar quemar la casa de los Ibarra, de matar a Amador Ibarra y, por último, de matar intencionalmente a Franco Jourdain. Aquí no hay prescripción.

Una angustiada Madalena se presenta en el despacho de Marc y le suplica que defienda a su hija.

—Por favor, vete antes de que llame a Seguridad o te echaré yo mismo.

—Está enferma, Marc. No es una criminal.

—Ella asesinó a mi padre, y luego al suyo. Eso es un criminal para mí. Ve a buscar un buen y caro abogado que lo haga. Yo no puedo.

—Necesitamos a alguien que la defienda y que realmente crea que hasta los culpables merecen ser defendidos.

—¿Así que puede declararse inocente de todo, la típica estratagema de Ibarra? Me daría escalofríos tener que defender ese alegato. No puedo y no lo haré.

Se le rompe el corazón porque Anabel es tan vil, tan

enferma y él no lo reconoció. No sabe cómo puede ser tan cariñosa, tan bella y seductora y a la vez tan malvada. Desprecia a Anabel por lo que le ha hecho a su padre, a su propia vida. Sin embargo, se siente desgarrado. Al igual que los médicos nunca deberían operar a un familiar, los abogados deberían pensárselo dos veces y de nuevo antes de representar a un ser querido en un juicio por su vida. Como represalia, ¿inclinaría las pruebas y la pintaría como un monstruo con la esperanza de que el jurado la condenara por asesinato? ¿O se tragaría esa mierda de que está enferma y es débil e indefensa, una víctima que necesita piedad? En definitiva, Marc sabe ahora que Ben tenía razón. Toda la familia es corrupta y sin escrúpulos ni moral de ningún tipo.

Una última súplica de Madalena. "Sólo hay que perdonar una vez, pero el resentimiento es para siempre. No dejes que esto te destruya a ti, a quien eres".

Coge su maletín y pasa junto a Madalena con una recriminación de despedida: "¿Es que nunca asumen la responsabilidad de nada de lo que han hecho? Siempre una excusa, una justificación. Que se jodan sus víctimas. He terminado con todos ustedes".

VEINTINUEVE

Marc coge las llaves del Cessna 172 Skyhawk que le
ha pasado el encargado del campo de vuelos chárter, sube al
acogedor turbohélice y se abrocha el cinturón. Con la autorización para despegar, acelera hasta estar en el aire. No es tan
potente como el jet Cirrus SF50, su velocidad máxima es de
188 kph, y no es tan sexy como el jet, pero es nostálgico:
aprendió a volar en el venerable Skyhawk y sigue siendo un
favorito hasta el día de hoy para los aspirantes a pilotos.

Normalmente no vuela de noche. El sol es su alimento, el
cielo azul su consuelo, el horizonte su experiencia extracorpo-
ral. Pero esta noche es diferente. Podría volar en la más absoluta
oscuridad hasta la línea de demarcación en la que el agua inson-
dable se encuentra con el cielo negro sin luna, perder la pers-
pectiva, invertir el avión y estrellarse en el abismo como John
Kennedy, Jr. Qué fácil sería soltar los mandos y dejar que el
avión volara solo hasta que se acabara.

Nadie lloraría su muerte, no habría elogios ni ceremonias
póstumas. A él no le importaría. Esta noche, necesita velocidad
y potencia y el ruido de la hélice para ahogar sus demonios.

La ley siempre ha sido para él una fuerza de base, incluso romántica en sus ideales, en la configuración de un inocente libre de la prisión, de la opresión. ¿Pero qué pasa con los culpables? Anabel asesinó a su padre y afirma que fue un accidente. Amador Ibarra asesinó a su madre y el jurado no pudo condenarlo. ¿En qué clase de sistema de justicia está metido? Su mundo se desmorona.

Incluso en su disgusto y devastación emocional, intenta recuperar su brújula moral como defensor público: que todo el mundo es inocente hasta que se demuestre su culpabilidad. ¿No hay lugar para la redención incluso para el más atroz de los crímenes? ¿Cuándo el autor sufre una enfermedad que va más allá de la comprensión y debe ser tratado como tal? ¿Incluso cuando el autor es alguien a quien quieres y ahora odias? ¿Incluso cuando las víctimas son tus padres? ¿Son las circunstancias verdaderamente blancas y negras?

Tal vez debería convertirse en fiscal, aliviar su angustia atrapando a los malos, ser un instrumento para que cada uno de ellos reciba su merecido con él, Marc, empuñando el hacha del verdugo. Su amigo Ben tiene la idea correcta.

En su locura momentánea, Marc escucha la voz de ella, una que nunca volverá a oír en la tierra, pero la voz que ha dejado una impresión indeleble en su memoria. "Eres la luz de mi vida, Marcus. No podría sobrevivir si no te tuviera. Estoy muy orgullosa. Un día harás algo importante y significativo con tu vida, harás del mundo un lugar mejor. Serás tu propio hombre en tu propio camino. Elijas lo que elijas, hazlo con bondad en tu corazón".

Le tranquiliza recordar sus palabras, su fe en él. ¿Cómo podría defraudarla? ¿Cómo podría traicionar su bondad y su guía inspiradora?

Ninguno de sus padres vivió para verle terminar sus estudios, para ir a una de las más prestigiosas universidades de

Derecho. Nunca compartieron su alegría por haber aprobado el examen de abogacía, ni su orgullo por haber prestado juramento:

—*Soy un defensor público, el guardián de la presunción de inocencia, del debido proceso y del juicio justo. Que nadie que se oponga a mí olvide que lucharé por mis clientes con todas las fibras de mi ser. No hay nadie que hable por ellos más que yo...*

Levanta el morro del avión para ascender a una velocidad de crucero de 140 kilómetros por hora y una altitud de unos 2438 metros. Al ver las luces de navegación abajo, que iluminan una flotilla de veleros, se queda tranquilo, moviéndose en lo que parece una cámara lenta. Respira profundamente, ahora tiene el control. Se vuelve hacia el aeropuerto y guía el avión hacia las luces de la pista que lo abrazan, donde su hangar espera su regreso. Las ruedas aterrizan suavemente, casi sin ruido, y el avión se detiene por completo.

—*Elijas lo que elijas, hazlo con bondad en tu corazón.*

Ahora llegan las lágrimas. Silenciosas y fluidas.

—Gracias, mamá, por recordarme mi propósito, por estar siempre ahí cuando te necesitaba. Sólo lamento no haber podido estar ahí para ti cuando me necesitabas.

Marc tiene ahora la única cosa que ha buscado durante años: el cierre. Ahora sabe quién mató a su madre y cómo murió realmente su padre, pero lo que descubrió ha sido fatal. Nadie ha rendido cuentas. Casi desea no haber encontrado las respuestas. Se siente enfermo de traición. No hay lugar para poner su ira, excepto para arrojarla lejos, para que no se lo coma vivo. Madalena le suplica: "Sólo hay que perdonar una vez, pero el resentimiento es para siempre. No dejes que esto te destruya, que destruya quién eres". ¿Cómo puede perdonar a otra persona si no puede perdonarse a sí mismo? El hombre de la cicatriz ha marcado su pasado, pero no dejará que marque su futuro.

A través de un abogado especialista en fideicomisos, gestiona un préstamo en un banco de fuera de la ciudad por el importe exacto del fideicomiso creado para su educación universitaria, y transfiere el dinero a la cuenta de los Ibarra. No puede estar en deuda de ninguna manera con los Ibarra, su patrimonio, sus propiedades o sus negocios. Ahora está muy endeudado, como cualquier otro universitario. Es su deuda, su responsabilidad, y pagarla es su salvación.

Presenta su dimisión en la Oficina del Consejo de Asignación. Ahora es libre de llevar casos privados, y de elegir qué camino tomará su propia vida, basándose en sus propios valores. Para hacer que sus padres se sientan orgullosos y finalmente descansar en paz.

Ha ayudado a Clive Parsons poniéndolo en libertad, y también asegurándose de que tenga un sistema de apoyo que le ayude en la transición a su nueva vida fuera de la cárcel. Sabiendo que Clive puede permitírselo fácilmente ahora, Marc organiza para su ex cliente una semana de lujo en el Del Coronado. En primer lugar, acompañará a Clive en un paseo en ferry al atardecer por la bahía, y luego lo alojará en la Suite Kate Morgan. Tal vez Kate lo visite y le dé la emoción de su vida.

Marc acepta una llamada de móvil del director del PIC que cambia su carrera. "Tengo que hacer una comparecencia ante el tribunal antes de poder firmar", le dice Marc. "Te llamaré cuando se haya resuelto. No, sólo es una comparecencia".

Atravesando las puertas dobles de la familiar sala, donde preside su mentor y amigo el juez Larimer, Marc se acerca a la mesa de la Defensa. Junto a él se encuentra la acusada que está siendo procesada, acusada de incendio y asesinato premeditado. No puede mirarla, su antigua amante y prometida, pero hace lo que ha jurado.

—Marc Jordan por la Defensa, Su Señoría.

"Ben Parker por la Fiscalía".

Fin

Estimado lector,

Esperamos que haya disfrutado de la lectura de La cara de un hombre. Por favor, tómese un momento para dejar una reseña, aunque sea breve. Su opinión es importante para nosotros.

Descubre más libros de B. Roman en
https://www.nextchapter.pub/authors/b-roman

¿Quieres saber cuándo uno de nuestros libros es gratuito o tiene un descuento? Únete al boletín de noticias en
http://eepurl.com/bqqB3H

Saludos cordiales,

B. Roman y el equipo de Next Chapter

BIOGRAFÍA DE LA AUTORA

Barbara Roman (también conocida como B. Roman) es la autora de la inspiradora serie juvenil Moon Singer y de dos libros de fantasía para niños. Debido a su formación musical como cantante y compositora profesional, sus libros tienen sus raíces en las teorías y metáforas musicales, entrelazadas con la magia y el misterio de los conceptos metafísicos y las cuestiones de ética, fe, compasión, amor y heroísmo.

Como fuerza motriz, Roman disfruta produciendo una ficción de suspenso, explorando la psique humana mientras los personajes de sus libros se ven envueltos en intrigas, asesinatos y conspiraciones, y tratan de equilibrar la balanza del bien contra el mal.

La Cara De Un Hombre
ISBN: 978-4-86747-085-5

Publicado por
Next Chapter
1-60-20 Minami-Otsuka
170-0005 Toshima-Ku, Tokyo
+818035793528

20 Mayo 2021

Lightning Source UK Ltd.
Milton Keynes UK
UKHW011837010621
384770UK00001B/111

9 784867 470855